Anmerkung der Autorin über dieses Buch:

Dies ist ein Roman. Die Hauptpersonen sind frei erfunden. Dennoch ist meine Geschichte nah am Zeitgeschehen. Inspiriert durch Medien, Erfahrungen und Erzählungen. Mein Buch ist ein Experiment. Der Versuch, einen humorvollen Frauenroman mit einem Krimi zu vereinen. Sozialkritisch, unterhaltsam, spannend! Obwohl fiktiv, spielt es doch auf den Pfaden der Realität.

**Das sollte noch erwähnt werden: Das Lektorat (Layout, Korrektur, etc.) erfolgte in Eigenregie. Keine Profis, sondern Freunde, Nachbarn und Familienmitglieder führten hier das Zepter. Doch die Meinungen der Schreibweisen drifteten oft auseinander. Deshalb finden Sie hier sowohl die alte als auch die neue Rechtschreibung. Und wenn Sie einen gravierenden Fehler entdecken, freue ich mich, wenn Sie mir diesen mitteilen!
Unter: Licke_von_Pulver@gmx.de**

Autorin:

Marlene Schmidt, geboren und aufgewachsen in Berlin, studierte an der Freien Universität Berlin. Ihre Ausbildung zur Redakteurin absolvierte sie auf der Journalistenschule Axel Springer. Sie lebt zusammen mit ihrer Familie in Berlin.

Für die besten Freundinnen der Welt: Das Seepferdchen, das Streifenhörnchen und das Pomplünchen!

Goettliche

Herstellung und Verlag:
BoD - Books on Demand, Norderstedt
ISBN 978-3-7431-2523-0

Marlene Schmidt

Das Uni-Experiment: Wissen, Macht, Tod!

Ein Roman

Prolog

Berlin, 2. Februar 2015

Gegenwart

Das Handy klingelte und rotierte wie verrückt auf der Holzplatte des Frühstückstisches. »Hoffentlich kein Todesurteil!« Normalerweise redete Inga nicht mit sich selbst. Nur, wenn sie nervös oder aufgeregt war. So wie jetzt. In ihrem roten Lieblingsnachthemd hechtete sie die 32 Stufen hinunter ins Erdgeschoß des Reihenhauses und geriet gefährlich ins Straucheln, weil sie den Schulranzen auf dem vorletzten Treppenabsatz übersah und mit dem linken Fuß streifte. Verdammt! »Finn, wie oft hab ich dir gesagt, deine Klamotten nicht auf der Treppe liegen zu lassen? Das ist lebensgefährlich!«

Die atemlose Stimme seiner Mutter perlte durch die Luft der offenen Wohnküche und rauschte an dem pubertierenden Gymnasiasten vorbei, der gerade im Kühlschrank nach einer Milchtüte fingerte. Der Elfjährige machte sich nicht einmal die Mühe, sich umzudrehen und seine Mutter anzusehen, oder sie überhaupt in irgendeiner Weise zu begrüßen. Das ging schon eine ganze Weile so. Eigentlich ziemlich genau, seitdem er in der 7. Klasse war, jeden Morgen duschte und sich stundenlang im Bad die Haare gelte. Normaler Abnabelungsprozess, behauptete ihre Mutter.

Zu spät! Der Anrufer hatte bereits aufgelegt. Ein Blick aufs Display verriet ihr zwei verpasste Anrufe von ihrer

Mutter und 46 neue WhatsApp-Nachrichten aus ihrer Naturwissenschaftsgruppe in den letzten fünf Minuten. Doch der erhoffte Anruf des Zahnarztes war leider nicht darunter. Inga kannte seine Nummer auswendig. Wenn das so weiterging, war der Akku gleich leer, bevor Inga losmusste. Seit vorgestern war ihr Ladekabel spurlos verschwunden. Sie musste unbedingt daran denken, sich ein Neues zu kaufen, sonst wäre sie nicht mehr erreichbar. Sie sah auf die Uhr. Viel Zeit hatte sie nicht mehr. Sie entschied, erst mal schnell unter die Dusche zu springen.

Das Badezimmer im zweiten Stock war mit seinen 25 Quadratmetern das größte Zimmer im Haus und Ingas absoluter Lieblingsort. Weiße Fliesen, grüne Palmen und dicke, flauschige, rote Badematten. Das Schönste für Inga aber war die Fußbodenheizung, denn sie hatte immer kalte Füße. Besonders, wenn es - wie jetzt im Winter - Minustemperaturen gab. Oft zündete sie Kerzen auf den Rändern der Whirlpool-Badewanne an und verbrachte mit einem Schmöker Stunden in der Wanne. Seit neuestem war sie stolze Besitzerin einer Badewannenbuchstütze mit einer Glashalterung. Eine tolle Erfindung, fand Inga.

»Stell endlich dieses Gebimmel ab! Das geht schon den ganzen Morgen so und das kann keiner mehr ertragen!«

Inga erschrak, als ihr Mann so plötzlich vor der Dusche stand und schimpfte. Sie hatte nicht bemerkt, dass er ins Bad gekommen war. »Außerdem sollst du Amy zurückrufen! Sie hat eben auf meinem Handy angerufen, weil sie dich auf allen anderen Kanälen nicht erreicht hat. Ich möchte nicht, dass deine Freundinnen meine Nummer haben. Das ist verdammt nochmal mein Diensthandy!«

»Ja, Mark! Da gebe ich dir völlig Recht, das war ganz schön dreist von Amy.«

Inga freute sich insgeheim aber diebisch über ihre raffinierte Freundin. »Aber Mark, du siehst doch, dass ich unter der Dusche stehe. Wenn mein Handy dich so nervt, dann stell es doch bitte kurz auf lautlos!«

»Das würde ich nie wagen. Nachher bin ich wieder schuld, wenn du etwas verpasst!«

»Sag mal, Mark, hast du zufällig mein Ladekabel gesehen?«

»Ach, ist es mal wieder weg? Sieh mal in die Kinderzimmer!«

»Hab ich schon. Fehlanzeige! Aber in dem Durcheinander kann man auch nichts finden. Hast du nicht noch eins übrig?«

Mark band sich eine rotblau gestreifte Krawatte um. In dem grauen Anzug und dem blauen Hemd sah er ziemlich schick aus. Seine hellbraunen Haare waren kurz geschnitten und an den Schläfen grau meliert. Er war 1,87 Meter groß und hatte eine schlanke, athletische Figur. Seine schwarzen Budapester waren blitzblank poliert. Schuhe putzen konnte er. Das hatte er damals bei der Bundeswehr gelernt. Aber warum zog er bloß die Schuhe immer im ganzen Haus an? Auch noch auf den schönen Bademanten! Das ärgerte Inga jedes Mal, aber sie war es leid, ihn immer wieder darauf anzusprechen. Äußerlich ähnelte er ein bisschen dem Schauspieler Richard Gere in dem Film »Pretty Woman.«

Mark gelte sich die Haare. »Ich guck gleich mal nach einem alten Ladekabel. Wenn ich eins finde, lege ich es dir unten auf den Tisch. Ich geh in fünf Minuten zur Arbeit. Warte heute Abend nicht auf mich, ich komme erst sehr spät zurück.«

»Warum, hast du noch einen Termin?«

Doch Inga bekam keine Antwort mehr. Mark war schon wieder aus dem Badezimmer verschwunden. Dafür nahm sie plötzlich einen intensiven Geruch wahr. Hatte er ein neues Parfum? Es roch herrlich verführerisch und erinnerte sie an einen Duft von früher. Doch ihr fiel der Name nicht ein. Sie sah durch die milchige Duschverglasung zum Waschbecken und entdeckte auf Marks Ablage eine dunkle Flasche Aftershave. Sie kniff die Augen etwas zu und konnte so den Schriftzug »Horse Sugar« lesen. Der Name sagte ihr nichts.

Inga seufzte, ließ den heißen Wasserstrahl noch eine Weile weiter ihren Nacken massieren. Sie hatte heftige Kopfschmerzen, die bis tief hinunter in den Rücken zogen. Bestimmt vom vielen Rotwein gestern Abend. Oder sie hatte sich mal wieder verlegen. Sie dachte wieder an den erhofften Anruf des Zahnarztes, der einfach nicht kam und überlegte, ob sie sich einfach selber nochmal melden sollte. Das Warten und die Ungewissheit machten sie langsam fertig. Sie war nicht nur hypochondrisch veranlagt, sondern hatte auch keine Geduld. Zuletzt hatte sie vorgestern Abend mit dem Zahnarzt gesprochen. Er hatte ihr seine private Handynummer gegeben, als sie heulend in seiner Praxis stand. Er versprach, sich sofort zu melden, sobald ein Befund vorläge. Bestimmt hatte er ihn schon und traute sich nur nicht, ihr die bittere Wahrheit zu sagen. Das Zuschlagen der Haustür weckte sie aus der Lethargie.

Schnell drehte sie den Hahn der Dusche zu, trocknete sich ab und wickelte sich ein dunkelblaues Frottee-Handtuch um den Körper. Am liebsten wäre sie wieder in ihr flauschiges, warmes Bett zurückgekrochen. Aber das ging leider nicht, sie musste gleich in die Uni. Heute war ihr erster, wichtiger Vortrag. Ausgerechnet heute hatte sie diese verdammten Kopfschmerzen. Sie schluckte zwei Aspirin mit einem Glas Wasser hinunter und betrachtete ihr trauriges Spiegelbild: Ihre Augen hatten dunkle Ränder und ihr blondes, zotteliges Haar stand wie bei einem Igel stachelig nach allen Seiten ab. Ihr rotbackiges Gesicht glühte noch vom heißen Wasser. So konnte sie unmöglich in die Uni. Sie nahm die Bürste in die Hand und bändigte zuerst ihr störrisches Haar. Da fiel ihr die verdächtige Stille im Haus auf, was um diese Uhrzeit morgens zwischen 7 und 8 Uhr normalerweise nie der Fall war. Sie rief ins Treppenhaus: »War schon jemand mit dem Hund spazieren?«

Doch es kam keine Antwort! Das hat bei pubertierenden Teenagern aber nichts zu sagen. Wahrscheinlich saßen sie vorm iPod und frönten ihrer Spielsucht. Da vergaßen und überhörten sie alles um sich herum. Sie rief deshalb nochmal und viel lauter als zuvor. »Ben und Finn, seid ihr noch da?«

Stille! Sie lief ans Fenster und sah gerade noch, wie ihre Söhne mit den Schulranzen bepackt auf ihren Fahrrädern um die Häuserecke bogen.

Traurig murmelte sie vor sich hin. »Euch auch einen schönen Tag!«

Sie blieb noch eine Weile so am Fenster stehen und blinzelte durch das grelle Sonnenlicht in Richtung Straße. Das Thermometer zeigte sechs Grad an. Die kahlen Bäume wirkten trist ohne Blätter. Es waren nachts schon Minusgrade, und für die nächsten Tage war Schnee angesagt. Doch Inga konnte weit und breit keine Wolke am Himmel entdecken. Ein Umzugswagen blockierte die halbe Einfahrt. Ein wütender Autofahrer, der nicht vorbei konnte und anscheinend keine Lust hatte, halb über den Bürgersteig zu fahren, hupte. Der Möbelpacker zeigte frech den Mittelfinger. Der Autofahrer stieg aus und schien sich verbal zu verlustieren.

Inga massierte sich mit den Fingern die Schläfen und beobachtete die Szenerie noch eine Weile. Es pochte gewaltig. Mist, jetzt musste sie auch noch mit dem Hund Gassi gehen! Dabei war das morgens die Aufgabe der Jungs. Gerade als sie den Blick abwenden wollte, bemerkte sie den Mann. Er stand an den Mülltonnen, keine fünf Meter entfernt und starrte zu ihr hoch. Direkt in ihre Augen. Inga erschrak. Wie lange stand er da wohl schon? Er sah ziemlich groß und schmuddelig aus: lange, strähnige Haare, ungepflegter Vollbart. Der Mantel war braun, dick und abgewetzt. In der Hand hielt er einen langen Holzstiel. Vermutlich von einem Besen. Schnell wich Inga vom Fenster zurück. Sie bekam eine Gänsehaut. Wieso hatte er sie so angesehen? Sie ging aus dem 2. Stock eine Etage tiefer in eines der Kinderzimmer und lugte seitlich an der Gardine vorbei nach draußen. Doch da war niemand mehr, der Mann war weg! Auch das Fahrrad mit den vielen Tüten am Lenker, das eben noch neben den Mülltonnen gestanden hatte, schien sich in Luft aufgelöst zu haben. So schnell? Merkwürdig! Hatte sie sich das vielleicht nur eingebildet?

Das Klingeln des Handys unterbrach ihre Gedanken. Die Nummer ihrer Mutter leuchtete im Display. Sie ging nicht ran, überflog stattdessen die neuen Nachrichten. Inzwischen waren es 112. Die meisten aus dem WhatsApp-Chat ihrer Naturwissenschafts-Gruppe. Eine Kommilitonin wollte wissen, ob jemand das Buch über Marie Curie schon gelesen habe. Fast die ganze Gruppe hatte in der letzten halben Stunde darauf geantwortet:

»Jepp. Ich habe es versucht aber dann irgendwann aufgegeben, weil ich kein Wort mehr verstanden habe.« Sie empfahl deshalb, den Text gar nicht erst zu lesen, sondern sich eine Zusammenfassung bei Wikipedia zu suchen.

Inga goss sich eine Tasse Kaffee aus der silbernen Thermoskanne von Alfi ein und setzte sich an den verlassenen Frühstückstisch. Weder das Müsli noch die Milch, die Teller und Tassen hatten ihre drei Männer weggeräumt. Sie seufzte, auch weil sie das bestellte Buch über die berühmte Physikerin noch nicht abgeholt hatte. Sollten sie das wirklich zu heute lesen? Sie quälte sich zurzeit noch mit der Reclam-Ausgabe der »Entstehung der Arten« von Charles Darwin herum. Der Stoff war so trocken und langweilig geschrieben, dass sie nach ein paar Seiten meist einschlief.

Sie grinste, als sie den Beitrag von Amy las: »Mädels, entspannt euch! Professor Dr. Taube sagt, wir landen sowieso alle in der Klapsmühle. Er behauptet, dass alle deutschen Krankenhäuser voller Lehrer wären, weil es hier zulande so viele psychosomatische Stationen gäbe.«

Inga öffnete eine E-Mail vom Physik-Fachbereichsleiter. Eine Warnung an alle Studenten:

»In den letzten Wochen hat sich wiederholt ein Mann unbefugt im Gebäude aufgehalten. Er ist etwa mittleren Alters, schlank, graue lange Haare, Rauschebart, schäbige Kleidung und vermutlich psychisch gestört. Ich bitte Sie daher darauf zu achten, Büros und Labore immer zu verschließen, wenn Sie die Räume verlassen! Wenn Ihnen dieser Mann begegnet, bitte die Fachbereichsverwaltung informieren und die Person gegebenenfalls aus dem Haus geleiten. Es besteht bereits ein Hausverbot für die gesamte Uni; da er aber argumentativ nicht zugänglich ist, hilft das leider nicht viel. Zur Not rufen Sie bitte die Polizei. Besten Dank für Ihre Unterstützung!« Inga dachte sofort an den unheimlichen Mann von eben, der sie so angestarrt hatte. Die Beschreibung könnte passen. Aber sieht nicht jeder Penner so aus? Quatsch, Inga! Das war nur ein Zufall! Inga

mahnte sich zur Vernunft und verwarf den Gedanken wieder.

Sie schmunzelte über die Bitte des Fachbereichsleiters. Als ob die Studentinnen (90 Prozent ihres Semesters waren weiblich) alle eine Nahkampfausbildung hätten. Wie stellt er sich nur vor, wie sie einen psychisch gestörten Mann hinausgeleiten sollen? Sie postete die Warnung in den Chat ihrer NAWI-Gruppe und schrieb dazu: »Hat jemand von euch den schwarzen Gürtel? Ein Psycho spukt in der Uni!«

Dann schrieb sie dem Fachbereichsleiter zurück, dass sie unbedingt ein Foto des Mannes benötige, damit sie ihn auch erkennen könne. In Wahrheit wollte sie das Foto für die Boulevardzeitung haben, für die sie jahrelang in Berlin und Brandenburg als Reporterin gearbeitet hatte. Ihre Ex-Kollegin freute sich immer über Ingas Ideen. Hieraus konnte bestimmt ein lustiger Berlinaufmacher werden: »Das Phantom der Uni« oder »In der Uni spukt es!«

Der Professor antwortete prompt. »Nein, ein Foto gibt es (noch!) nicht, aber ich bin sicher, dass Sie den Mann erkennen! Er redet mit sich selbst und trägt lauter Plastiktüten mit sich herum. Wir werden uns bemühen, ein Foto aus den Überwachungskameras zu bekommen. Ich gebe Ihnen dann Bescheid!«

Inga freute sich über so viel Naivität. Jetzt war aber erstmal Flocke dran, ihre fast schneeweiße Parson Russel Hündin. Die eine Kopfhälfte ums rechte Auge und die Ohren waren dunkelbraun. Dazu gab es noch zwei schwarze Flecken auf dem Rücken und am Schwanzansatz. Der Rest von Flöckchen, wie sie von allen liebevoll genannt wurde, war weiß. Flocke war ein absoluter Balljunkie. Ohne ihren orangefarbenen Ball verließ sie nicht das Haus. In freudiger Erwartung mit dem Schwanz wedelnd, blickte sie zwischen Ball und Inga hin und her. Im Haus war der Ball tabu.

Er lag oben auf der Garderobe, wo Flocke nicht dran kam. Die Zähne der Hündin waren schon so abgewetzt, dass der Tierarzt geraten hatte, den Ballsport einzuschränken. Sonst müsste sie demnächst Seniorenfutter essen und bräuchte vielleicht auch noch eine neue Hüfte. Dabei war Flocke erst zwei Jahre alt.

Inga nahm die rote Leine, den Ball und die blaue Wurfkelle und verließ das Haus. Als die Tür hinter ihr ins Schloss fiel, machte sich erneut ein ungutes Gefühl in ihr breit. Sie wusste aber nicht genau, warum. Sie sah in alle Richtungen. Doch es war niemand zu sehen. »Jetzt schnapp ich wohl bald über!«

»Geht uns doch allen so!«

Die Stimme kam aus einem Busch, die sie sofort als die des Hausmeisters identifizierte. Kurz darauf kam auch schon sein kahler Kopf (er hatte eine Glatze) mit einem breiten Grinsen im Gesicht zum Vorschein. Sie hielten Smalltalk. Über neu einziehende Nachbarn und über Beschwerden bestimmter Nachbarn an die Hausverwaltung, weil die Kinder in der Siedlung verbotenerweise auf den Grünflächen Fußball spielten. Er wollte es wahrscheinlich nicht so direkt sagen, aber Inga wusste ganz genau, dass er ihre Jungs meinte. Blöde Zeitgenossen!

Die Sonne knallte ungnädig vom Himmel. Inga spürte, wie ihr der Schweiß den Nacken hinunter lief. Sie hatte sich viel zu warm angezogen. Wegen der nächtlichen Minusgrade trug sie ihre Skiunterwäsche. Das war wohl übertrieben. Das Thermometer zeigte nun 12 Grad. Verrückt warm zu dieser Jahreszeit. Das Pochen in ihren Schläfen wurde heftiger. Sie zog die Barbour-Jacke aus und streifte die Ärmel ihres dicken, knallgelben Ski-Pullovers zurück. Dabei sah sie auf die Uhr. »Oha, ich muss jetzt leider los, einen schönen Tag noch!« Sie überlegte, die Jacke wieder ins Haus zu bringen, legte sie aber nur neben die Haustür in die Ecke und lief los.

Zuerst ging sie mit Flocke an der Leine entlang der stark befahrenen Hauptstraße. Doch dann bog sie auf einen kleinen, schmalen Feldweg ab, der direkt in den Wald führte. Dort konnte sie frei laufen. Als sie im dichten Gehölz endlich den kleinen Erdhügel erreichte, der zur Lichtung führte, wo sie mit Flocke immer Bälle warf, spitzte Flocke plötzlich die Ohren und stellte ihre Nackenhaare zur Bürste auf. Sie knurrte. Inga guckte in die Richtung, in die Flocke sah und vernahm ein lautes Knacken. Jetzt bellte Flocke wie verrückt. Inga sah einen dunklen Schatten hinter einem dicken Baum. Da versteckt sich doch jemand!

»Hallo, wer ist da?«

Keine Antwort! Inga sah sich um. Weit und breit war kein anderer Spaziergänger in Sicht. Wieder knackte es im Gehölz. Diesmal kam das Geräusch aber aus einer anderen Richtung. Seitlich hinter ihr. Sie drehte sich um. Da sah sie ihn! Er stand keine fünfzehn Meter von ihr entfernt im Unterholz. Der Penner von den Mülltonnen! Er hatte den Holzstiel in der Hand. Jetzt bekam sie Angst. Adrenalin schoss durch ihren Adern. Sie leinte Flocke an und lief zurück, so schnell sie konnte. Ohne sich nochmal umzudrehen. Flocke zog sie dabei unbarmherzig an der Leine hinter sich her. Erst als sie an der Hauptstraße ankam und Fußgänger sah, verlangsamte sie ihr Tempo. Sie sah zurück in den Feldweg, doch da war niemand.

»Die denken bestimmt alle ich bin verrückt!«

Inga war schweißgebadet, japste nach Luft und ihre Knie zitterten. Sie lief die letzten Meter nach Hause. Doch erst als die Haustür hinter ihr ins Schloss fiel, fühlte sie sich sicher. Sie lehnte sich mit dem Rücken an die Tür. Ingas

Gedanken kreisen. »Wer war der Kerl? Hat er mich etwa verfolgt?«

An einen Zufall oder eine Einbildung glaubte Inga nun nicht mehr.

Inga war verschwitzt und entschloss sich dazu, sich nochmal schnell abzuduschen. Sie hatte noch 30 Minuten Zeit bis zu ihrem Vortrag. Wenn sie sich beeilte, schaffte sie es noch rechtzeitig. Die Uni war nur fünf Autominuten entfernt. Sie zog auch nicht mehr ihre Skiunterwäsche und den dicken, gelben Pullover an, sondern nur ein weißes Unterhemd und ein beiges Jeanshemd. Dann legte sie nochmal ordentlich von ihrem Parfum auf. Für den Fall der Fälle, falls der Angstschweiß zurückkehrte. Das Grauen steckte ihr immer noch in den Knochen.

Sie gab Flocke Futter und frisches Wasser, nahm ihre Unitasche und suchte ihre Jacke. Der Garderobenhaken war leer. Da fiel ihr ein, dass sie sie vorhin draußen neben die Haustür gelegt hatte. Als sie die Haustür öffnete, schob sich ein dunkler Schatten vor ihr Gesicht. Als sie seinem Blick begegnete, wusste sie, dass sie keine Chance hatte!

Acht Monate vorher, Juni 2014

Whiskey besiegelt den Pakt

Inga saß mit ihren beiden Freundinnen Amy und Luzi in dem kleinen französischen Restaurant »Poulets Congress.« Übersetzt: Hühner Kongress. Es lag an der Ecke ihrer Wohnsiedlung am südlichen Berliner Stadtrand. Hier gingen sie oft hin. Nicht nur, weil es klein und gemütlich war; sondern weil es für alle drei gut zu Fuß zu erreichen war. Jede wohnte nicht mal einen Kilometer entfernt. Sie waren Stammkundinnen. Obwohl sie nie etwas aßen und nur Wein, Kaffee oder Aperol Spritz tranken, schien sich der Wirt immer über ihr Kommen zu freuen. Die Begrüßung war herzlich. Ein Küsschen rechts, ein Küsschen links und wieder eins rechts. Wenn man nicht aufpasste, bekam man von Laurent, so hieß er, auch einen Kuss auf den Mund. Spitz wie Nachbars Lumpi! Eben ein echter Franzose! Manchmal, wenn nicht so viel los war im Restaurant, setzte er sich zu ihnen. Er sprach meist Französisch. Deutsch nur mit starkem Dialekt. Ab und zu spendierte Laurent auch mal eine Runde Aperol Spritz.

Einmal im Monat, aber immer nur an einem Donnerstag, fuhren die drei Freundinnen noch in die Innenstadt weiter. Zur »After Work Party« in die Bar namens »Trompete.« Sie gehörte mal dem Schauspieler Ben Becker und lag nicht weit entfernt vom Kurfürstendamm. Donnerstags ging dort die Post ab. Und heute war so ein Tag. Inga nippte bereits an ihrem zweiten Glas Merlot. »Amy, ein Glück ist bei deiner Diät der Alkohol tabu, so kannst du uns heute kutschieren.«

»Mach ich doch gerne! Ich vertrage sowieso nichts mehr. Dafür geht's mir morgen früh auch nicht so schlecht wie euch!«

»Wir können mit meinem Auto fahren. Es hat Automatik und ist nicht so schwer zu lenken für dich«, sagte Luzi und spielte damit auf Amys unsicheren Fahrstil an.

»Unheimlich witzig! Aber gut, verfahren wir eben dein Benzin!«

Amy fuhr immer Auto, als wäre sie betrunken. Gangschaltung verstand sie einfach nicht. Oder die Autos verstanden sie nicht. Jedenfalls wurde sie schon ein paar Mal wegen ihres Fahrstils von der Polizei angehalten und musste auch schon diverse Male pusten. Die Beamten waren dann immer ganz baff, weil sie völlig nüchtern war. Auch ihre Pupillen wegen möglichen Drogenkonsums waren stets unauffällig. Amy alberte bei Polizeikontrollen grundsätzlich herum. Und das immer übernatürlich laut. Kurzum: Es machte ihr einfach Spaß, die Hüter des Gesetzes zu veräppeln. Seitdem sie mal dazu verdonnert wurde, Fahrtenbuch zu führen, stand sie mit jedem Beamten auf Kriegsfuß. Wahrscheinlich wollte sie es ihnen auf diese Weise heimzahlen. Dann fielen Sprüche über die »Kleinen grünen Männchen« oder es gab ein übertrieben freundliches »Jawohl, Herr Wachtmeister!«

Inga und Luzi, deren Alkohol-Fahnen bestimmt immer bis in den Himmel stanken, kreischten vor Lachen lauthals mit. Die Polizisten überprüften dann meist auch gleich den Inhalt des Kofferraumes: Verbandskasten, Warndreieck und Warnweste. »Amy, weißt du noch, wie du beim letzten Mal den dicken Polizisten mit deinen Sprüchen fast in den Wahnsinn getrieben hast?«

»So schlimm war es nun auch wieder nicht, ich habe nur gesagt, ich hätte keine Leiche im Kofferraum!«

»Du nanntest ihn immer wieder Herr Wachtmeister!«

»Ach kommt schon, das fandet ihr doch auch lustig! Immerhin gab es dann eine Polizeieskorte bis zur Party.«

»Ja, weil du mit dem hässlichen anderen Polizisten geflirtet hast und ihm auch noch deine Telefonnummer gegeben hast!«

»Nein, das war die Nummer von der Seelsorge.«

Alle drei lachten. »Du bist unverbesserlich!«

»Wie sieht es aus Mädels, ziehen wir noch weiter? Wenn ja, würde ich statt der Trompete heute mal das Sugar vorschlagen.«

Inga guckte ungläubig. »Sugar, was soll das denn sein?«

»Eine neue Disko für Leute ab 40. Heute ist dort auch After Work Party. Und ich hab Freikarten.« Amy wedelte mit den Karten in der Luft.

Luzi nickte. »Von mir aus. Ich bin immer offen für neue Gesichter und wenn der Eintritt kostenlos ist, erst recht!«

Amy bestand darauf, mit ihrer alten Kiste zu fahren, einem uralten, roten Saab 900. Ein Schaltwagen mit deutlich zu hörendem, kaputtem Getriebe. Sie fuhren Richtung Innenstadt. Amy hielt an einer roten Ampel am Ku'damm. Direkt an der Kreuzung zum Olivaer Platz. »Wisst ihr, wo lang ich jetzt fahren muss?«

Inga und Luzi schüttelten den Kopf. »Du hast doch ein Tomtom Navi da vorne, frag den!«

»Der nützt mir auch nichts, wenn ich den Straßennamen nicht weiß!«

»Dann sieh doch auf die Freikarten, steht bestimmt drauf!«

»Wenn ich wüsste, wo ich die hingesteckt habe.« Amy kramte in ihrer Tasche herum, ein Schlüssel und ein Handy fielen dabei auf den Boden. Sie bückte sich und kam dabei aus Versehen an die Hupe.

»Mensch, pass auf Amy, es ist schon wieder grün!«

»Ich finde die Karten nicht! Guckt ihr doch mal bitte!«

Inga und Luzi hatten keine Ahnung, wo. Es interessierte sie auch gar nicht. Sie hielten die Sektgläser in der Hand, die ihnen Laurent geliehen hatte und grölten lieber laut zur Musik im Radio mit. Hinter Amy stoppte ein Streifenwagen, den sie nicht bemerkte. Als die Ampel erneut von Rot auf Gelb und dann auf Grün sprang, blieb Amy einfach stehen.

»Was soll ich denn jetzt machen?«

»Keine Ahnung, frag doch jemanden!«

Links neben ihnen hielt auf einmal ein Taxi. »Das schickt der Himmel.« Amy kurbelte die Scheibe runter und bedeutete dem Fahrer per Handzeichen, auch die Scheibe runter zu kurbeln. Er hatte natürlich elektrische Fensterheber und bediente sie per Knopfdruck. »Können Sie mir bitte sagen, in welcher Straße sich diese neue Disko Sugar befindet?«

»Klar, Sie sind fast da. Einmal links, zweimal rechts! Das große Gebäude mit den Neonlichtern ist nicht zu übersehen.«

Sie bedankte sich und fuhr los. »Amy, es ist rot!«, kreischte Inga noch von hinten.

Zu spät! Hinter ihnen heulte bereits die Sirene der Polizei auf. Das Polizeiauto überholte sie und die Kelle deutete schwungvoll an, dass sie rechts ranfahren sollte. Es folgte die übliche Prozedur: Atem-Alkoholkontrolle, Ausweispapiere! Die leere Sektflasche und die leeren »Kleinen Feiglinge« waren auf der Mittelkonsole nicht zu übersehen.

»Was hab ich denn nun schon wieder falsch gemacht, lieber Herr Wachtmeister?«

»Sie sind bei Rot gefahren!«

Amy verzichtete auf weitere Späßchen und zeigte sich von ihrer besten Seite. Nein, sie flirtete, sogar was das Zeug hielt. Ihre langen blonden Haare, der kurze Rock und das tiefe Dekolleté zeigten diesmal aber leider keine Wirkung. Die Polizisten waren gnadenlos: »Die Ampel war schon länger rot. Sie müssen mit 200 Euro Geldstrafe, zwei Punkten in Flensburg und wenn Sie Pech haben, auch noch mit einem längeren Fahrverbot rechnen!«

»Das ist nicht ihr Ernst, warum denn?«

»Gute Frau, das habe ich Ihnen eben erklärt. Nach §315c StGB kann sogar eine Freiheitsstrafe bis zu fünf Jahren möglich sein! Also seien Sie einfach einsichtig!«

Amy schluckte schwer. Die drei Freundinnen waren ausnahmsweise mal sprachlos. Der Abend schien gelaufen. Amy war meist notorisch pleite. Sie fuhren nicht weiter in die Disko, sondern zurück zum Franzosen, wo sie beschlossen, noch einen Absacker zu trinken.

Luzi startete einen Trostversuch. »Amy, guck nicht so traurig, wir teilen uns die Strafe! Du bekommst schon kein Fahrverbot, es ist doch nichts passiert! Der wollte dich bloß schockieren!«

»Was ihm auch gelungen ist!«

Jetzt bestellten alle drei einen Merlot. Auch Amy.

Die drei kannten sich, weil ihre Kinder dieselbe Schule besuchten. Die Mütter verband auch ein ähnliches Schicksal. Sie hatten damals ihren Beruf zugunsten der Familie aufgegeben und nun Schwierigkeiten, in ihren alten Job zurückzukehren. Jede von ihnen versuchte schon länger vergeblich eine Tätigkeit zu finden, die man mit dem Familienleben vereinbaren konnte. Luzi war momentan die Einzige, die seit kurzem wieder eine Anstellung hatte. Das Arbeitsamt hatte ihr eine Umschulung »genehmigt.« Sie machte eine Ausbildung zur Altenpflegerin. Zuerst hatte das Jobcenter die Bewilligung des Ausbildungsgutscheins abgelehnt, weil Luzi mit ihren 44 Jahren angeblich schon zu alt war. Aber dann klappte es dank ihrer Hartnäckigkeit doch noch. Allerdings war es eine Vollzeitstelle und ein echter Knochenjob. Dienstbeginn 6 Uhr. Da musste sie dann schon um 5.30 Uhr von zu Hause los, manchmal sogar früher. Und das mit drei schulpflichtigen Kindern. Das zehrte an ihrer Kraft, und ihre sonstige Fröhlichkeit und Schlagfertigkeit schien wie ausradiert.

Luzi wirkte im Gegensatz zu vorhin wieder sehr deprimiert. Sie rauchte eine Zigarette nach der anderen und trank den Wein wie Wasser. Obwohl es ein Nichtraucher-Lokal war, drückte Laurent ein Auge zu. Wahrscheinlich, weil er selbst rauchte. Sie saßen aber auch nur an dem kleinen Ecktisch aus Eiche vor der Bar. Mit einem Kamin seitlich und einem Zeitungsständer. Statt Stühlen gab es hier eine gemütliche Ledercouch und zwei bequeme Sessel. Er war eigentlich für Gäste gedacht, die auf einen freien Tisch warteten und lag ein bisschen versteckt hinter einem gewaltigen Garderobenständer. Das Restaurant selbst war in einem Nebenraum. Sie liebten diesen Platz, weil sie da nur für sich waren und ungestört quatschen konnten. Es sei denn Laurent sperrte mal wieder seine Lauscher auf und tat so, als ob er Gläser polierte.

»Luzi, was hast du denn auf einmal?«

Inga hatte die Frage kaum zu Ende gesprochen, da brach Luzi auch schon in Tränen aus.

»Ich kann einfach nicht mehr.«

Es dauerte eine Weile, bis sie sich etwas beruhigt hatte. Dann erzählte sie, was ihr heute bei der Arbeit passiert war.

»Ein älterer Patient bat mich um einen Schluck Wasser. Da kein anderer Pfleger sich um ihn kümmerte, brachte ich ihm eine Schnabeltasse mit Wasser.« Sie schluchzte.

»Was ist denn daran so schlimm?«

Luzi sah Amy funkelnd an. »Der Mann hätte kein Wasser gedurft, weil er einen Katheter in der Luftröhre hat. Das wusste ich aber nicht. Er wäre deshalb fast gestorben.«

»Ach Luzi, da kannst du doch nichts für….«

Luzi unterbrach sie barsch. »Doch! Aber keiner weist mich richtig ein. Ich bin Auszubildende und werde einfach so auf die Alten losgelassen. Was soll ich denn machen, wenn einer nach Wasser fragt? Und so geht das tagtäglich. Und tagtäglich sterben uns die Menschen unter den Fingern weg. Die Bedingungen sind eine Katastrophe!«

Amy und Inga tauschten Blicke. So konnte das nicht weitergehen, da waren sich die Freundinnen einig.

»Schmeiß den Job! Die Belastung ist viel zu groß. Wie willst du das denn weitermachen? Du hast auch noch kleine Kinder und gehst so nur kaputt!«

»Ich bin schon kaputt! Aber was soll ich denn sonst machen? Etwa im Supermarkt an der Kasse sitzen? Habe ich dafür Abi gemacht?«

Ihre Tränen verteilten die Wimperntusche in schwarze Rinnsale über ihren Wangen. Sie wischte sich schniefend mit dem Blusen-Ärmel über die Augen. Jetzt sah sie noch schlimmer aus. Auch ihre Bluse war nun von schwarzen Flecken besudelt. Laurent brachte Taschentücher, er hatte die Frauen von der Bar aus beobachtet und ihnen zugehört.

Inga versuchte, die Stimmung zu heben. »Irgendwie siehst du aus wie der einäugige Willi aus den Goonies.«

Luzi zog die Stirn in Falten. »Der einäugige Willi?«

»Na der Pirat im Film von Steven Spielberg!«

Amy und Inga lachten. Amy zog einen Taschenspiegel aus ihrer teuren Marken-Handtasche, die sie auf dem Flohmarkt gekauft hatte, und gab ihn Luzi. Sie sah sich ihr Spiegelbild an und grinste. »Oh Gott! Warum sagt ihr mir denn nichts? Schöne Freundinnen seid ihr!«

Immerhin lächelte sie wieder. Amy nahm Luzi an die Hand und zog sie mit sich zu den Toilettenräumen. Inga grübelte. Was für eine beschissene Situation! Auch sie selbst würde gern wieder in Lohn und Brot stehen, unabhängig sein vom Ehemann. Und sie wusste, dass es Amy genauso ging. Was könnten Frauen mit 44 Jahren denn nur für einen Job machen, den man mit der Familie vereinbaren kann?

Sie bestellte drei Gläser Aperol Spritz. Die beiden waren eine gefühlte Ewigkeit auf der Toilette. Inga blickte Richtung Tresen. Ihr Blick streifte den Zeitungsständer. Da hatte sie plötzlich eine Idee. Eine Bombenidee!

Als die beiden vom Klo wiederkamen, berichtete Inga ihnen von einem Zeitungsartikel, den sie heute Morgen gelesen hatte. Sie stand auf, holte sich die Hauptstadtpost vom Ständer und blätterte zu dem Artikel. Dann las sie laut vor:

»Lehrer verzweifelt gesucht! An Berliner und Brandenburger Schulen fallen so viele Stunden aus, wie nie! Grund dafür ist ein akuter Lehrermangel, der immer mehr zunimmt.... Der Berliner Senat reagiert jetzt mit einem Sonderstudiengang. Ab sofort kann man den Beruf des Grundschullehrers an der Freien Universität Berlin in nur fünf Jahren absolvieren. Ein Bachelor-Studiengang mit Masterabschlussgarantie. Auch Quereinsteiger haben jetzt gute Chancen, im Berliner Schuldienst als Lehrer eingestellt zu werden...«

»Ja und, was hat das mit uns zu tun?«

Inga erzählte den beiden, dass sie sich bereits vor Monaten als Quereinsteiger beworben hatte.

»Ich traue mir ohne Probleme zu, Deutsch und Sport an einer Grundschule zu unterrichten. Überleg doch mal, in der 1. und 2. Klasse - das kann doch nicht so schwer sein!«

Amy gähnte und fragte eher gelangweilt: »Und, was ist daraus geworden?«

»Sie haben sich noch nicht gemeldet. Aber das ist ja jetzt auch egal, weil ich gern mit euch zusammen Lehrerin werden möchte. Nicht im Quereinstieg, sondern auf dem offiziellen Weg, über das Studium!«

Luzi zeigte ihr einen Vogel. »Du spinnst doch! Und außerdem, willst du dir das wirklich antun? Kinder anderer Leute erziehen und dich mit den schrecklichen Müttern auf Elternabenden rumstreiten?«

»Ach, kommt schon! Überlegt doch mal, jede neue Ausbildung, die wir jetzt noch vermittelt bekämen, würde auch drei bis vier Jahre dauern. So sind es eben fünf, na und?«

Inga versuchte, den Freundinnen ihre Idee schmackhafter zu machen. »Wenn wir fertig sind, können wir bis zur Rente immerhin noch 17 Jahre arbeiten. Und ein Job ist uns in der Situation so gut wie garantiert. Lehrer fehlen hier an allen Ecken und Enden. Und denkt doch mal an die ganzen Ferien. Wenn man was mit Kindern vereinbaren kann, dann diesen Beruf!«

Amy wirkte nachdenklich und drückte mit ihren Fingern das Wachs der Kerze rund um den Docht zusammen, bis sie, vom Flüssigwachs getränkt, erlosch. »Glaubst du denn, die würden uns an der Uni überhaupt annehmen? Wir haben zwar alle Abitur aber meins war nicht so prickelnd.«

Inga lächelte wissend. »Klar, nehmen die uns! Das müssen sie sogar. Numerus clausus hin oder her. Denn wir haben bestimmt mit Abstand die längsten Wartesemester!«

Luzi stierte auf ihr leeres Aperol Spritz Glas und seufzte. »Schlimmer als das, was ich gerade durchmache, kann es sowieso nicht werden. Ich glaube, es wäre einen Versuch wert. Vor allem wären wir drei zusammen und könnten uns gegenseitig unterstützen.«

Inga strahlte übers ganze Gesicht, winkte den smarten Koch Frederique heran, der gerade Teller aus dem Restaurantbereich zur Küche brachte. Er zwinkerte ihr zu, stellte die Teller auf einem Nachbartisch ab und kam zu ihr herüber. Lächelnd und erwartungsvoll schaute er sie an. Er war sehr attraktiv und hatte unbeschreiblich stechende Augen. Sein Blick machte Inga irgendwie nervös. Inga fühlte sich wie in seinen Bann gezogen, brachte keinen Ton raus. Da bekam sie einen ordentlichen Tritt unterm Tisch. »Aua! Spinnst du Luzi, was soll das?«

Wie aus einer Trance erwacht, bestellte sie drei Whisky. Dann rief sie dem sich bereits entfernenden Ober hinterher: »Hey, Frederique, bitte a la James Bond. Geschüttelt und nicht gerührt!«

Sie lachten. »Inga du bist wirklich völlig verrückt. Aber gut, schließen wir einen Pakt. Wir bewerben uns an der Uni!«

Luzis Depression schien wie weggeblasen. »Das wird bestimmt die schönste Zeit unseres Lebens! Studieren unter Backfischen! Prost, Mädels!«

Amy lallte schon gewaltig: »Das erinnert mich an die Feuerzangenbowle mit Heinz Rühmann. Ob es bei uns genauso lustig wird wie bei dem Pfeiffer mit den drei f? Vielleicht verlieben wir uns ja in einen Oberstudienrat!«

Luzis Augen funkelten. »Vielleicht werden wir sogar noch verbeamtet und bekommen eine tolle Pension!«, dann brüllte sie sichtlich euphorisiert in Richtung Tresen auf Französisch: »Laurent, encore trois 007!«

Als der Restaurant-Chef nicht sofort reagierte, stand Luzi auf und pfiff auf zwei Fingern. Und zwar so laut, dass sich nicht nur Laurent erschreckte. Entsetzt sahen einige Gäste aus dem offenem Nebenraum zu ihnen herüber und begannen hinter vorgehaltener Hand zu tuscheln. Doch das war den Freundinnen egal. Sie erhoben die Gläser und prosteten sich zu.

Am nächsten Tag schrieben sie die Bewerbungen!

Erste Hürde Stundenplan

Oktober 2014

»*Willkommen an der Freien Universität Berlin im Fachbereich Psychologie und Erziehungswissenschaften! Sie wurden für das Wintersemester im Hauptfach Grundschulpädagogik und dem Nebenfach Naturwissenschaften zugelassen.*«

Inga las die Zeilen noch einmal und griff zum Telefon. »Ich hab's geschafft, ich bin angenommen, trotz NC!«

Amy schrie vor Freude. »Echt? Das ist ja der Burner! Ich war noch nicht am Briefkasten, warte kurz, ich eile!«

Inga hörte sich entfernendes Klackern. Vermutlich hatte Amy wieder ihre Stöckelschuhe an. Irgendwann bricht sie sich mit den Dingern nochmal die Haxen. Das sind wahre Mordwerkzeuge, wenn man damit auf jemanden einschlägt. Sie könnte nie auf solchen Schuhen laufen, würde auch sofort Rückenschmerzen bekommen. Pumps mit leichtem Absatz bereiteten ihr schon Probleme. Aber Amy war nur 1,56 Meter groß und zog deshalb immer Schuhe mit hohen Absätze an. Das war nicht mal die Mindestgröße, die für Flugbegleiterinnen eigentlich vorgeschrieben waren. Amy hat bei der Einstellung damals geschummelt und sich spezielle Geleinlagen anfertigen lassen, die sie heimlich in die Strümpfe steckte. Sie hat sich sogar zweimal wöchentlich an den Füßen aufhängen und strecken lassen. Amy der Fuchs, eine wahre Trickserin!

Auf einmal lautes Gekreische. Amy brüllte von weitem. »Yippie ya yeah, Baby yeah, yeah und nochmal yeah! Ich bin auch angenommen. Das ist der Mega-Hammer! Ich ruf schnell Luzi an, bis gleich.« Sie knallte den Hörer auf.

Zwei Minuten später rief sie wieder an. »Luzi auch. Wir haben es alle drei geschafft! Wir sind Göttinnen!«

Die erste Hürde war anscheinend geschafft, die Immatrikulation. Jetzt musste noch der Stundenplan erstellt werden. Die Teilnehmerzahl der einzelnen Pflichtkurse war begrenzt. Weder Amy noch Luzi hatten Ahnung davon, welche Kurse sie im ersten Semester überhaupt belegen mussten. Inga bot großspurig an, sich darum zu kümmern. »Schließlich habe ich schon mal studiert. Ich such alles raus und gebe es euch dann durch.«

Gesagt, vertan! Nichts wusste sie! Denn die Uni hatte sich verändert. Und zwar gewaltig.

Für die Zusammenstellung des Stundenplanes brauchte Inga zuerst die Studienordnung und den Studienverlaufsplan. Doch wo finden? Sie klickte sich suchend durch die Internetseiten der FU. Doch das waren alles böhmische Dörfer! Sie schien an den ganzen Informationsfluten zu verzweifeln. Schon nach einer Stunde hatte sie die Schnauze voll. »Ich bin doch kein Informatiker! Das wär doch gelacht, wenn das nicht auch anders ginge!«

Inga war eigentlich ein Profi in Sachen Recherche. Als Reporterin hatte sie 13 Jahre nichts anderes gemacht als recherchiert und geschrieben. Sie griff zum Telefon und rief in der Uni an. Die Dame erteilte ihr freundlich aber bestimmt eine deftige Absage. »Es tut mir furchtbar leid, aber das Zusammenstellen der Fächer geht nur online. Wenn Sie das nicht können, sollten Sie sich schnellstens einen Termin bei der Studienberatung geben lassen!«

Peng! Wütend legte Inga auf. »Papperlapapp, du blöde Schnepfe! Das schaffe ich schon alleine.«

Sie kämpfte sich weiter hartnäckig durchs Onlineportal. Eine Stunde später fand sie die passende Studienordnung. Beim Einloggen ins »Campus Management« der FU zeigte der Laptop dann bereits niedrigen Batteriestatus an. Verflixt! Schnell änderte sie noch das Passwort, der Computer ging dabei aus.

Sie fuhr den Computer sofort wieder mit Netzstecker hoch. Doch das neue Passwort funktionierte nicht. Sie probierte es nochmal. »Mist, das kann doch nicht sein!«

Wütend haute Inga auf ihre Tastatur. Dann gab sie das ursprüngliche Passwort der Uni ein. Auch nicht. Sie überprüfte die Feststelltaste. Alles korrekt. »Das gibt es doch gar nicht, Himmel Arsch und Zwirn!«

Verärgert rief Inga erneut in der Uni an. Nach dreimal Hin- und Her- verbinden landete sie in der ZEDAT (Computerabteilung). Doch statt Hilfe kam die nächste Niederlage. »Wir geben keine Auskünfte am Telefon. Kommen Sie persönlich vorbei! Mit Immatrikulationsbescheinigung und dem Personalausweis.«

Inga schimpfte. »Wie bitte? Das kann doch wohl nicht ihr Ernst sein. Ich habe ihnen doch das Originalpasswort gegeben. Das müsste als Beweis reichen!«

Doch die Studentin am anderen Ende des Hörers blieb stur. »Und wenn Sie in Brasilien wohnen würden, müssten Sie für die Änderung des Passwortes persönlich vorbeikommen! Aus Datenschutzgründen!«

Die Erklärung der Studentin: »Wenn da nur einer mit dem Passwort des anderen herumklickt, kann er denjenigen zu anderen Fächern anmelden, Noten, Haus- und Examensarbeiten löschen oder sogar Exmatrikulieren.«

Wütend über ihre eigene Inkompetenz und den zusätzlichen Zeitaufwand, schnappte sich Inga die geforderten Unterlagen und fuhr zur »Identifizierung« in die Rostlaube.

Die Rostlaube trug ihren Namen zurecht. Sie war ein hässliches, dunkelbraunes Gebäude mit Flecken. Es gab zwei Etagen und zahlreiche Eingänge. Der Pförtner machte

Inga höflich darauf aufmerksam, dass Hunde nicht erlaubt waren. Inga blaffte unfreundlich zurück: »Das war früher mal anders!«

Genervt brachte sie Flocke ins Auto zurück. Dann stellte sie sich an einen digitalen Wegweiser im Flurbereich der Uni und tippte die Adresse des Raumes ein, die ihr der Pförtner zuvor genannt hatte. Imaginäre Fußstapfen auf dem Computerbildschirm wiesen ihr Schritt für Schritt den Weg. Zur Kreuzung der K-Straße/ Ecke Straße 30. Gegenüber der philologischen Bibliothek. Aha! Neben ihr standen zwei junge Mädchen, vermutlich auch neue Studentinnen. Die eine sagte begeistert: »Wahnsinn, die lustigen Fußstapfen, die über Gänge wandern. Das ist ja wie in den Harry Potter Filmen!«

Die Gänge der Rostlaube waren in verschiedene Straßen (A bis Z) unterteilt. Inga lief vier Minuten lang auf einem roten Teppich geradeaus, bevor sie zweimal abbog und nicht weiter wusste. Mist, sie hatte sich verlaufen. Eine freundliche Asiatin erklärte ihr in gebrochenem Englisch den Weg. Ihre Füße schmerzten. Sie wünschte sich jetzt Turnschuhe und einen der Roller ihrer Söhne herbei. »Warum hab ich bloß Pumps an?«

Klar, dass bei der ZEDAT auch noch eine lange Schlange vor ihr war. Eine gefühlte halbe Stunde später erfuhr sie dann, warum das Passwort nicht funktioniert hatte. Ein Tippfehler. Statt Vollkorntoaster hatte sie als Codewort Vollkorntaster eingetippt. Also nur das »o« vergessen. Inga wurde rot und ärgerte sich wahnsinnig über diese Computertussi. Sie wegen des einen Buchstabens hier persönlich antanzen zu lassen. Hätte die Mistkrähe nicht einfach sagen können, dass das Passwort keinen Sinn ergab? Nein, diese Kuh musste ihre Macht ausspielen. Bürokraten an der Uni!

Das fehlte Inga gerade noch. Doch sie biss die Zähne zusammen und entschuldigte sich sogar bei der Studentin für den rauen Ton vorhin am Telefon. Wer weiß, wofür man das IT-Fräulein mit den pinken Strähnen und dem Nasenpiercing nochmal brauchen konnte. Inga hatte früher als Reporterin lange im Gericht gearbeitet. Da waren Kontakte das A und O. Es war wie mit Anwälten. Mit Anklageschriften oder Tipps konnten sie zu einer guten Story verhelfen. Die Welt funktionierte mit Kontakten eben besser!

Wieder zu Hause, loggte sie sich diesmal ganz langsam ein. Es klappte. Nach drei Stunden hatte sie alle Pflichtfächer mit dazugehörigen Vorlesungen herausgesucht.

Sie stöhnte und war erschöpft. Vom Krummsitzen schmerzte ihr Rücken. Sie emailte Luzi und Amy die Seminare mit den dazugehörigen Nummern, für die sie sich schnell eintragen sollten.

Es dauerte nicht lang, da klingelte Ingas Handy. Sie hatte gerade auf dem Sofa die Füße hochgelegt und wollte etwas dösen. Luzi war dran. »Sag mal, wieso hast du denn den Physikkurs nicht angemeldet?«

»Wieso Physik? Das hat doch mit unserem Studium nichts zu tun!«

»Doch meine Liebe, wir müssen im ersten Semester Physik belegen. Drei Stunden jede Woche, das ist Pflicht. Und im zweiten Semester kommt dann Chemie hinzu.«

Inga konnte es nicht glauben und ihr wurde tatsächlich ein bisschen übel bei dem Gedanken, Physik studieren zu müssen. »Wie kommst du denn darauf?«

»Ich kann lesen, das steht doch in der Studienordnung, die du mir eben geschickt hast. Was glaubst du denn, was für Fächer bei Naturwissenschaft unterrichtet werden?«

»Bio…?«

Inga seufzte. »Auch das noch. Ok ich kümmere mich drum!«

Als Amy davon erfuhr, war sie ebenfalls schockiert. »Ich soll Physik und Chemie studieren und auch noch unterrichten? Auf keinen Fall! Das gibt es doch auch gar nicht in unseren Grundschulen!«

»Aber es sind Pflichtfächer unseres Studiums!«

»Oh Gott! Diese Fächer habe ich als erstes auf dem Gymnasium abgewählt, sonst hätte ich das Abi nie geschafft!«

Inga versprach nochmal zu recherchieren. Sie las sich die Studienordnung nochmal ganz genau durch. Diesmal mit einer Brille (1+) aus der Drogerie, die sie für 3, 90 Euro gekauft hatte, weil sie neuerdings Kleingedrucktes auf Verpackungen und Rezepten nicht mehr lesen konnte. Dann sah sie ihren Fauxpas und noch so einiges anderes, was sie anscheinend überlesen hatte. »Oh Gott, jetzt weiß ich auch warum wir im Fachbereich Psychologie sind. Na das kann ja was werden!«

Es klingelte. Ihr kleiner Sohn Ben stand heulend vor der Tür. Die Nase blutig, die Haare zerzaust. Er warf seinen Schulranzen und die Jacke auf die Treppe und rannte an Inga vorbei nach oben in sein Zimmer. »Was ist denn passiert?«

Doch Inga bekam keine Antwort. Ben knallte seine Zimmertür zu. Inga wollte gerade nach oben gehen, als es wieder an der Haustür klingelte. Flocke bellte wie verrückt. Eine Nachbarin stand vor der Tür. Genau die, die Flocke nicht mochte. Es war komisch. Eigentlich war die Hündin sehr zutraulich und ließ sich fast von Jedem streicheln. Aber bei dieser Frau bellte und knurrte sie immer. Ein

Schlag Mensch, den sie wohl nicht ausstehen konnte. Ob das an ihren roten Haaren oder der piepsigen Stimme lag, wusste Inga nicht. »Einen Moment bitte!«

Inga sperrte Flocke ins Wohnzimmer, weil sie nicht aufhörte zu bellen. Prompt klingelte auch noch das Telefon. Und zwar an drei Hausapparaten gleichzeitig, in gefühlter maximaler Lautstärke. Inga zog den Hauptstecker und ging erstmal zur Haustür. Die Rothaarige stemmte die Hände ins Hüftgold ihres beleibten Körpers. Dazu wippte sie ungeduldig mit dem Fuß auf und ab. Inga ahnte Böses. Und richtig: Es folgte ein Schwall von Gezeter. Inga versuchte nicht auf die Spucke in den Mundwinkeln zu starren.

»Ihr Sohn hat schon wieder meinen Florian als Feuermelder beschimpft. Und sehen Sie sich das an!«

Sie hielt Inga eine grüne, verschmutzte Krokodilmütze unter die Nase, dazu einen losen Bommel. »Den hier hat Ihr Sohn Ben abgerissen und in die Pfütze geworfen.«

Inga sah sie mitleidig an. »Ich weiß ehrlich gesagt jetzt nicht, was Sie von mir wollen. Das sind Kinderstreitigkeiten in der Schule.«

»Kinderstreitigkeiten? Pah, das ist kriminell! Bitte nähen Sie den wieder an oder kaufen Sie meinem Sohn eine neue Mütze! Wenn das nicht aufhört, werde ich die Direktorin einschalten, so geht das mit Ihrem Sohn nicht weiter!«

Jetzt war es an Inga, wütend zu werden. Sie biss sich auf die Unterlippe und überlegte, der dicken Planschkuh mal ordentlich die Meinung zu geigen. Entschied sich dann aber für die clevere Variante. »Ich werde mit Ben reden und melde mich dann bei Ihnen! Ach, übrigens haben Ihre Söhne gestern von den Mülltonnen auf kleine Kinder gepinkelt! Auch nicht die feine englische Art.«

»Was? Das glaube ich nicht. Wirklich?«

»Ja, ich hab sie vom Küchenfenster aus beobachtet.«

»Und warum haben Sie nichts gesagt?«

»Es sind Ihre Kinder!«

Inga schloss die Tür und lehnte sich von innen mit dem Rücken dagegen. Dann zählte sie mit geschlossenen Augen bis zehn. Lauter als gewollt sagte sie dann: »Was für eine blöde, fette Qualle!«

Es war Inga egal, ob die Nachbarin das noch gehört hatte oder nicht. Inga konnte sich ein Grinsen nicht verkneifen. Wie konnte man seinen rothaarigen Sohn auch Florian nennen? So hieß der Schutzpatron der Feuerwehr! Klar, dass der gehänselt würde.

Inga klopfte an Bens Zimmertür und trat ein, ohne auf eine Antwort zu warten. Er lag mit seinem iPod auf dem Bett. Sie setzte sich zu ihm und streichelte ihm sanft über den Kopf. »Willst du mir nicht sagen, was passiert ist?«

Nein, Ben wollte nicht. Es kam jedenfalls keine Antwort. »Da war eben Florians Mutter, sie hat gesagt, ihr hättet Streit gehabt.«

»Florian hat angefangen!«

Ben erzählte seiner Mutter nun doch, was passiert war. Aber eine andere Version.

»Die Mütze hab ich ihm erst vom Kopf gerissen, als er mich getreten hat. Aber ein größerer Junge aus der 6. Klasse hat sie aufgehoben und mit anderen Jungs hin und hergeworfen. Ich hab mit dem abgerissenen Bommel nichts zu tun.«

»Und die blutige Nase?«

»Florian hat mir eben auf dem Schulweg mit der Luftpumpe ins Gesicht geschlagen und gesagt, dass mit der Mütze müsste ich büßen.«

Inga streichelte ihren Sohn und überlegte, was sie tun sollte. Ben war mit seinen 1,46 Metern kleiner und viel schmächtiger als der korpulente Florian. Schade, dass ihr

Sohn Finn nicht mehr auf der Grundschule war, er würde seinen kleinen Bruder vor diesem Rüpel beschützen. Sie waren zwar wie Feuer und Wasser, aber gegen Andere hielten sie zusammen. Wie Brüder es eben tun sollten. Wenn Ben Recht hatte, würde sie gar nicht daran denken, die Mütze zu nähen. »Komm, wir essen erst mal was!«

»Mama, da ist noch was.«

Ben überlegte eine Weile. »Da war ein Mann. Er hat mich von der Schule bis nach Hause verfolgt. Das war ziemlich unheimlich.«

»Was? Wie sah der aus?«

»Er war etwa so groß wie Papa, aber älter. Und er hatte lange Haare. Und ... Äh... ich...«

»Was?«

»Ich glaube, ich habe ihn schon öfter gesehen. In der Nähe der Schule. Aber auch hier in der Siedlung. Als das eben mit Florian passierte, war er plötzlich weg.«

Ingas Herz klopfte. Sie schnappte sich die Hundeleine und rief Flocke. »Ben, du bleibst hier drinnen und machst Niemandem auf! Hast du verstanden?«

Inga lief den ganzen Weg zu Fuß zur Schule und wieder zurück. Aber da war niemand. Sie lief auch die Nebenstraßen ab. Doch auch dort war kein Mann zu sehen. Jedenfalls keiner mit längeren Haaren, auf den die Beschreibung passte. Nur Schüler, die sich auf dem Nachhauseweg mit ihren Kameraden verquatschten und vereinzelt besorgte Mütter, die ihr Schulkind an der Hand nach Hause geleiteten. Inga sah sie nachdenklich an. Wahrscheinlich taten diese Mütter genau das Richtige in der heutigen Zeit, wo immer mehr Kinder verschwanden.

Als Inga wieder Zuhause war, instruierte sie Ben nochmal eindringlich, immer aufzupassen.

»Du gehst niemals mit Fremden mit, egal, was er oder sie dir versprechen! Und die Haustür darfst du nicht öffnen, ohne vorher an der Gegensprechanlage nachzufragen, wer da ist. Auch wenn sie sich als Postbote oder Polizist ausgeben, machst du die Tür nicht auf!«

»Auch Oma nicht?«

»Doch! Natürlich, Oma darf immer rein!«

Alarmiert von dem Vorfall, holte Inga ihren größeren Sohn Finn von der Schule ab.

Beide Jungs bekamen zur Sicherheit ein Prepaid-Mobiltelefon, die Inga immer noch griffbereit in der Schublade liegen hatte. Eine Angewohnheit von früher. Da sie als Reporterin immer schnell zu einem Einsatz musste und oft ihr Handy verlegte, hatte sie sich einen Not-Vorrat angelegt. Sie lud die Akkus auf, schrieb ihnen die Nummern mit Klebeband auf die Rückseite der Handys und erklärte ihnen, wie sie funktionierten. Danach fühlte sie sich besser. Sie rief Amy und Luzi an und warnte beide vor dem unheimlichen Mann.

Beim Abendbrot überarbeitete sie nochmal ihren Stundenplan. Zwei Pflichtseminare überschnitten sich zeitlich noch. Dieser blöde Physikkurs! Sie konnte ihn nicht verschieben, da er nur einmal in der Woche angeboten wurde. Und der andere Kurs fand nur am Nachmittag statt. Viel zu spät für Inga, da ihre Söhne schon um 14 Uhr aus der Schule kamen.

Mist, es gab keine Alternative! Sie klickte den 16 Uhr Kurs an. Dann sind die Jungs eben mal einen Nachmittag in der Woche allein. In den Hort wollten sie ja partout nicht. Aber darauf konnte sie jetzt keine Rücksicht nehmen. Sie hatte sich entschlossen, zu studieren, also machte sie es auch richtig! Zur Not gab es ja noch Oma und Opa. Und eine Tante, die schräg gegenüber wohnte.

Luzi und Amy hatten dasselbe Problem mit ihren Kindern. Aber diese Sorge wurde jetzt erstmal beiseitegeschoben. Morgen war ihr großer Tag: Das aufregende Uni-Leben sollte beginnen!

Um Punkt 7.30 Uhr stand Inga mit einer Tüte duftender Croissants bei Amy vor der Haustür. »Biste fertig?«
»Klar, kann losgehen!« Amy grinste übers ganze Gesicht. Sie war top gestylt und roch verführerisch nach Vanille. Blonde lange Mähne, roter Lippenstift passend zum viel zu kurzen, roten Rock. Ein rotes Shirt mit tiefblickendem Dekolletee. Darin hing eine goldene Kette mit Seepferdchen-Anhänger. Dazu trug sie giftgrüne Absatzschuhe und ihre schicke, grüne Lederjacke.
»Man hast du dich rausgeputzt, wen willst du denn betören? Du weißt schon, dass wir jetzt in die Uni fahren?«
»Irgendwie muss man doch punkten. Glaub ja nicht, dass ich in Chemie oder Physik anders durchkomme.«
Beide lachten. Aufgeregt stiegen sie in Ingas blauen Ford Mustang 1968 GT 390 Coupé (265 PS). Es war zwar schon Oktober aber noch warm genug, um das Verdeck zu öffnen. Sie drehten die Musik laut und fuhren los. Amy schwärmte. »Ist das ein geiles Gefühl? Als wären wir nochmal 20. Wir sind bestimmt die absoluten Oldies!«
Inga lachte. »Jedenfalls bestimmt die Einzigen, die in einem Oldtimer zur Uni fahren.«
»Halt bitte nochmal bei dem Bäcker, ich brauch unbedingt noch einen Latte Macchiato zum Mitnehmen! Willst du auch einen?«
»Nein danke, dann muss ich ständig aufs Klo!«
»Was ist mit Luzi?«

»Sie kommt später nach, wir sollen ihr aber schon mal einen Platz freihalten!«

Dann fuhren sie weiter zum Henry Ford Bau in der Garystraße in Dahlem. Beim Einparken erinnerte sich Inga an ein Verbrechen, dass hier mal ganz in der Nähe stattgefunden hatte. Sie war zehn Jahre lang in der härtesten Polizeiredaktion der Stadt tätig, bevor sie ins Gerichtsressort wechselte. Sie hatte ein Elefantengedächtnis was das anging und konnte sich an jede einzelne Geschichte erinnern, über die sie mal geschrieben hat. Das war ein richtiger Tick. Wenn man mit Inga durch Berlin fuhr und sie an einem früheren Tatort vorbei kam, erzählte sie sofort jedem und ungefragt, was da mal passiert war.

Klar, dass sie jetzt Amy ihre alte Geschichte auf die Nase band. »Zwei Straßen weiter wurde ein Starfriseur brutal überfallen und niedergeschlagen. Es waren Einbrecher. Sie zwangen ihn mit vorgehaltener Pistole, den Safe aufzumachen. Als er sich weigerte, schlugen sie seine Frau und drohten sie umzubringen.«

»Wie schrecklich und dann?«

»Als er seine Frau da so blutend liegen sah, gab er nach und öffnete den Safe. Anschließend verprügelten sie ihn aber trotzdem und rollten beide in einen Teppich ein. Sie hatten keine Chance, sich selbst aus dieser Lage zu befreien. Sie waren völlig machtlos und unbeweglich.«

»In einen Teppich? Darauf muss man erst mal kommen! Das muss schlimm gewesen sein.«

»Ja, sehr! Erst die Putzfrau fand sie am übernächsten Morgen. Die Frau kam verletzt ins Krankenhaus, sie hatte auch einen schweren Schock. Der ganze wertvolle Familienschmuck und eine Menge Bargeld waren weg. Merkwürdig war, wie die Einbrecher überhaupt ins Haus kamen.

Es war eine Videoüberwachung installiert, er hätte doch sehen müssen, wen er da ins Haus ließ. Aber die Presse erfährt eben nicht immer alles.«

»Du solltest Stadtführerin für Berlins Kriminalität werden. Das kommt bestimmt gut an!«

»Gute Idee, das mach ich dann, wenn es mit der Uni nicht klappt!«

Amy und Inga schlenderten über den Campus in das Uni Gebäude. Sie waren zu früh. Wenn in der Uni eine Vorlesung von 8 bis 10 Uhr angesetzt war, begann sie erst um 8.15 Uhr und endete bereits um 9.45 Uhr. Das war die sogenannte akademische Viertelstunde. Damit man pünktlich zu den Anschlussveranstaltungen kam. Das Berliner Unigelände war nämlich ziemlich groß. Einige Studenten mussten teilweise sogar anschließend zur Humboldtuni nach Mitte pendeln. Zum Beispiel die Sportstudenten.

Amy und Inga setzten sich im Hörsaal genau in die Mitte der mittleren Sitzreihen. Was sich wenig später als Fehler erwies. Mit ihrer Handtasche belegte Amy rechts neben sich einen Platz. »Mal sehen, neben wem Luzi lieber sitzen will, neben dir oder mir?«

»Sie hat die Wahl!«

Auch Inga besetze für Luzi einen Platz neben sich mit ihrem Rucksack.

In der nächsten halben Stunde füllte sich der Saal so sehr, dass viele Studienanfänger nur noch auf den Gängen und Fensterbänken Platz bekamen. Inga nahm deshalb ihren Rucksack wieder vom Nachbarsitz. »O Gott sind die alle jung!«

»Na was denkst du denn, die kommen doch auch direkt von der Schule.«

Amy zappelte unruhig auf ihrem Sitz hin und her und nahm schließlich auch ihre Handtasche wieder an sich.

»Wo bleibt denn Luzi nur? Ich kann den Sitz nicht mehr länger freihalten, es geht bestimmt gleich los.«

Plötzlich stand Amy auf und zupfte ihren Rock zurecht. Sie blieb dabei mit ihrer Strumpfhose an einer Sitzkante hängen. Eine Laufmasche klaffte wie ein Spinnennetz an ihrem Oberschenkel. Sie bereute sofort, noch einen Kaffee getrunken zu haben. »Mist, ist das unbequem in den engen Sitzen. Ich geh noch mal für kleine Königstöchter.«

Sie zwängte sich stöhnend auf ihren Stöckelschuhen und ihrem viel zu kurzem Rock an den Studenten vorbei aus der Sitzreihe.

Es schien eine Ewigkeit zu vergehen. Der Professor bezog bereits Stellung am Pult und fummelte am Mikrofon herum. Umgeben von studentischen Hilfskräften, die noch fleißig Blätter sortierten und seinen Anweisungen folgten. Inga musterte den Professor. So alt sah er gar nicht aus. Grau melierte Haare, schlank, etwa 1.80 Meter groß. Grauer Anzug, weißes Hemd, rote Fliege, Seitenscheitel. Inga schätzte sein Alter auf etwa 52 Jahre.

»Könnte mein Opa sein!«

Das kam von einem jungen Mädchen neben ihr, die sich mit ihrer Sitznachbarin unterhielt. Diese zischte unflätig zurück: »Hier gibt es ja überhaupt kein Material für uns. Sieh dich mal um, hier sind nur Schlampen!«

Inga war entsetzt über die Ausdrucksweise und sah sich um. Tatsächlich sah sie nur Frauen bzw. junge Mädchen. Außer dem Professor und einem Studenten auf der Empore sah sie kein weiteres männliches Wesen. Dann entdeckte sie doch einen. Sie hatte ihn nicht gleich erkannt, weil er einen Zopf hatte. Oh wie hässlich! Der sah aus wie diese Conchita Wurst, die gerade vor ein paar Monaten in Kopenhagen den 59. Eurovision Song Contest gewonnen hatte. Inga schüttelte sich leicht. Früher gab es definitiv mehr Männer an der Uni. Vor allem waren sie auch hübscher als dieser Jesusverschnitt. Es klopfte jemand plötzlich laut und lang ans Mikrofon. Inga hielt sich die Ohren zu. Das Stimmengewirr im Saal verstummte langsam.

Professor Dr. Taube stand mit einem breiten Lächeln am Rednerpult, welches mit dem FU-Siegel und den Begriffen »VERITAS«, »JUSTITIA« und »LIBERTAS« verziert war. So viel Latein wusste Inga noch, dass es »Wahrheit«, »Gerechtigkeit« und »Freiheit« bedeutete.

Grundwerte, die das wissenschaftliche Ethos der Hochschule bestimmten. Dr. Taube fing gerade an sich vorzustellen, als Amy wieder in den Saal kam. Es entstand eine gewisse Unruhe in der Sitzreihe, als Amy sich zurück auf ihren Platz kämpfte. Peinlich, ihre Strumpfhose hatte nun eine riesige Laufmasche! »Puh, nie wieder ziehe ich einen kurzen Rock in der Uni an!«

Sofort zischte jemand von hinten. »Pssst!«

Amy und Inga mussten lachen. Der Prof erklärte, dass es in diesem Semester viel zu viele neue Studentinnen und zu wenig Dozenten gäbe. Schuld daran wäre Berlin und Brandenburgs Lehrermangel. Sein zäher Vortrag war eine einzige Beschwerde: »Es sind deshalb einfach doppelt so viele angehende Pädagogen zugelassen worden, obwohl hier gar kein Platz für so viele ist. Es herrscht eine absolute Misswirtschaft! Aus diesem Grunde gibt es diese Vorlesung in Zukunft auch nur noch als Onlinevorlesung. Es tut mir leid, aber wir haben einfach keinen Hörsaal, wo alle reinpassen!«

Amy flüsterte Inga ins Ohr: »Was ist das denn für eine gequirlte Kacke. Da können wir ja gleich ein Fernstudium von zu Hause aus machen!«

Auch Inga war enttäuscht. »Lass uns erst mal abwarten, was weiter geschieht.«

Im ganzen Semester gäbe es demnach nur drei Präsenzveranstaltungen. Heute, in der Mitte und Ende März nach der Klausur. Der Rest passierte nur online. Inga meldete sich. Eine studentische Hilfskraft kämpfte sich mit einem mobilen Mikrofon zu ihr durch. »Und wenn man Fragen zu Inhalten der Onlinevorlesung habe?«

Der Professor antwortete ebenfalls übers Mikrofon. »Dann können Sie das aufschreiben und entweder in einer der nächsten Präsenzveranstaltung nachfragen oder gleich den Online-Chat nutzen. Da stehe ich übrigens fast immer zur Verfügung!«

»Und wie wollen Sie die Anwesenheitspflicht überprüfen?«

»Ich stelle Ihnen frei, wann Sie die Vorlesungen ansehen. Aber Sie müssen am Ende des Semesters eine Klausur schreiben. Die können Sie nur bestehen, wenn Sie alle Vorlesungen angesehen haben.«

Für Inga waren damit die Fragen beantwortet. Doch einige Studentinnen hatten echt ein Problem. So hatten einige noch keinen FU-Internetzugang und könnten so keine Vorlesungen ansehen. Andere hatten auch noch keine feste Wohnung oder überhaupt einen Computer. So zog sich die erste Veranstaltung mit weiteren, zahlreichen Organisationsproblemen hin. Fazit: Wer keinen Computer hatte, konnte heutzutage nicht studieren! Oder musste sich Tag und Nacht in der Uni aufhalten und einen der vorhandenen Rechner im Hause nutzen.

Na, Super! Amy und Inga waren enttäuscht. Inga tat bereits die Hüfte vom unbequemen Sitzen weh und ihr rechtes Bein war eingeschlafen. Sie schwor sich beim nächsten Mal ihr Keilkissen mitzubringen. Egal, was die anderen sagten. Außerdem musste jetzt auch sie dringend zur Toilette.

Amy hatte Luzi telefonisch nicht erreicht, sie war bisher auch nicht aufgetaucht. Beim Verlassen des Hörsaals bekamen Inga und Amy jede Menge Zettel in die Hände gedrückt. Auf einem stand: »Freut euch auf die Erstifahrt an den Apfelsee. Nur 25 Euro pro Person für sechs Tage.«

Amy deutete auf das Wort Erstifahrt und sah Inga an: »Was soll das denn sein?«

Ungefragt antwortete die Zettelverteilerin, die mitgehört hatte: »Eine Kennlernfahrt für die Erstsemestler.«

Sie sah schmuddelig aus mit ihrem Nasenpiercing und den verklebten Rasterlocken. Ihr Alter war für Inga schwer einzuschätzen. Sie hatte ein mit Pickeln übersätes, feist glänzendes Gesicht. Inga schätzte sie zwischen 19 und 30 Jahre. Ihre Hose war mit Löchern übersät und bestand aus karierten, zusammengenähten Flicken. Als ob die Motten eine Party hatten! Der grünrötliche Woll-Pulli sah aus, als hätte er noch nie eine Wäsche gesehen. »Wollt ihr bei der Uni-Rallye mitmachen? Ich kann euch sogar zeigen, wo es den billigsten Kaffee am Campus gibt?«

»Wenn ich Dir zeigen darf, wo man heile Klamotten und Shampoo kaufen kann?«

Amy zog Inga schnell am Arm weiter, bevor ihre Freundin noch mehr böse Sachen zu der armen Studentin sagen konnte. »Was biste denn so gemein? Sie hat es doch nur gut gemeint.«

»Ich auch. Die sieht schlimmer aus als Miss Piggy. Wieso haben so viele Studentinnen heute Nasenpiercings? Die haben wohl noch nie eine Grippe gehabt. Das muss doch richtig unangenehm sein mit einer Rüsselpest!«

Inga hatte jetzt schon keine Lust mehr auf die nächste Veranstaltung. »So jetzt müssen wir wandern, ab in die Habelschwerdter Allee. Mal sehen, welches Theater uns dort erwartet.«

Grundkurs Mathe stand auf dem Plan. Sie fuhren die paar Meter mit dem Auto um die Ecke zur Rostlaube. Vorm Eingang trafen sie auf Luzi. Sie quarzte genüsslich eine Zigarette und begrüßte ihre Freundinnen bester Laune. Ihre Ausrede fürs Zuspätkommen: »Mein Töchterchen hatte erst zur zweiten Stunde, deshalb konnte ich nicht früher kommen. Aber es war doch bestimmt eh nur Organisatorisches, oder?«

Sie deutete auf Amys Strumpfhose. Amy nahm ihr aber gleich den Wind aus den Segeln, bevor sie dumme Sprüche erntete. »Ja, ich weiß. Ich bin an der Sitzschale im Hörsaal hängengeblieben. Nie wieder Rock und Strumpfhose im Hörsaal! Lektion gelernt. Los Mädels, auf in die nächste Runde!«

Wieder führte der imaginäre Wegweiser im Eingangsbereich seine Geisterschritte über den ellenlangen roten Teppich.

»Ich hab euch doch gesagt, dass es weit ist. Die K-Straße müssen wir bis zum Ende geradeaus laufen und dann führt erst der Gang nach links zu der Lernwerkstatt!«

Inga sah auf Amys und Luzis Schuhe hinunter. »Ihr mit euren hochhackigen Schuhen. Wetten ab morgen zieht ihr Turnschuhe an wie ich? Wie wäre es mit einem kleinen Wettrennen?«

»Sehr witzig! Wie wäre es, wenn wir einfach mal loslaufen? Der Computer zeigt an, dass wir sieben Minuten bis zum Ziel benötigen, also los!«

Inga feixte sich eins, als Luzi auf ungefähr der Hälfte des Weges schlapp machte. »Wartet mal, ich hab was im Schuh!«

»Klar, du kannst nicht mehr, weil du zu viel rauchst und deine alte Lunge gerade rebelliert.«

»Inga, du bist eine blöde Kuh! Ich habe nur einen Kieselstein im Schuh, mehr nicht! Siehst du?« Luzi hielt etwas Undefinierbares hoch.

Luzi zog dann aber plötzlich doch beide Schuhe aus und lief barfuß weiter. »Was guckt ihr so, ist doch ein roter Teppich! Ich sehe immer noch besser aus als diese ganzen anderen Freaks hier. Ist ja wie im Gruselkabinett. Warum tragen die alle schwarz und haben Stecker im Gesicht?«

Amy lachte. »Weil die Mode heute wohl so ist!«

Als sie in dem Seminarraum ankamen, waren natürlich schon alle Tische und Stühle besetzt. Die Luft war unerträglich stickig. Sie gesellten sie sich zu stehenden Studentinnen an der Seitenwand.

Inga drängte sich an ein Fenster und öffnete es. Ein junges Mädchen, das davor stand, schien das zu stören. Inga rechtfertigte sich. »Die Luft steht hier drin, ich halt es hier sonst nicht aus!«

Inga sog die frische Luft ein und es ging ihr schlagartig besser. Das Mädchen stellte sich woanders hin.

Die Professorin kam elf Minuten zu spät.

Luzi flüsterte. »Oha, wie sieht die denn aus? Wie eine Monsterpuppe aus der Muppet Show!«

Die Professorin war in der Tat sehr unproportioniert. Der breite Kopf passte nicht zum Rest des Körpers, der sehr mager wirkte. Ihre Nase war auffallend breit, wie bei einem Boxer. Auch ihr großer Schmollmund passte irgendwie nicht zum Gesicht. Ihre blonden, langen Haare fielen aalglatt über die Schultern.

Amy sagte grinsend. »Botox Lippen! Ich weiß, wie sie aussieht. Wie die Fernsehpuppe Plumpaquatsch aus der Sendung mit Susanne Beck.«

Es ging los! Der Tenor der ersten Mathestunde war leider der gleiche wie im Kurs davor: »Es gibt definitiv zu viele

Studentinnen! Fünfzehn von Ihnen müssen den Kurs wieder verlassen! Anders mache ich hier keinen Unterricht!«

Amy fragte laut: »Wer soll denn gehen? Es sind doch alle für diesen Kurs zugelassen worden. Die Stundenpläne sind mit den anderen Kursen aufeinander abgestimmt!«

»Da mögen Sie Recht haben! Wir werden aber gezwungenermaßen noch zwei weitere Grundkurse aufmachen müssen. Ich lese jetzt 15 Namen vor, die bitte den Raum verlassen und sich bei der Studienverwaltung melden!«

Inga, Amy und Luzi hatten Glück, sie durften bleiben. Die übrigen Anwesenden wurden in vier Gruppen eingeteilt. Alle Stühle und Tische wurden zur Seite geräumt, dann sollte jede Gruppe einen eigenen Kreis bilden.

Amy stöhnte. »Was kommt denn jetzt?«

»Ihre erste Aufgabe ist es, sich den Ball gegenseitig zu zuwerfen und dabei laut Ihren Namen zu rufen.«

Luzi verdrehte fassungslos die Augen. »Was? Das mach ich nicht mit. Ich bin doch nicht bekloppt!«

Sie wandte sich zu Inga und Amy. »Ich warte draußen auf euch!« Dann schlich sie raus. Es fiel niemanden auf, so voll und laut war es im Raum.

Inga konnte sich die Namen kaum merken und musste dringend aufs Klo. Außerdem gab es allein vier »Maries.« Als die Gruppen neu gemischt wurden, schlichen sich Amy und Inga auch nach draußen. Luzi saß gemütlich mit einem Kaffee in der Sonne des Innenhofes und rauchte. »Na Mädels, hat's Spaß gemacht?«

Willkommen an der FU!

Luzis Party

Das Geschenk war ein voller Erfolg! Ein Wellness Wochenende in Bad Saarow am Scharmützelsee.

»Nur wir drei ganz allein? Ohne Mann und ohne Kinder?«

Amy küsste Luzi auf die Wange. »Yes, babe! Es erwartet dich ein tolles Candle Light Dinner und noch eine Überraschung.«

Luzi war begeistert. »Ihr seid verrückt! Danke! Aber ihr wisst schon, dass dort nur alte Leute Urlaub machen?«

»Tja, du wirst eben auch schon halbe 90«, Inga konnte es nicht lassen, am Alter zu sticheln.

Amys Augen glänzten, sie konnte die Überraschung nicht für sich behalten: »Dort gibt es ein Kino. Und nun rate Mal, was da zufällig die ganze Woche läuft?«

»Keine Ahnung! Die Tribute von Panem, Catching Fire?«

»Ach Luzi, du Quatschkopf. Natürlich Magic Mike! Und das ist im Geschenk inbegriffen!«

Vor Freude umarmte und küsste sie ihre beiden Freundinnen. Amy und Inga grinsten. Das Luzi den Stripperfilm gut finden würde, hatten sie sich gedacht. Schließlich war sie ein absoluter Fan von dem Schauspieler Channing Tatum. Sie hatten zwar noch nicht ausgemacht, wer das alles bezahlen sollte, aber irgendwie würde es schon klappen. Luzis Mann zeigte sich ausnahmsweise mal von seiner charmanten Seite und füllte die zahlreichen Sektgläser auf. Luzi zuliebe hatte er sich als Butler verkleidet. Schwarzer Anzug, weißes Tuch über den Arm. Es war eine bunte Mischung an Freunden eingeladen. Alte Kollegen, andere Mütter und Nachbarn.

Amy unterhielt sich sehr angeregt mit einem blonden Schönling in der Küche. Inga war neugierig. »Mit wem flirtet Amy da?«

Luzi biss in eine herzhafte Käsestange. »Mein alter Kollege aus der Werbeabteilung. Süß oder? Aber leider schwul!«

»Oh, schade! Aber ich muss zugeben, der sieht rattenscharf aus.«

»Inga, zum Glück sind die Geschmäcker verschieden. Ich steh nicht so auf die langhaarigen Surfer-Typen. Blond ist sowieso nicht mein Fall. Bei mir müssen die Männer kurze und dunkle Haare haben.«

»Oder eine Glatze, wie dein Mann sie hat.«

»Du bist gemein! Aber ja, passend zum Alter!«

Beide lachten.

Inga ging in die Küche zum Buffet und tat so, als ob sie sich noch etwas zu Essen holen wollte. Die Ohren auf Lauschangriff gestellt. Sie hörte, wie Amy von ihrer früheren Tätigkeit als Purser bei der Lufthansa erzählte und wie schwierig es war, wieder in den alten Job zurückzukehren.

»Was soll ich machen, wenn die Kita anruft und die Kids krank sind. Mal eben von den Vereinigten Emiraten zurückfliegen? Haha!«

Der blonde Gott war leider ziemlich naiv. »Gibt es da keine Halbtagsstellen. Flüge nach München oder Hamburg?«

Inga verschluckte sich fast an ihrem Nudelsalat vor Lachen und mischte sich ein. »Auch von München oder Hamburg ist es schwer, mal eben ein Kind aus der Kita oder Schule abzuholen, wenn es Fieber hat.«

Es entbrannte eine heiße Diskussion über die Rolle der Mütter in der heutigen Zeit. Und immer mehr Gäste kamen in die kleine Küche und gaben ihren Senf dazu.

Luzi und Inga konnten nach ihren Schwangerschaften nicht in den alten Beruf zurück. Die Chefs hatten ihnen erst die alte Vollzeitstelle angeboten, doch das ließ sich nicht mit der Familie vereinbaren.

Luzi brachte es auf den Punkt. »Natürlich kann man mit Kindern voll arbeiten gehen. Darum geht es nicht. Aber dann müsste ich morgens um 6 Uhr mein Kind in der Kita abgegeben und abends um 18 Uhr wieder abholen. Welche Mutter will das? Ich jedenfalls nicht! Dann muss ich kein Kind in die Welt setzen.«

Luzi erklärte, warum auch die Halbtagsstelle nichts für sie war. Sie hatte sie mit Kleinkindern angetreten. »Marketingleiterin war ich natürlich nicht mehr. Ich habe nur noch unwichtige Aufgaben bekommen. Mein Chef hat mir erst das 13. Gehalt gekürzt, weil meine Kinder angeblich zu oft krank waren. Dann wurde die Arbeitsatmosphäre unerträglich. Ich wurde gemobbt, ging dann freiwillig.«

»Dabei warst du unser bestes Pferd im Stall! Das war dumm von Michael, dich gehen zu lassen!«, sagte der blonde Schönling und Ex-Kollege.

Inga flüsterte Amy ins Ohr, dass dieser Gott von Mann leider schwul sei. Sie wurde rot. Luzis Augen funkelten, sie hatte sich mal wieder in Rage geredet und in Verbindung mit Prosecco würde das auch so schnell nicht abebben. Ihre Wangen glühten keck und mit ihrem wippenden, roten Lockenkopf sah sie jetzt aus wie eine Feuerqualle. Inga nannte sie oft Luzifer, weil sie sie für eine kleine Teufelin hielt. Aber eine, die das Herz auf dem rechten Fleck trug. Eine liebe Teufelin! Aber zur Feindin wollte sie sie auch nicht haben. Luzi konnte, wenn sie wollte, ziemlich gemein sein. Sie besaß angeblich übersinnliche Fähigkeiten und diverse Voodoo Puppen in ihrer Kommode. Auf manchen Puppen klebte ein Foto auf dem Gesicht, von

Leuten, mit denen sie Stress hatte. Daneben lagen diverse Stecknadeln. Inga wollte gar nicht so genau wissen, ob es funktionierte. Es verschaffte klein Luzifer jedoch Genugtuung.

Luzi ging zum Angriff über. »Mütter in Deutschland werden heutzutage zu potentiellen Hartz IV Empfängerinnen gezüchtet. Da haben es Verbrecher hierzulande einfacher. Am besten überfallen wir eine Bank. Entweder haben wir Erfolg und werden Millionärinnen oder wir scheitern und landen im Knast!«

Amy nickte. »Da können wir auch problemlos die Ausbildung machen, die wir wollen. Müssen uns keine Sorgen über warme Mahlzeiten oder ein Dach über den Kopf machen.«

Luzis Mann verzog genervt das Gesicht. »Erzählt doch nicht immer so einen Quatsch.«

Jetzt übernahm Inga. »Wieso Quatsch? Das ist die Realität! Die Kriminellen werden nun mal in unserem System mehr gefördert und unterstützt. Denk doch zum Beispiel mal an den Kaufhauserpresser Dagobert!«

»Wer ist Dagobert?«

Ingas erzählte von Arno Funke alias Dagobert, der sechs Jahre lang die Berliner Polizei narrte. Wie er Geld erpresste, mit raffinierten Basteleien trickste und sogar mal eine Bombe bei Karstadt hochgehen ließ. Und wie Reporter aus ganz Deutschland den Polizeifunk abhörten und immer der Polizei hinterherfuhren, in der Hoffnung, bei einer Geldübergabe live dabei zu sein.

»Warst du auch mal bei einer Geldübergabe dabei?«

»Ja. Wollt ihr das wirklich hören?«

Die Gäste wollten. Alles drängte sich in der Küche entlang des reichhaltigen Käse- und Wurst-Buffets. Inga sah, wie die goldene Bluse von Dörte gefährlich nahe an eine brennende Kerze kam. »Achtung, Dörte, deine Bluse!«

Dörte zuckte vor Schreck nach vorne und kippte dabei den Inhalt ihres Prosecco-Glases auf den Linoleum Fußboden. Als sie sich bückte, um die Pfütze mit einem Küchentuch aufzuwischen, gab es ein ungutes Geräusch.

»Upps! Das war wohl mein Rock!«

Die Naht des schwarzen, sehr kurzen Lederrocks schien etwas eingerissen. Dörte versuchte schnell, die Aufmerksamkeit wieder auf Inga zu lenken. »Nicht weiter wild, erzähl einfach weiter!«

Inga war in ihrem Element. »Einmal sollte die Polizei das Lösegeld in eine Streusandkiste legen. Die Beamten des Sondereinsatzkommandos hatten natürlich einen Peilsender mit reingelegt, der auf Bewegung reagierte. Dann hatte die Polizei sich in der Umgebung auf die Lauer gelegt und die Streusandkiste beobachtet. Plötzlich ging der Peilsender los, obwohl niemand zu sehen war. Sie stürmten zur Kiste, aber das Geld war weg!«

»Wie das denn?«

»Dagobert hatte die Kiste vorher präpariert. Sie stand auf einem geöffneten Gully-Kanaldeckel.«

Inga erzählte, wie der Geldkoffer samt Sand in den Kanal rutschte, Dagobert sich den Koffer schnappte und durch einen der vielen Kanalschächte entkam.

»Und das wusste die Polizei nicht? Den Ort haben sie vorher nicht überprüft?«

»Das weiß ich auch nicht mehr so genau. Jedenfalls hatte Dagobert dafür vorgesorgt, falls sie das mit dem Gully entdecken würde.«

»Und wie?«

»Auf die Steigeisen, die nach unten in die Kanalisation führten, hatte er leere Bierdosen gelegt. Falls ein Fahnder runtergestiegen wäre, wären die Dosen runtergefallen und hätten auf dem Beton gescheppert. Das hätte er bis in die entfernten Gänge, wo er bereits in Lauerstellung war, gehört.«

Luzi beendete Ingas Geschichte. »Und wäre so noch rechtzeitig gewarnt worden, um zu fliehen.«

Inga nickte. »Genau. Und so trickste er bei fast jeder Geldübergabe herum. Die Polizei musste sich deshalb sehr viel Spott anhören.«

Luzi erinnerte sich als einzige der 18 Gäste an die damaligen Berichte. Was Inga sehr wunderte, denn schließlich ging es über Jahre durch die gesamte Presse. Bundesweit.

»Dagobert hielt alle zum Narren. Pfiffige Händler schlugen daraus sogar Profit.«

Inga berichtete von Tassen und T-Shirts, die es zu kaufen gab. Mit dem Schriftzug »Kargobert« und dem Bild von Dagobert Duck, wie er in Gold badete. Inga hatte selbst so eins. »Fast alle Reporter, die damals über den Fall berichteten, hatten so ein T-Shirt.«

»Und warum Kargobert?«

»Weil er Karstadt erpresste. Dagobert, weil er Millionen haben wollte.«

»Und als er geschnappt wurde?«

»Er kam ins Gefängnis. Nach Absitzen seiner Strafe arbeitete er als Karikaturist bei der Satire-Zeitschrift Eulenspiegel, schrieb seine Memoiren und trat in Talkshows auf. Er wohnt übrigens ganz in unserer Nähe.«

»Er machte sozusagen Karriere! Das ist doch nicht dein Ernst, oder?«

»Doch, ich bin sogar über Facebook mit ihm befreundet!«

Allgemeines Schweigen! »Wollt ihr noch mehr hören?«

Inga war wie im Rausch, wenn sie von ihren alten Kriminalfällen berichtete. Aber sie hatte auch immer Publikum dafür. Die Leute fanden es spannend.

»Um nochmal zum eigentlichen Punkt zurückzukommen. Frauen mit Kindern wird ein beruflicher Neuanfang von Ämtern unheimlich schwer gemacht. Ich habe es am eigenen Leibe erfahren und bin total erniedrigt worden auf dem Arbeitsamt. Sie haben mich behandelt wie einen Schmarotzer.«

Dann erzählte Inga zum Vergleich die Geschichte von einem Kindermörder. »Während seiner Haftzeit beendete er sein Jurastudium, arbeitete nebenbei für eine Rechtsanwaltskanzlei und durfte seinen Namen ändern!«

Amy war überrascht. »Wieso durfte er seinen Namen ändern?«

»Damit man ihn nach der Haft mit dem Mord nicht mehr in Verbindung bringt. Um ihn zu schützen. Das gehört zum Resozialisierungsprogramm!«

»Das ist ja der Hammer. Das glaube ich dir nicht!«

»Doch, so ist unser Rechtsstaat! Es geht noch weiter. Er schrieb sogar ein Buch und kam wegen guter Führung bereits nach Verbüßung von zwei Dritteln seiner Strafe frei.«

Ein Gast sprach aus, was viele dachten: »Das Schwein würde ich umbringen!«

»Und ratet mal, was der Typ heute macht? Er ist verheiratet, hat ein Kind, lebt und arbeitet als braver Bürger in Süddeutschland!«

Amy schüttelte angewidert den Kopf und bemerkte:

»Und ich hatte mich damals keines Verbrechens schuldig gemacht. Ich wurde nur Mutter und verlor meine Stelle. Ohne Job musste ich mich dann vom Arbeitsamt regelrecht gängeln lassen. Wochenlang meine Hosen vor den zum Teil sehr unfreundlichen Mitarbeiterinnen runterlassen und förmlich Abbitte leisten, damit ich die mir zustehenden Leistungen erhielt. Das war damals sehr schlimm für mich. So etwas möchte ich nie wieder erleben! Es hat Monate gedauert, bis ich mein erstes Arbeitslosengeld überhaupt erhielt. Ich bin dann vors Sozialgericht gezogen und habe das, was mir zustand, eingeklagt. Das war sehr erniedrigend. Aber lassen wir das Thema lieber, das zieht mich nur runter!«

»Tja, so ist leider die Realität! Verbrechern wird mit allen zur Verfügung stehenden Mitteln geholfen, sich wieder einzugliedern. Opfern und Müttern nicht. Mir ging es ähnlich. Ein Job wurde mir seit der Elternzeit nie wieder angeboten. Eine verkehrte Gesellschaft!«, stimmte Inga ihr zu.

»Eine verkorkste Gesellschaft!«, pflichtete ihr Luzis Mann bei.

Luzi beendete die Diskussion. »Aber wir sind ja jetzt Studentinnen, Prost Mädels!«

Seifenblase Traum-Uni!

In den nächsten Wochen herrschte Chaos an der Uni! Alle Kurse waren maßlos überfüllt. Es wurde hin- und her getauscht und gelost. Einige Studenten hatten Pech, bekamen trotz fester Zusage des Studienplatzes keinen Platz in ihren Pflichtseminaren. Manche Professoren rieten den betroffenen Studenten, sich zu organisieren und einen Anwalt zu nehmen, um sich einzuklagen.

»So entstehen die Studentenbewegungen also. Das ist doch eine Posse, was hier abgeht.« Inga informierte ihre Freundin bei der Zeitung. Am nächsten Tag lautete die Schlagzeile in Berlins größter Boulevardzeitung: »Berlins Uni platzt aus allen Nähten!«

Inga, Luzi und Amy hatten Glück. Dadurch, dass sie noch Kinder unter 12 Jahren zu betreuen hatten, wurden sie bevorzugt. Sie bekamen alle Kurse genauso, wie sie sie ausgewählt hatten.

»Na endlich werden wir Mütter mal bevorzugt!« Luzi strahlte übers ganze Gesicht. Doch das Grinsen verging ihr in der ersten Biovorlesung. »Ist Latein Voraussetzung für unser Studium? Ich verstehe so gut wie kein Wort!«

Auch Inga kam nicht mit. »Ich hatte Latein bis zu 10. Klasse und Bio Leistungskurs im Abi, aber ich verstehe auch kein Wort.«

Amy schmollte. »Ich hatte nie Latein. Was ist bitteschön ein Curriculum?«

Inga googelte es. »Die Theorie des Lernablaufs.«

»Aha, jetzt bin ich schlauer.« Amy seufzte resignierend und schlug ihr Heft zu. »Ich schreib nicht mehr mit. Der Bursche leiert die Folien nur so runter ohne Pause, das hat keinen Sinn! Ich versteh auch den ganzen Kram nicht mal auf Deutsch.«

Luzi hörte auch nicht mehr zu, quatschte mit ihrer Sitznachbarin und drehte sich dann zu Inga um. »Stell dir vor, wir studieren zusammen mit Veterinärmedizinern! Das ist nicht Bio für die Grundschule, sondern die gesamte Fachliteratur. Von der Pflanzenphysiologie mit all ihren chemischen Prozessen. Dann Zoologie, Botanik, Genetik. Von der Pike auf.«

»Nicht dein ernst! Das soll wohl ein Witz sein?«

Aber es war kein Witz! Die Ernüchterung folgte: Denn Bio war nicht das einzige Fach! Mathe studierten sie mit Mathestudenten und Physik mit Physikstudenten! Inga fasste es nicht. »Warum das denn? Ich will doch nur Grundschüler unterrichten. Wozu muss ich Integralrechnung studieren, wenn ich an einer Grundschule unterrichte? Das ist doch Schwachsinn!«

Amy packte frustriert ihr Zeug zusammen. »Ich verstehe überhaupt kein Wort. Das hat keinen Sinn!«

In einem Affenzahn leierte der junge Tutor ungeniert weiter seine 46 Folien runter. Luzi resignierte ebenfalls. »Das ist mir zu blöd, wir sehen und draußen!«

Inga hatte zum Glück ihr Keilkissen dabei und saß einigermaßen bequem. Nach der Vorlesung trafen sich die drei wieder draußen und beschlossen, sich die Folien in Ruhe zu Hause runterzuladen und durchzulesen. Vielleicht würden die nächsten Vorträge besser werden.

Doch Fehlanzeige! Sie waren genauso. Inga beschloss deshalb Bio überhaupt nicht mehr zu besuchen. »Das bringt nichts. Die sechs Stunden sind vertane Zeit!«

Luzi entschied genauso. Nur Amy ging weiter hin. »Dann hab ich es wenigstens schon mal gehört und kann mich bei den Klausurfragen vielleicht besser erinnern.«

Physik war ebenfalls ein Reinfall. Der Kurs wurde auch noch auf nachmittags verschoben, fand mittwochs von 14 bis 17 Uhr in der Arnimallee statt. Genau zu der Zeit, wo Inga mit ihren Jungs normalerweise zum Hockey fuhr. Das war nun erst mal vorbei. Hockey hängte sie mit als erstes an den Nagel. Erst ihr eigenes, dann auch immer mehr das Training ihrer Söhne. Sie hatte bisher noch keinen Fahrdienst für die Jungs organisiert. Da der Verein so weit weg war, konnten sie momentan auch nicht allein mit dem Fahrrad hinfahren. Dazu waren sie Ingas Meinung nach noch zu klein.

Der Physikkurs wurde streng kontrolliert. Wenn man mehr als zweimal nicht erschien, wurde der Kurs für das Semester nicht angerechnet. Es sei denn, man brachte ab dem dritten Mal ein Attest. Das galt für alle Fächer. Der Physik-Professor ließ immer eine Namensliste herumgehen. Manchmal las er auch die Liste vor und hakte dann die Namen selbst ab. Schummeln war so fast unmöglich. Ingas schlimmste Befürchtungen wurden wahr: Die Studentinnen sollten die einzelnen Themen des Semesters (Strom, Magnetismus, Hebelgesetze, etc.) zu Hause selber vorbereiten und in Dreiergruppen in PowerPoint Präsentationen vortragen. Das war in fast jedem Fach so aber in Physik? Für Inga eine Horrorvorstellung! »Ich habe in meinem ganzen Leben bisher nur ein Referat gehalten, und zwar über unseren Graupapagei. Das dauerte keine drei Minuten und ich habe abgelesen.«

Bei Amy war es ähnlich. »Ich habe bisher nur über den Funkturm mit seinen vier Porzellanisolatoren berichtet.«

Luzi konnte nichts dazu sagen. Zu tief saß der Schock von dem eben Gehörten. Sie rechnete in Gedanken nochmal nach. Ein Referat in Dreiergruppen, über drei Stunden lang... - hieße, jede von ihnen müsse mindestens eine

Stunde lang referieren! Über Hebelgesetze oder die Erhaltung der Masse? Und das nicht vor Grundschülern für Grundschüler: Sondern…!

Sie fischte sich eine Packung Marlboro aus ihrer roten Plastik-Umhängetasche, die jeder Studienanfänger geschenkt bekommen hatte. Man konnte wählen zwischen den Farben rot, blau und grün. »Leute, seid mir nicht böse aber ich geh mal kurz frische Luft schnappen!«

Als Inga und Amy wenige Minuten später folgten, wischte sich Luzi gerade Tränen aus dem Gesicht. »Hey Luzi, was ist denn los, geht es dir nicht gut?«

»Es ist nichts! Ich habe Rauch in die Augen bekommen und dazu noch eine Allergie.«

Und dachte sich: Eine Allergie gegen Physik!

Die folgenden Tage und Wochen waren nur noch von Referaten und Hausaufgaben bestimmt. Die drei hatten Mühe mitzukommen.

»Ich verstehe die Texte in Erziehungswissenschaft und Sachkunde kaum. Ich sitze andauernd mit einem Duden da. Das dauert ewig, bis ich manche Texte durch habe. Wieso werden so viele Fremdwörter benutzt, wir sprechen doch deutsch!«

Inga ging es genauso. »Als ob wir mit den Grundschülern solche Wörter benutzen. Ich bin auch am Limit, kann nicht mehr.«

Lange Restaurantabende beim Franzosen, After-Work Partys oder Kino – das war vorbei! So hatten sich die drei das Uni-Leben nicht vorgestellt. Frustriert gingen sie zum Mentoring-Treff. Die Mentorin versuchte, die drei zu beruhigen. »Das ist wirklich nur am Anfang so. Ihr müsst erst mal wieder in den Lernprozess einsteigen. Das ist bei euch ja schon so lange her. Wartet ab, das zweite Semester wird viel leichter. Ihr müsst nur bis dahin durchhalten! Die sieben jetzt mit Absicht nochmal richtig aus, weil es viel zu viele Studentinnen gibt. Wartet ab, es wird einfacher, versprochen!«

Die jüngeren Studentinnen hatten erhebliche Vorteile: Sie steckten noch im Lernprozess vom Abi und waren sichtlich alle geübt in PowerPoint Präsentationen. Das war heutzutage nämlich Usus an den Schulen, so etwas zu können. Sogar an den Grundschulen gab es bereits Smartboards und Laptops.

Luzi frotzelte: »In der heutigen Zeit ist eben alles moderner. Grüne Schiefertafel, Kreide und Schwamm? Das war in der Steinzeit. Zu unserer Zeit!«

Das Lernen bereitete Inga immer größere Schwierigkeiten. Sie kam einfach mit der Zeit nicht hin und schlug sich die Nächte um die Ohren. Die Folgen waren fatal fürs Familienleben: Das Essen stand nicht mehr pünktlich auf dem Tisch. Die Kinder machten nur noch was sie wollten, holten sich Döner oder Pommes, saßen viel zu viel vor den Spielkonsolen. Das Ergebnis kam postwendend schriftlich von der Schule. Sie ließen nach, vergaßen immer öfter ihre Hausaufgaben und fielen durch aggressives Verhalten gegenüber Mitschülern auf.

Fazit: Es knallte gewaltig in der Ehe!
Und bei Amy und Luzi war es nicht viel anders.

Verhängnisvolle Begegnung

»Ich hab dir schon mal gesagt, dass ich dafür keine Zeit habe! Ich komme nicht mit, basta!«

Mark versuchte zum wiederholten Male, Inga dazu zu überreden, zu einem Familientreffen mit in den Norden zu fahren. Sie sollten alle bei seiner Schwester schlafen. Auch der Hund.

»Es kommen alle! Nur du nicht! Mir und meiner Mutter ist es aber wichtig, dass du auch mitkommst!«

»Ich muss lernen! Ich weiß jetzt noch nicht mal, wann ich welche Hausaufgabe schaffe. Begreif es doch mal endlich!«

Inga war wütend und fühlte sich unverstanden und überfordert. In letzter Zeit stritten sie nur noch.

»Ich habe auch mal studiert und du bist erst im ersten Semester. Erzähl mir doch nicht, dass du keine Zeit hast. Das ist doch ein Witz!«

»Mark, dein Opa ist seit Jahrzehnten tot! Ich kenne ihn nicht mal!«

Mark war uneinsichtig. »Das ist sein 100. Geburtstag!«

Jetzt reichte es Inga. »Ich feiere lieber die Geburtstage der Lebenden!«

Der Streit eskalierte. Mark warf ihr plötzlich vor, nichts mehr auf die Reihe zu kriegen, weder im Haushalt noch die Kinder. »Hier sieht es aus wie im Schlampenladen!«

Das war zu viel. Inga kamen die Tränen. »Ich habe damals meinen Job für die Familie aufgegeben. Du hast meine Abfindung kassiert und in deine neue Firma gesteckt. Ich bin nicht nur Putzfrau und Babysitterin. Du rennst jeden Tag nach der Arbeit und am Wochenende zum Sport, was machst du denn zu Hause?«

»Ich verdiene immerhin das Geld und zahle das Essen, die Miete und dein Studium.«

»Großartig, meine Krankenkasse hast du vergessen! Du hast aber auch zwei Kinder und eine Frau. Da muss man auch mit Taten investieren. Nimm doch selbst mal den Staubsauger in die Hand oder putz die Klobrille, wo du als einziger immer raufpinkelst!«

Inga nahm ihre Jacke vom Haken und verließ das Haus mit zuknallender Tür. Mark riss die Tür wieder auf und schrie ihr hinterher. »Viel Spaß bei deiner Schwester!«

Ingas Schwester Tanja wohnte schräg gegenüber. Wenn Inga und Mark sich stritten, flüchtete Inga meist zu ihr. Wie so oft in letzter Zeit. Tanja mochte Mark nicht, hat ihn noch nie gemocht. Aber das beruhte auf Gegenseitigkeit.

Inga und Amy trafen sich vor dem Seminar »Denken und Handeln« in der Uni-Mensa. Die Dozentin war bei einem tragischen Verkehrsunfall ums Leben gekommen und der Kurs wurde seit Wochen vertreten. Heute sollte ein neuer Professor kommen.

Amy nahm sich ein Tablett und Besteck. »Hier sieht heute alles ziemlich lecker aus. Ich habe Lust auf Schnitzel mit Pommes. Und du?«

»Aber 5.90 Euro ist gar nicht so billig.«

»Ach komm, ist doch egal, lass uns heute einfach mal das Geld vergessen und reinhauen! Das haben wir uns verdient. Oder machst du etwa schon wieder eine Diät?«

»Bestimmt nicht! Ich habe gar keine Zeit mehr zu hungern!«

Inga und Amy nahmen sich jeder noch eine Flasche Coca Cola (die mit Zucker!) und kämpften sich dann durch die langen Schlangen an den Kassen. Sie ergatterten einen leeren Tisch ganz hinten am Fenster, mit herrlichem Blick auf den Campusgarten, was selten vorkam. Denn um die Mittagszeit gingen fast alle Studenten und Dozenten hier essen.

»Wo bleibt denn eigentlich Luzi schon wieder?«

Amy antwortete mit vollem Mund. »Mmh. Sie wollte mal wieder direkt kommen, musste mit ihrem kleinen Pedro noch zum Impfen. Zum Glück hab ich nur zwei Kinder.«

Drei ältere Herren mit Tablett steuerten auf ihren Tisch zu und baten, sich zu ihnen setzen zu dürfen. Amy nickte. »Klar nur zu, wir beißen nicht!«

Die Herren lächelten freundlich und wünschten guten Appetit. Inga schätzte sie auf weit über 60 Jahre. Sie unterhielten sich über irgendein Forschungsprojekt, von dem Inga und Amy kein Wort verstanden.

Plötzlich sah Inga ein ihr alt bekanntes Gesicht. Seine Haare waren schwarz. Sie konnte nicht ein graues Haar entdecken. Vermutlich färbte er sie sich. Dann trafen sich ihre Blicke. Sein Mund verzog sich zu einem breiten Lächeln. Er kam an ihren Tisch und Inga fand, dass er immer noch sehr sportlich und attraktiv aussah. Schlank, 1.90 Meter groß, Blue Jeans, hellblaues Poloshirt und Turnschuhe. Seine grünen Augen funkelten wie früher. »Ist hier jemand entführt oder ermordet worden oder was macht die Presse hier in der Uni?«

Inga wurde rot. »Hi Pete. Nein, ich studiere hier!«

Ihr war es unangenehm, einen ehemaligen Lover hier widerzutreffen. »Was studierst du denn, Leichen?«

»Sehr witzig. Nein Grundschulpädagogik und NAWI.« Schnell drehte Inga den Spieß um, bevor er noch mehr Fragen stellte oder sie womöglich noch bloßstellte: »Und was machst du hier, ich dachte, du wärst in Bonn.«

Pete teilte ihr und somit allen Anwesenden am Tisch mit, dass er jetzt in Berlin lebte und an der Uni einen Lehrstuhl hatte. An seinem Handgelenk prangte eine goldene Rolex vom Typ Yacht-Master II. Wenn die echt wäre, wäre sie mindestens 27.850 Euro wert. Inga glaubte aber an ein Imitat. Woher sollte er so viel Geld haben? Pete stand schon immer auf Statussymbole. Er kniepte Inga ein Auge zu. »Wollen wir nicht mal einen Kaffee zusammen trinken gehen?«

Inga fühlte sich aufgeregt wie ein Teenager, alles kribbelte in ihr. Sie gab ihm tatsächlich ihre richtige Handynummer. Amy war baff, denn das machte Inga sonst nie. Ihre Handynummer war bisher immer ein Staatsgeheimnis.

»Wer war denn dieser Adonis?«

Amy stieß Inga unter dem Tisch mit dem Fuß an, traf versehentlich mit ihrer Stiefelspitze das Schienbein.

»Aua!«

Inga trat empört zurück. Wohl etwas zu heftig, denn jetzt gab es eine Kettenreaktion. Amy verschluckte sich an ihrer Cola und rülpste dabei aus Versehen, dann lief ihr Cola durch die Nase und tropfte auf den Tisch. »Verzeihung!«

Amy musste nochmal rülpsen. Ein wildes Gehuste folgte, weil sie nun auch Cola in der Luftröhre hatte.

Einer der älteren Herren klopfte ihr helfend zwischen die Schulterblätter, bis sie sich wieder beruhigt hatte. Inga verfolgte die Szenerie mit offenem Mund. Einer der Herren am Tisch schüttelte leicht den Kopf und sagte: »Wie die kleinen Kinder.«

Inga und Amy wurden rot. Sie waren sowieso schon fertig mit Essen. Sie zwinkerten sich zu, standen auf, nahmen ihre Tabletts und verabschiedeten sich. Am Geschirrband brachen sie dann beide in Gelächter aus. »Wie peinlich, was die wohl von uns dachten?«

»Du meinst wohl von dir, du hast schließlich gerülpst.«

»Und du studierst Leichen!«

Diesmal waren Amy und Inga so pünktlich in dem Seminarraum, dass sie freie Platzwahl hatten. Luzi kam mal wieder einige Minuten später und berichtete sofort, wie sehr ihr Pedro bei der Impfung gelitten und geweint hatte. Inga interessierte das im Moment Null und sie unterbrach sie, bevor sie erst richtig loslegen konnte. Wenn es um das Thema Kinder ging, war Luzi in ihren Ausführungen kaum zu bremsen. Inga ergriff das Wort und berichtete deshalb erst mal groß und breit von den lustigen Peinlichkeiten mit den älteren Herren in der Mensa.

Der Raum füllte sich mit immer mehr Studentinnen, wurde dann genauso voll, wie alle anderen Kurse. Dann sah Inga den neuen Dozenten in der Tür stehen. »Ach du Scheiße!«

Amy folgte ihrem Blick und wurde augenblicklich rot. Es war der Herr, der mit ihnen am Tisch in der Mensa zu Mittag gegessen hatte. Der, der Amy so beherzt auf den Rücken geklopft hatte, als sie sich verschluckt hatte.

Nachdem er sich namentlich vorgestellt hatte, begann er sein Seminar mit der Fragestellung: »Was sind Naturwissenschaften?«

Als sich keiner meldete, blickte er zu Ingas Tisch und fragte »Hat die Presse darauf vielleicht eine Antwort?«

Verdutzt von der überraschenden Fragestellung schüttelte Inga den Kopf. Dann wandte er sich an Amy. »Eine interessante Forschungsfrage könnte sein, warum wir bei dem Genuss von kohlensäurehaltigen Getränken manchmal aufstoßen müssen.«

Amys Gesichtsfarbe wurde dunkelrot. Luzi fand das witzig und lachte los. Zu laut. Denn sofort fragte der Professor sie, ob sie denn eine passende Antwort parat hätte. »Äh, nein.«

Gebannt verfolgten die Kommilitoninnen den Dialog. Es war auffällig ruhig im Saal. Dann wandte sich der Professor mit einem Lächeln ab, lief zur Tafel und drehte sich zu den Studenten um. »Ziel meines Kurses ist es, dass Sie am Ende des Semesters diese Frage beantworten können.«

Der Professor teilte mit, dass nach jeder seiner Stunden Lerntagebuch geschrieben werden sollte. Darin wollte er aber keine Stundenwiederholung lesen, sondern darin sollte stehen, was die Studenten an diesem Tag meinten, gelernt zu haben. Am Ende des Semesters würde er das Gesamtwerk einsammeln und zensieren. Als Erstes sollten sie sich das Buch von Holm Tetens Wissenschaftstheorien besorgen und zur nächsten Stunde die ersten drei Kapitel lesen. Dann machte er die Studenten auf die »Netikette« aufmerksam.

»Auf Pünktlichkeit lege ich sehr großen Wert. Jede E-Mail an mich muss mit Matrikelnummer, Seminarnummer, vollständigem Namen, Adresse und Telefonnummer unterzeichnet sein. Und wenn Sie mal nicht erscheinen, teilen Sie mir das bitte vorher mit!«

Luzi flüsterte. »Das wird ja immer schlimmer. Wir sollten uns das ganze Theater wirklich nochmal überlegen!«

Sie fingerte in ihrer Tasche nach einer Zigarette und einem Feuerzeug. Als sie aufstand und gerade rausgehen wollte, stoppte sie der Prof. »Ich bitte Sie, nur während der Pausen die Örtlichkeiten aufzusuchen. Ich möchte ungern unterbrochen werden!«

Als Nächstes stand noch Pädagogisches Handeln in Erziehungswissenschaften auf dem Stundenplan, danach Deutsch. Um 14.45 Uhr waren die drei durch mit der Uni und schlenderten gemeinsam Richtung Ausgang. »Ich bin so müde, ich kann mich kaum auf den Beinen halten. Wann sollen wir denn diese ganzen Hausaufgaben machen?«

»Wenn die Kinder im Bett sind!«

Inga verabschiedete sich und fuhr nach Hause. Ihre Gedanken schweiften wieder zu Pete Grüntal. Wie war sie mal in diesen Kerl verliebt gewesen. Konnte das wirklich sein, dass er jetzt in Berlin an der Uni war? Sie hatte plötzlich ein schlechtes Gewissen gegenüber Mark. Aber wieso? Die kurze Liaison war doch weit vor ihrer Hochzeit. Sie versuchte den Gedanken zu verdrängen und hoffte einfach, dass er niemals anrief.

Zu Hause wartete Flocke schon schwanzwedelnd und kläffend. »Hallo, ich bin wieder da!«

Doch niemand antwortete. Sie rief nochmal. Doch es rührte sich nichts. Seltsam, Ben müsste doch schon längst zu Hause sein. Sie sah in sein Zimmer. Nichts! Auf der Treppe lagen kein Turnbeutel und kein Schulranzen. Sie wählte seine Handynummer. Doch es meldete sich nur der Anrufbeantworter. Mist, dachte sie. Sie ging nach draußen und sah zu den Fahrradständern. Sein Rad war auch nicht da. Ein ungutes Gefühl beschlich sie. Sie nahm die Hundeleine und lief mit Flocke Richtung Schule. Unterwegs kam ihr Finn entgegen.

»Hallo Schatz, weißt du, wo Ben steckt?«

»Nein, wieso?«

»Weil er nicht zu Hause ist. Seid ihr heute Morgen zusammen aus dem Haus gegangen?«

»Er ist vor mir gegangen. Ich habe ihn noch mit Florian an den Fahrradständern gesehen.«

»Ok, na vielleicht ist er jetzt schon zu Hause. Ruf mich bitte gleich an, falls er da ist, ich geh nochmal zur Schule.«

Der Schulhof war leer, Bens Klasse bereits abgeschlossen. Inga fragte im Sekretariat nach. Doch keiner wusste, wo Ben steckte. Jetzt wurde Inga langsam panisch. Sie rief bei Amy an. »Ist Ben bei euch?«

»Nein, wieso?«

»Er ist nach der Schule nicht nach Hause gekommen! Kannst du Freddy bitte mal fragen, ob er überhaupt in der Schule war?«

Amy befragte ihren Sohn. »Ja, Ben war in der Schule. Soll ich dir beim Suchen helfen?«

»Ja bitte!« Inga weinte.

Sie malte sich das Schlimmste aus. An der roten Fußgängerampel schluchzte sie so heftig, dass sie ihr Handyklingeln überhörte. Dann endlich hörte sie es. Es war aber nur Luzi. »Ist er da? Wo bist du genau?«

Amy und Luzi kamen mit ihren Kindern und den Fahrrädern zu Inga. Sie teilten sich auf und suchten die umliegenden Straßen ab. Inga rief so laut sie konnte Bens Namen und heulte dabei wie ein Schlosshund. Es war ihr egal, was die Leute von ihr dachten. Sie wollte nur ihren Ben zurück. Sofort dachte sie an die ganzen vermissten Kinder, über die sie so oft berichtet hatte. Entführt, vergewaltigt und ermordet!

In ihren Schläfen pochte es wie wild. Sie wurde panisch. »Bitte nicht mein Ben!«

Sie rief die Polizei an. Sie schickten einen Streifenwagen. Eine Stunde später wurden Hundestaffeln angefordert. Inga hoffte, es wäre alles nur ein Albtraum. »Bitte lass mich aufwachen, das kann doch nicht sein. Nicht mein Ben!«

Aus Erfahrung wusste sie, dass die ersten 24 Stunden die wichtigsten waren. Ein Beamter beruhigte sie und fragte nach dem Vater.

»Oh Gott, Mark! Den habe ich total vergessen!«

Sie rief Mark bei der Arbeit an, schrie hysterisch in den Hörer. Mark verstand kaum etwas. Inga reichte den Hörer an einen Polizisten weiter und brach weinend zusammen.

Mark setzte sich sofort ins Auto. Inga versuchte, sich zu konzentrieren, und bat Finn die Klassenliste abzutelefonieren. Sie erfuhren so von Klassenkameraden, dass Ben nach Schulschluss noch vor der Schule gesehen wurde. Mit Max habe er am Schultor gesessen und noch Fußballkarten getauscht. Dann hatte Finn die Mutter von Max an der Strippe.

»Mama, Max ist auch noch nicht zu Hause!«

Inga schöpfte Hoffnung. »Gib mir mal den Hörer!«

Inga telefonierte mit Max Mutter. Jetzt fehlten zwei Kinder. »Das ist ein gutes Zeichen. Zwei Kinder werden in der Regel nicht auf einmal entführt!«

Dann klingelte das Telefon. Es war Amy von unterwegs. »Wir haben sie! Alles ok! Ben müsste gleich zu Hause sein!«

Da klingelte es auch schon an der Haustür. Ben stand mit schokoladenverschmierten Mund und einem Luftballon in der Hand vor der Tür. »Hallo Mama! Was macht denn die Polizei überall hier in den Straßen?«

Inga nahm ihn in den Arm. Dann schwanden ihre Kräfte, sie wurde ohnmächtig.

Sie kam im Notarztwagen wieder zu sich. Ihre Beine flatterten wie verrückt. »Wo bin ich?«

Sie hörte eine Frauenstimme. »Der Kreislauf! Sie sollte nochmal im Krankenhaus gecheckt werden.«

Inga hatte wohl einen leichten Schwächeanfall erlitten und wurde an den Tropf gelegt. Eine Natriumchloridlösung sollte sie wieder zum Leben erwecken. Die Ärztin sagte, ihr Blutdruck sei im Keller: »Zu viel zum Sterben, zu wenig zum Leben! Bitte schonen Sie sich in den nächsten Tagen und bleiben sie im Bett!«

»Können Sie mir das bitte schriftlich geben, ich brauch das für die Uni, für meine Kinder und für meinen Mann!«

Die Ärztin schien den Humor nicht zu teilen und verwies sie direkt an den Hausarzt. »Sorry, aber wir stellen keine Atteste aus, höchstens Rezepte!«

Blöde Kuh! Inga ärgerte sich: »Na toll, dann muss ich jetzt erst mal einen Termin beim Hausarzt machen und dann vermutlich stundenlang im überfüllten Wartezimmer sitzen. Von wegen schonen, das ist Stress pur! Wahrscheinlich fang ich mir dann da auch noch einen Virus ein.«

Zum Glück war Amy mit ins Krankenhaus gefahren und brachte sie nun wieder nach Hause. »Sieh es doch mal so. Dafür ist Ben nichts passiert!«

»Ja, da hast du recht! Das war vielleicht ein Schock fürs Leben. Ich hatte solche Angst. Wo war er eigentlich?«

»Das wirst du kaum glauben! Die Phönix Unfallhilfe hatte Tag der offenen Tür. Ein Mitarbeiter hatte Passanten und auch die Jungs beim Vorbeigehen angesprochen und fürs Fest geworben. Die Jungs wollten sich daraufhin die Rüstautos in der Garage ansehen.«

»Ernsthaft? Der spinnt wohl, Schulkinder anzusprechen! Na warte, das gibt Ärger!« Inga war fassungslos.

»Vielleicht solltest du zuerst einmal mit Ben reden. Sich so einfach anlocken zu lassen, ist auch nicht ganz ohne.«

»Stimmt!«, dachte Inga. Sie nahm sich vor, sowohl der Unfallhilfe einen Besuch abzustatten, als auch mit Ben ausführlich darüber zu reden.

Mark und Inga knöpften sich abends beide Jungs vor und sprachen über das Geschehene. Sie trichterten ihnen nochmal eindringlich ein, mit keinen Fremden mitzugehen.

»Auch nicht, wenn sie eine Uniform tragen und eine Tombola, Geld, Kuchen oder Ähnliches versprechen! Wie oft haben wir euch das schon gesagt? Und trotzdem ist es passiert! Und warum war dein Handy nicht an? Dafür hast du es doch!«

Ben hielt den Kopf gesenkt, Tränen liefen ihm über die Wangen. »Tut mir leid, Mama!«

Inga tat es auch leid. Sie wollte nicht, dass Ben weinte. Doch sie verstand einfach nicht, warum er das gemacht hatte. Sie hatte ihm so oft von ihrer Arbeit berichtet. Von den vermissten Kindern, die verschleppt und ermordet wurden. Sie nahm ihn in den Arm.

»Aua Mama, du erdrückst mich!«

Mark sah Inga genervt an. »Was für ein Riesentheater! Manchmal übertreibst du ganz schön.«

Inga sah ihn fragend an. »Meinst du mich?«

»Siehst du hier noch andere hysterische Mütter?«

Inga fühlte sich gekränkt und sah bedrückt zu Finn. Doch von ihm kam keine Schützenhilfe. Er lag auf dem Fußboden und schaltete gerade den neuen LED Fernseher ein. Es wurde laut. Ingas Augen füllten sich mit Tränen. Sie sah sich um. Alles war unordentlich! Die gelbe Wolldecke lag quer über dem schwarzen Ledersofa. Die andere, rote Decke lag halb auf dem Sessel und halb auf dem Fußboden. Finn hatte seine Füße drauf. Auf dem kleinen Fernsehtisch stand eine halbvolle Müslischale und leeres Bonbonpapier. Chipskrümel und eine leere Tüte lagen um Finn herum auf dem Teppich verteilt. Inga dachte nicht im Traum daran, jetzt aufzuräumen. »Ich geh schon mal ins Bett. Mark, kümmerst du dich bitte um die Jungs?«

»Wenn es sein muss!«

»Ja, es muss sein!« Dann drehte sie sich um und stieg schwermütig die Treppen nach oben ins Schlafzimmer. Es war eiskalt im Raum. Inga machte das Fenster zu und ärgerte sich, dass Mark es offengelassen hatte. Sie fühlte sich ausgelaugt und fertig. An die Uni war momentan nicht zu denken. Sie putzte sich die Zähne, zog sich einen warmen Schlafanzug an und beschloss, im Gästezimmer zu schlafen. Sie packte ihr Bettzeug zusammen und ging eine Treppe höher unters Dach, wo es eine Art Studio gab. Mitten im Raum stand ein großes Bett. Das hatte sie jetzt nur für sich alleine. Sie kroch unter zwei Bettdecken und schlief sofort ein.

Gegen zwei Uhr nachts wachte sie auf. Immer noch mitgenommen, schlurfte sie ins Bad. Irgendwie tat ihr alles weh, sie hatte das Gefühl, die ganze Haut schmerzte. Sie nahm eine Ibuprofen und schluckte sie mit einem Glas Leitungswasser hinunter. Sie war hellwach. Leise schlich sie die dunkle Treppe hinunter und sah erst in Finns und dann in Bens Zimmer. Beide schliefen tief und fest. Dann ging sie noch eine Etage tiefer ins Wohnzimmer, wo Flocke rücklings in ihrem Körbchen lag und mit dem Schwanz wedelte, als sie ihr Frauchen sah.

»Hallo Flöckchen!« Inga schmuste eine Weile mit ihr, schaltete dann Handy und Laptop ein und setzte sich aufs Sofa. Sie loggte sich ins Campus Management der FU ein und traute ihren Augen nicht, was sie da las. Sie hatte eine 1+ für ihre Mathehausaufgabe bekommen. Ausgerechnet sie. Sie, die Mathe in der Oberstufe abgewählt hatte und zuletzt nur einen Anwesenheitspunkt bekommen hatte. Sie wollte ihre Freude hinausschreien. Aber alle schliefen. Oder vielleicht doch nicht? Sie schrieb an Amy eine WhatsApp. Bingo, sie war noch online!

»Ich habe eine 1+ in Mathe!«
»Wow, Glückwunsch! Geht es dir besser?«
»Mit der Note ja! Was machst du noch so spät?«
»Hausaufgaben für NAWI. Der Stein von Rosetta.«
»Dann will ich dich nicht länger stören. Gute Nacht und nochmal Danke!«
»Gerne. Gute Nacht!«

Der Stein von Rosetta? Inga wurde neugierig, und googelte: »*Der Stein von Rosetta wird auch Dreisprachenstein genannt. In diese Stele waren ein und derselbe Text in drei Sprachen (Hieroglyphen, Demotisch und Altgriechisch) eingemeißelt. So konnten Sprachen und Schriften miteinander verglichen werden. Er war damals der entscheidende Schlüssel zur Identifizierung von Hieroglyphen.*«

Inga war beeindruckt. Man lernt doch nie aus.

Amy schickte eine WhatsApp. »Ich habe übrigens in Mathe noch keine Note, Neid!«

Inga freute sich über die tolle Note und schrieb euphorisch eine Angeber-E-Mail, die sie an alle ihre Kontakte sendete: »Ihr kennt Inga Einstein! Sie hat heute eine 1+ in Mathe bekommen!«

Freudig stöberte sie noch eine Weile weiter im Campus Management herum und stieß dabei auf eine Warnung vor Dieben in zahlreichen Uni-Gebäuden.

»*Es wurde an den Schlössern von Türen manipuliert, so dass sie nicht mehr abzuschließen sind und dadurch auch über Nacht offenstehen und so Zugang für Unbefugte besteht. Bitte halten Sie die Augen offen!*« Inga gähnte. Wer brach schon in die Uni ein? Jetzt wurde sie langsam wieder müde. Und kalt war ihr auch. Sie fuhr ihren Laptop runter und ging ins Bett.

Eines Abends gab es mal wieder Streit mit Mark. Bevor es eskalierte, entschied sich Inga, ihre Schwester zu besuchen.

Tanja hatte es sich gerade mit einer Flasche Wein und Sushi vor dem Fernseher gemütlich gemacht. »Lass mich raten, du hast Stress mit Mark?«

»Nicht mehr als sonst. Eigentlich wollte ich nur mal sehen, wie es dir so geht.«

Tanja holte ein zweites Glas und schenkte Inga übertrieben viel Rotwein ein, bis zum Rand hoch. Inga beugte sich runter und schlürfte den ersten Schluck aus dem Glas, ohne es hoch zu nehmen.

Tanja ließ nicht locker. »Wie wäre es, wenn du mal mit Marks Zahnbürste das Klo putzt. Das verschafft Genugtuung!«

Inga prustete vor Lachen ihren Rotwein wieder halb ins Glas und etwas lief ihr davon auch durch die Nase. »Das ist Amy auch passiert. Mit Cola in der Mensa.« Inga erzählte Tanja von dem Rülpser und Hustenanfall in der Uni.

Dann wurde Inga wieder ernster. »Wenn ich könnte, würde ich abhauen.«

Tanja nahm ihr sofort den Wind aus den Segeln. »Das ist keine Lösung. Außerdem ist allein sein nicht der wahre Jakob. Ihr habt tolle Kinder und eigentlich ein gutes Leben. Was willst du? Glaubst du andere Männer sind anders? Letztendlich tauscht man nur die Köpfe.«

Huch, so kannte Inga ihre Schwester gar nicht. Sonst ließ sie doch nie ein heiles Haar an Mark. Aber Tanja musste es ja wissen, sie war schon zweimal verheiratet und hatte sechs Kinder. Jetzt waren alle Kinder aus dem Haus und der letzte Liebhaber war vor zwei Jahren beim Verkehrsunfall ums Leben gekommen. Ihm trauerte Tanja immer noch hinterher. Vielleicht hatte Tanja Recht.

Der Wein tat Inga jedenfalls gut. Eine wohlige Wärme durchströmte ihren gesamten Körper.

Tanja wechselte das Thema. »Wie läuft es in der Uni?«

»Schön und schrecklich!«

»Geht's präziser?«

»Diese jungen Mädels gehen mir auf den Keks. Mit ihnen Referate zu halten, ist eine Zumutung. Ich hab auch keine Lust, mich privat mit denen zu treffen.«

»Und das Schöne?«

Inga berichtete von ihren ganzen Aha-Erlebnissen in NAWI.

»Hört sich toll und spannend an. Du bildest dich wenigstens weiter. Hast du noch mehr solcher Geschichten auf Lager?«

Inga hatte jede Menge davon. »Wusstest du, dass die Erde gar nicht rund ist?«

»Sondern?«

»Oval und beulig. Schon mal was von der Potsdamer Kartoffel gehört?«

Tanja schüttelte den Kopf. »Erzähl doch mal richtig!«

Inga erklärte ihr, dass die Erdanziehungskraft unterschiedlich verteilt wäre. Der ganze Planet wäre eigentlich verbeult und selbst die Ozeane hätten Dellen, wie eine Kartoffel.

»Die Erde wird in Fachkreisen deshalb auch Potsdamer Kartoffel genannt.«

Gebiete mit geringerer Schwerkraft machten sich als Delle bemerkbar. Die Erdanziehung sei verschieden stark.

»Und warum Potsdamer Kartoffel, sind die besonders verbeult?«

»Weil das Helmholtz Institut in Potsdam liegt und die es herausgefunden haben.«

Tanja war Feuer und Flamme. »Warum zeigen die Satellitenbilder dann eine runde Erde?«

»Das ist nur die Atmosphäre drum herum, die man von dort aus sieht.«

»Cool, endlich kann mir meine kleine Schwester mal was beibringen.«

Sie machten eine zweite Flasche Rotwein auf.

Inga freute sich, dass Tanja sich für ihre Erlebnisse interessierte. Deshalb erzählte Inga fröhlich weiter. Davon, dass man lieber mit vielen Klamotten ins Wasser springen sollte, wenn man in Seenot geriete. »Was? Das zieht einen doch unter Wasser!«

»Eben nicht, die Kleidung trägt einen und wärmt den Körper!«

Inga erzählte von den Versuchen, die sie dazu machen mussten. »Das hängt mit der Dichte des Wassers zusammen. Die beträgt 1g pro cm3. Ist die Dichte eines Stoffes kleiner als die des Wassers, schwimmt der Stoff. Ist die Dichte größer als die des Wassers, sinkt der Gegenstand.«

»Aha! Verstehe ich nicht.«

»Die Dichte von Stoffen ist kleiner als von Wasser. Deshalb bleiben sie an der Oberfläche. Sogar Schuhe schwimmen oben!«

»Aber nicht, wenn man sie voll Wasser macht?«

»Doch, auch wenn man sie voll Wasser macht. Das haben wir in einem Schwimmbassin im Versuchslabor getestet. Deshalb sollte man sie auch anlassen, wenn man in Seenot gerät.«

»Das glaub ich jetzt nicht.«

Inga ging mit ihrer Schwester ins Bad und ließ Wasser in die Badewanne ein. »Hol mir einen Schuh!«

»Spinnst du? Nimm deine eigenen Schuhe, ich mach doch nicht meine Schuhe nass.«

Inga zog ihren rechten Schuh aus. Ein weißer Turnschuh. Sie füllte ihn mit Wasser und legte ihn ins Wasser. Er drehte sich und schwamm an der Oberfläche. »Da können Hans und Hänschen ja doch noch dazulernen.«

»Ich kann dir noch viel mehr erzählen, wenn du willst.«
Tanja nickte. »Warum finden Brieftauben immer wieder an denselben Ort zurück?«

»Weil sie einen guten Orientierungssinn haben und abgerichtet werden?«

»Fast. Sie besitzen im Gegensatz zum Menschen einen Magnetsinn und orientieren sich an den Magnetfeldern der Erde.«

»Nun bin ich 53 Jahre alt und muss zugeben, dass ich weder das mit der Potsdamer Kartoffel, noch mit dem Magnetsinn der Tauben gewusst habe.«

»Das liegt daran, dass wir heutzutage alles so hinnehmen und nichts mehr hinterfragen. Das tun meist nur Kinder.«

Inga versprach ihrer Schwester, jetzt regelmäßiger zu kommen und ihr weiter von den neusten Aha-Erlebnissen aus dem NAWI-Unterricht zu berichten.

Inga gab aber auch zu, wie peinlich ihr das manchmal vor dem Professor war, nicht genau erklären zu können, was eine Sonnen- oder Mondfinsternis war oder warum es einen Blutmond gäbe. »Das hat mich als Kind nie interessiert. Aber es hat mir auch nie jemand erklärt. Weder in der Schule noch Zuhause. Oder haben dir Mama und Papa davon früher berichtet?«

Tanja schüttelte den Kopf. »Nicht, dass ich wüsste.«

»Der Professor schüttelt oft den Kopf, weil wir das nicht wissen. Er fragt dann immer: Und Sie wollen Grundschullehrer werden? Das müssen Sie aber wissen, denn sowas fragen die Kinder heutzutage!«

»Meine Kinder haben mich danach bisher auch noch nie gefragt! Zum Glück! Ich hätte die Antwort nicht gewusst. Was bedeutet es?«

»Blutmond steht für Vollmond während einer totalen Kernschattenfinsternis.«

»Aha! Und was bitteschön ist nun wieder eine Kernschattenfinsternis?«, wollte Tanja nun wissen und zog ihr Handy aus der Tasche. »Zum Glück gibt es Wikipedia!«

Inga sah auf die Uhr. »Ich muss ins Bett, sonst komm ich morgen früh nicht raus. Danke für den schönen Abend!«

Tanja umarmte ihre kleine Schwester. Sie war zwar sieben Jahre älter aber dafür einen ganzen Kopf kleiner als Inga. Tanjas Haare und Augen waren dunkelbraun und ihre Statur eher propper. Inga war zierlich und ein hellerer Typ mit blauen Augen und einst blonden Haaren, die mit zunehmenden Alter dunkler wurden. Vom Charakter konnten sie gar nicht unterschiedlicher sein. Inga war sehr sozial eingestellt und eher sehr bescheiden, Tanja schon immer die Dominante, die immer kräftig austeilte und anderen gern ihre Meinung aufzwang.

Inga nahm ihren nassen Schuh in die Hand und hüpfte auf nur einem Bein zurück über die Straße. Eine Spaziergängerin, die ihren Hund noch ausführte, sah ihr misstrauisch hinterher. Der Hund knurrte bedrohlich. Inga lachte in sich hinein. Sie musste wohl sehr komisch aussehen.

Der Besuch bei Tanja hatte Inga gut getan. Einfach mal raus von Zuhause. Ein bisschen Abwechslung. Und vor allem über etwas anderes reden, als über Kinder, Ehestreit und einen unerledigten Haushalt. Tanja hatte Inga geraten, auf keinen Fall mit zum Familienfest in den Norden zu fahren. 100. Geburtstag eines verstorbenen Opas hin- oder her. »Inga, du hast auch ein Leben und jetzt bist du mal dran! Du musst dich nicht immer nach allen anderen richten. Tu das, was du gern möchtest!«

Wie recht ihre Schwester doch hatte. Inga atmete tief durch. Manchmal wäre sie gern auch so willensstark wie Tanja. Warum nicht gleich mal damit anfangen? Sie fasste einen Entschluss.

Wiedersehen mit Seitensprung

Der Wecker klingelte um 6.30 Uhr und riss Inga unbarmherzig aus dem Tiefschlaf. Nur ein schwacher Lichtstrahl verirrte sich durch einen kleinen Spalt der schweren Segeltuchgardine ins Zimmer. Ansonsten war es stockduster. Langsam gewöhnten sich Ingas Augen an die Umgebung. Sie wünschte, sie könnte liegenbleiben. Doch sie musste zur Uni. Marks Bett neben ihr war leer. Sie hörte die Dusche nebenan rauschen. Morgen würde er ohne sie mit den Kindern nach Bremen fahren. Sie freute sich auf ein Wochenende Ruhe. Sogar den Hund wollten sie mitnehmen. Sie hatte zum ersten Mal seit zwölf Jahren ein ganzes Wochenende nur für sich allein, ohne Verpflichtungen. Inga quälte sich aus dem Bett und zog ihren Morgenmantel an. Es war saukalt im Schlafzimmer, weil Mark immer mit offenem Fenster schlief, selbst bei Minusgraden. Inga fror immer, deshalb hatte sie auch zwei Bettdecken und eine zusätzliche Wolldecke. Weshalb musste sie eigentlich immer zurückstecken? Soweit sie denken konnte, musste sie eigentlich ihr ganzes Eheleben auf Mark ausrichten. Aber ab morgen könnte sie mit geschlossenem Fenster schlafen. Endlich mal abends im Bett lesen, ohne zu frieren, und sie könnte das Licht ausmachen, wann sie es wollte. Mark las oft Stunden lang, aber bei Licht konnte Inga einfach nicht einschlafen. So lag sie dann wach, bis er es irgendwann ausmachte. Auch sein Schnarchen müsste sie zwei Nächte lang nicht ertragen. Voll plötzlich einsetzender Vorfreude ging Inga nach unten und weckte die Kinder. Dann deckte sie pfeifend den Frühstückstisch, gab dem Hund etwas zu fressen und frisches Wasser, machte Kaffee, Kakao und holte die Zeitungen rein. Sie hatten verschiedene Tageszeitungen abonniert. Doch seit sie zur Uni ging, kam sie kaum noch dazu, sie zu lesen. Sie wartete, bis Mark aus dem Bad kam, um selbst unter die Dusche zu springen. Solange las sie die Lokalnachrichten. Eine 89-jährige Frau war tödlich verunglückt. Sie war, ohne auf den Verkehr zu achten, auf die Fahrbahn gelaufen und von einem Auto erfasst worden. Sie erlag im Krankenhaus ihren schweren Kopfverletzungen. Inga dachte an ihre Zeit als Polizeireporterin zurück. Hätte sie einen Bericht darüber schreiben müssen, hätte sie es anders formuliert. Etwa so: »Erna wollte nur schnell Brötchen holen. Erwin wartete vergeblich am Frühstückstisch...« Oder so ähnlich. Sie musste immer eine kleine, bildliche Geschichte daraus machen. Sie schwenkte zu einer Fotomeldung über einen Bankraub. Die Polizei hatte ein Schwarzweißfoto aus einer Überwachungskamera an die Presse gegeben. Was Inga nicht verstand: Der Überfall war schon sieben Monate her. Doch jetzt erst suchte die Polizei öffentlich mit dem Foto nach Zeugen oder Leuten, die diesen Mann wiedererkennen sollten. Für Inga war damit wertvolle Zeit verstrichen. Sie verstand das Vorgehen der Polizei nicht, Fotos aus Überwachungskameras erst Monate später an die Öffentlichkeit zu geben. Das war ihr damals schon ein Dorn im Auge. Aber das schien wohl Usus zu sein. Inga sah sich das unscharfe Bild des Räubers genauer an: langer, weiter Mantel, Turnschuhe, Baseballkappe, Sonnenbrille. Die Haare sah man gar nicht. Etwa 40 bis 60 Jahre alt. Könnte jeder sein, dachte Inga.

Ben kam zum Frühstück die Treppe herunter. Er und Finn hatten ihre Zimmer im ersten Stock des Hauses. Dazwischen lag ein kleines Bad mit Dusche und WC, das sich die beiden Jungs teilten. Darüber, in der zweiten Etage, gab es das Elternschlafzimmer und noch ein zweites, großes Bad von Inga und Mark. Im Dachgeschoss befand sich noch ein Studio mit herrlichem Balkon, was auch als Arbeits- und Gästezimmer diente.

Der Filius setzte sich neben Inga und griff sich seine Müslischale. »Na, Mama, gibt's was Neues?«

Inga hielt ihm die Zeitung hin und küsste ihn auf die Stirn. »Hier Schatz, du darfst gern selbst lesen!«

»Nö, kein Bock!«

Sie legte die Zeitung beiseite, schaltete ihr Handy ein und schrieb Amy eine WhatsApp. »Hole dich in einer Stunde ab!«

Oben aus dem Kinderbad kam plötzlich ein Schrei. Die Badezimmertür wurde aufgerissen und knallte gegen die Wand. »Welcher Arsch hat mir Seife auf die Zahnbürste geschmiert?«

Finn kam trampelnd die Treppe herunter. Ben grinste. »Das hast du bei mir auch mal gemacht!«

»Habe ich nicht, du kleiner Scheißer!«

Finn wollte gerade seinen Bruder treten, aber Inga ging noch rechtzeitig dazwischen. »Typisch, du hältst immer nur zu ihm und lässt dem Hosenscheißer alles durchgehen. Du bist echt eine Scheiß-Mutter!«

Peng, das saß! Inga schluckte gekränkt. »Mein lieber Freund, solche Ausdrücke möchte ich nicht mehr hören! Ab in dein Zimmer!«

In dem Moment kam Mark herunter. Er hatte nur ein kleines, beiges Handtuch um seine Lenden gebunden. Darauf war ein Bild von Winston Churchill mit Zigarre zu erkennen. Was man nicht sah aber Inga wusste. Darunter stand der Schriftzug »*Sport ist Mord!*«

Passt ja, dachte Inga. Das Handtuch hatte er von Ingas Vater zu Weihnachten geschenkt bekommen. Die nassen Haare standen Mark strubbelig zu allen Seiten. Inga fiel auf, dass er seinen sonst so behaarten Oberkörper frei rasiert hatte. Auch die Beine wirkten haarlos und glatt. Inga überlegte, wann sie Mark zum letzten Mal nackt gesehen hatte. Sie wusste es nicht mehr. Er funkelte Finn böse an. »Was ist hier schon wieder los?«

Finn zeigte auf Ben. »Der kleine Pimmelzwerg hat mir Seife auf die Zahnbürste geschmiert.«

Mark schimpfte. »Schon wieder? Das ist eine absolute Sauerei! Ben, es reicht! Du kaufst heute von deinem Taschengeld eine neue Zahnbürste, verstanden? Und jetzt gehst du bitte mit dem Hund raus. Und zwar vor dem Frühstück, sonst wird das wieder nichts.«

Inga nahm sich ihre Kaffeetasse und ging an Mark vorbei die Treppe hoch ins Schlafzimmer. Dabei nahm sie den neuen Duft des Aftershaves wahr. Es roch verdammt verführerisch. Sie legte sich unter die warme Bettdecke und wartete, bis Mark im Bad fertig war. Ihre Gedanken kreisten. Seit wann rasierte er sich überall und warum hatte er einen neuen Duft?

Fünf Minuten später war Mark fertig. Er kam in Boxershorts ins Schlafzimmer und lief schnurstracks zu seinem Kleiderschrank, der fast das ganze Zimmer ausfüllte. Inga beachtete er gar nicht. Als er sich ein Hemd rausfischte, stand sie auf und ging ins Bad. Und dann tat sie etwas, was sie noch nie gemacht hatte. Sie schloss hinter sich ab. Sie sah in den Spiegel und bemerkte hektische rote Flecken im Gesicht. Sie war den Tränen nah und sah furchtbar aus. Aber sie freute sich so auf das bevorstehende Wochenende.

Eine Stunde später saß Inga in der Universität. Acht Stunden hintereinander standen heute auf dem Programm. Das war der längste Uni-Tag. Zum Glück fand das in dieser Konstellation nur alle 14 Tage statt. Inga hatte ihre Jungs nach der Schule wegorganisiert. Ben ging zu seinem

Freund Freddy, Amys Sohn. Finn zur Oma Berlin. Da Mark sowieso den ganzen Tag arbeitete, hatte sie zu Hause freie Bahn. So konnte sich Inga ganz auf das Lernen für die Uni konzentrieren.

Luzi setzte sich neben Inga in den Seminarraum.

»Hey Inga, wenn du das Wochenende schon frei hast, könnten wir doch mal wieder einen drauf machen!«

»Geht nicht, Luzi, ich muss mein Referat über den Chemiker Antoine Laurent de Lavoisier vorbereiten.«

»Wen interessiert schon ein toter Franzose? Komm, gib dir einen Ruck! Du hast ja noch Samstag und Sonntag Zeit. Lass uns Freitagabend richtig auf die Kacke hauen! Nur wir Mädels, wie früher. Bitte, bitte!«

»Ich weiß nicht. Das passt mir nicht!«

Auch Amy versuchte Inga zu überreden.

»Hey, wir haben wirklich noch ein Leben neben der Büffelei. Ich muss auch mal wieder etwas anderes sehen als meine vier Schlafzimmerwände. Vor allem andere Gesichter als von diesem Hornochsen von Ehemann zu Hause!«

»Das sind ja ganz neue Töne. Wie redest du denn auf einmal über deinen geliebten Gatten?«

»Chill mal! Schon vergessen? Wir sind Studentinnen, da darf Frau auch so reden! Im Übrigen ist im alten Wasserwerk eine Party. Los komm, gib dir einen Ruck!«

Inga gab nach. »Aber nicht so lange!«

Sie verabredeten sich für Freitagabend um 19 Uhr im »Poulets Congress.« Claudine und Dörte, zwei Kommilitoninnen aus der NAWI-Gruppe, wollten auch mit. Dörte könnte eine Zwillingsschwester von Luzi sein. Sie sah ihr verdammt ähnlich. Auch hatte sie, wie Luzi, einen Hang zur schwarzen Magie. Das war schon richtig unheimlich. Nach der Uni fuhr Inga völlig erschöpft nach Hause. Sie schnappte sich Flocke und ging im strömenden Regen spazieren. Die arme Hündin war seit dem Morgen allein gewesen. Inga hatte vergessen, dass die Jungs nach der Schule gar nicht zu Hause waren und sie hatte keinen für Flocke zum Spazierengehen organisiert. Jetzt hoffte sie, dass weder Haufen noch Pipilachen in einer der Etagen des Hauses lagen. Nachdem sie das Haus inspiziert hatte, lief sie die Hauptstraße entlang und überlegte in den Wald zu gehen. Es regnete und sie hatte Mühe, den Pfützen auszuweichen. Der rechte Turnschuh war schon innen feucht. Da fuhr ein Wagen dermaßen schnell und nah am Bürgersteig durch eine Pfütze, dass sie eine kräftige Dusche per Schwall erwischte. Jetzt war sie von oben bis unten nass.

»Arschloch!«, brüllte Inga, doch der Porschefahrer hörte sie nicht und fuhr einfach weiter.

Wütend drehte sich Inga um und prallte dabei fast mit einem Mann im Trenchcoat zusammen, der ziemlich nah hinter ihr gelaufen sein musste.

»Huch! Verzeihung!«

Flocke knurrte den Mann an, dessen Hut ziemlich weit ins Gesicht gezogen war. Dann fing sie an, ganz verrückt zu bellen.

Der Mann wich aus und lief eilenden Schrittes weiter, ohne Inga auch nur anzusehen.

»Warum sind heute nur so viele Arschlöcher unterwegs?« Inga sagte dies extra laut und sah dem Mann mit Hut hinterher, doch er lief unbeeindruckt weiter.

Plötzlich hielt ein dunkles Auto mit getönten Scheiben am Straßenrand. Der Mann mit Hut stieg hastig ein und der Wagen fuhr mit quietschenden Reifen davon. Merkwürdig!

Inga stapfte nass und triefend nach Hause. Bevor sie sich die Haare föhnte, rieb sie Flockes Fell und Pfötchen mit einem Handtuch trocken. Dann zog Inga sich um. Sie setzte

Teewasser auf, gab Flocke einen Hundekuchen und frisches Wasser. Plötzlich überkam sie ein Bärenhunger und ihr fiel ein, dass sie seit dem Frühstück nichts mehr gegessen hatte. Im Kühlschrank war leider gähnende Leere. Sie nahm sich eine Müslischale und holte die Milchtüte aus dem Schrank. »Mist, alle! Wer stellt leere Milchtüten in den Kühlschrank?«

Inga ärgerte sich. Sie stellte den Wasserkocher aus, zog sich eine trockene Jacke an und fuhr erst einmal einkaufen. Als sie zurückkam, war es schon fast dunkel. Inga kochte Hühnerfrikassee. Ihre Söhne trudelten nach und nach ein und fielen hungrig über das Essen her. Dann fuhr Inga beide ausnahmsweise mal wieder zum Hockeytraining. Sie schickte Mark eine WhatsApp und fragte, ob er die Jungs vom Training abholen könnte. Sie wusste, dass er eigentlich nach der Arbeit noch zum Pilates wollte. Wie jeden Montag und Donnerstag. Mittwoch und Freitagabend ging er immer zum Schwimmtraining, Samstag und Sonntag zum Laufen und Radfahren. Inga war so kaputt, sie wollte heute nicht mehr aus dem Haus. Als Mark mit »Jepp« antwortete, war sie erleichtert. Sie nahm sich die Deutschhausaufgabe für morgen vor. Sie las:

»Freddy, das Blatt!

Freddy hing am Baum neben einem anderen Blatt. Sie waren Freunde. Beste Freunde. Dann wurde Freddy auf einmal ganz gelb. Der Freund fragte, was mit ihm los sei. Da kam plötzlich Wind auf und Freddy fiel ab. Der Blattfreund war traurig und schrie nach Freddy....«

Was für eine bekloppte Geschichte, dachte Inga. Das Blatt hieß auch noch wie Bens bester Freund. Dann werde ich das andere Blatt natürlich Ben nennen. Sie sollte den Text interpretieren und den Ausgang der Geschichte positiv weiterschreiben.

Inga dachte nach. Sie konnte sich aber nicht konzentrieren und krickelte das Blatt mit Kugelschreiber voll. Sie lehnte sich auf der Couch zurück und schloss die Augen. Nur für fünf Minuten …. Doch sie wachte erst zwei Stunden später wieder auf, als der Hund bellte, weil Mark mit den Jungs vom Hockey wiederkam.

Ben schmiss seine Hockeytasche auf den Fußboden vor die Treppe. »Hallo Mama, was gibt's zum Abendbrot?«

Inga überlegte schnell und hatte dann eine Idee. »Ich würde gern mit euch Pizza essen gehen. Habt ihr Lust dazu?«

Ben machte einen Luftsprung. »Au ja!«

Auch Finn und Mark waren einverstanden. Inga lief hoch ins Bad, schminkte sich die Lippen rot, bürstete ihre Haare durch und band sich einen Zopf. Dann legte sie ordentlich Parfum nach.

Zur Pizzeria waren es nur zehn Minuten Fußweg. Sie entschieden sich, mit Flocke hinzulaufen. So käme sie auch gleich nochmal raus. Es war schon dunkel und der Wind blies ihnen kalt um die Ohren. Zum Glück hatte Inga ihre Mütze und Handschuhe angezogen. In der Pizzeria war es mollig warm, im Kamin flackerte ein Feuer. »Seniora, schön Sie mal wiederzusehen!« Der Kellner küsste ihr die Hand.

»Das stimmt, wir waren schon lange nicht mehr hier.«

»Doch, den Senior habe ich schon öfter wieder gesehen.« Der Kellner lächelte Mark an. »Geht es Ihnen besser?«

Mark wurde rot. »Danke, gut!«

Inga sah Mark misstrauisch an. »Warst du zwischendurch denn schon mal wieder hier?«

»Mit den Kindern neulich. Ist das wichtig?«

»Nein, natürlich nicht. Hab mich nur eben gewundert.«

Sie bekamen einen Tisch nahe des Kamins. Mark bestellte einen halben Liter Rotwein, eine Flasche Wasser und Pasta mit Trüffeln in Parmesankäse geschwenkt. Inga nahm das Gleiche. Die Jungs bestellten sich Pizza und Cola. Sie unterhielten sich über die Schule und das Hockey der Jungs. Danach schlenderten sie alle vier gemütlich nach Hause. Inga fror nicht mehr. Wein und Pasta hatten sie innerlich aufgewärmt.

Nach dem Zähneputzen zog Inga ihr kurzes, schwarzes Nachthemd an. Sie legte sich schon mal erwartungsvoll ins Bett und positionierte ihre Bettdecke so, dass er ihre aufreizende Wäsche sehen konnte. Ihr Herz klopfte und sie hoffte, dass dieser Abend vielleicht mit etwas Zärtlichkeit endete. Nach einer gefühlten Ewigkeit kam Mark endlich aus dem Bad. Er trug eine gestreifte Boxershorts und ein weißes T-Shirt mit V-Ausschnitt. In seinem Gesicht prangten zwei blutige Stellen.

»Was hast du denn mit deinem Gesicht gemacht?«
»Operiert. Da waren zwei fiese unterirdische Pickel.«
Dann riss er das Fenster auf.
»Mark, bitte kippe es nur an, das ist mir sonst zu kalt!«
»Ich bekomme aber sonst keine Luft und Kopfschmerzen. Ich kippe es nach dem Lesen an, jetzt muss erstmal frische Luft rein.«

Er klopfte sein Kissen zurecht und setzte sich ins Bett. Inga drehte sich zu ihm und achtete penibel darauf, dass er ihr in den Ausschnitt sehen konnte. »Endlich, ich habe schon sehnsüchtig gewartet.«

Mark sah kurz zu ihr rüber und sagte: »Soll ich dir die Augenmaske bringen, damit du einschlafen kannst? Ich möchte noch ein paar Takte lesen!«

Inga war enttäuscht. »Nein, danke! Ich kann sie mir auch selber holen.« Sie stieg aus dem Bett. Jetzt spätestens müsste er doch ihr sexy Negligé sehen. Doch er nahm eine seiner vielen Marathonzeitschriften vom Nachttisch und drehte sich auf die von ihr abgewandte Seite. Inga holte sich eine Wolldecke aus dem Gästezimmer und legte sich wieder neben Mark ins Bett. »Gute Nacht!«

Doch sie bekam keine Antwort. Sie dachte noch eine Weile nach und kam zu dem Schluss, dass Triathleten asexuell wurden. Zumindest klemmten die sich auf dem Fahrrad anscheinend die Eier ab. Dann musste sie grinsen.

»Mark, weißt du, was ein Eunuch ist?«

Mark drehte sich zu ihr: »Was hast du gesagt?«

»Ach nichts!«

Inga schwänzte am nächsten Morgen die ersten beiden Stunden Biovorlesung und setzte sich mit einem Kaffee in die hinterste Ecke der Mensa, um ihre Deutschhausaufgabe zu Ende zu schreiben, die sie gestern Abend nicht mehr geschafft hatte. Claudine hatte ihr per WhatsApp ihre Interpretation und Weitererzählung geschickt, das schrieb Inga jetzt um. Zum Glück hatte sie sich jetzt ein funktionierendes Netzwerk aufgebaut. Ohne das würde sie die Uni sonst nicht schaffen. In einigen Fächern gelang es den Mädels nun auch, sich bei Abwesenheit gegenseitig in Listen einzutragen, so dass ein Fehlen nicht immer auffiel. Das funktionierte aber nicht in allen Fächern. So verschafften sie sich aber wenigstens gewisse Freiräume. Arbeitsblätter und Hausaufgaben wurden abfotografiert und in die jeweilige WhatsApp-Gruppe gestellt. So war man kaum noch ohne Hausaufgaben. Es sei denn, man musste ein Buch lesen oder ein Referat vorbereiten. Aber auch dafür gab es Zusammenfassungen und Interpretationen im Internet.

Und natürlich Wikipedia, ohne das ein Student wohl heute kaum noch auskam. Inga saß keine zehn Minuten über ihrer Lektüre, da stand Pete plötzlich an ihrem Tisch.

»Na, so früh schon in der Mensa?«

Inga wurde rot. »Ich muss noch Hausaufgaben machen.«

Pete setzte sich, seine Augen waren strahlend grün, und Inga durchzuckte es im ganzen Körper, als er sie so lächelnd anschaute. Sie wurde verlegen und wusste nicht, was sie sagen sollte. »Und du, was machst du hier so?«

Er grinste. »Ich habe einfach gehofft, dich hier wieder zu treffen!«

Inga spürte starke Hitze im Gesicht. Vermutlich sah sie aus wie eine Tomate! Pete baggerte weiter. »Was machst du heute Abend, hast du Lust auf ein Glas Wein?«

»Äh, ich kann leider nicht, bin schon verabredet.«

Pete ließ nicht locker. »Und morgen, bist du da auch schon verabredet?«

Inga schüttelte den Kopf. »Prima, dann morgen Abend? Ich hole dich ab, sagen wir um 20 Uhr. Wo wohnst du?«

Inga fühlte sich unwohl bei dem Gedanken, ihm ihre Adresse zu geben. »Mir wäre es lieber, wenn wir uns in der Stadt treffen würden. Ich habe aber nicht lange Zeit, ich muss noch ein Referat vorbereiten.«

Pete lachte und griff nach ihrer Hand, sie zog sie ruckartig zurück und stieß dabei gegen ihre Kaffeetasse. Die braune Brühe lief über den ganzen Tisch und dann auch auf ihre Hose.

»Mist!« Inga sprang auf. Pete holte schnell Servietten und half ihr, die Überschwemmung zu beseitigen. Er sah sie reumütig an. »Sorry. Ich wollte dich nicht erschrecken, tut mir wirklich leid!«

»Schon gut. Aber ich muss jetzt wohl nochmal nach Hause und mich umziehen. So kann ich mich unmöglich ins Deutsch-Seminar setzen.« Inga kochte innerlich vor Wut.

»Soll ich dich schnell bringen?«

»Nein, bloß nicht«, sagte Inga wie aus der Pistole geschossen.

Pete wirkte beleidigt. »Ok, dann sehen wir uns aber morgen Abend? Oder bist du jetzt sauer auf mich?«

Inga sah ihn an. »Nein, ich bin nicht sauer auf dich, ich bin nur in Eile.«

»Ich freu mich auf morgen!«

»Ich auch.«

Schnell lief Inga nach draußen zu ihrem Auto. Als sie eingestiegen war, atmete sie erst ein paar Mal tief ein und aus. Sie betrachtete ihr Gesicht im Rückspiegel. Da prangten lauter hektische rote Flecken. Sie fühlte sich schuldig und irgendwie schlecht. Warum hatte sie nur so ein schlechtes Gewissen? Es ist doch nichts passiert! Noch nicht.

Sie startete den Motor und fuhr nach Hause.

Als sie sich gerade eine neue Hose anzog, rief auch schon Amy an. »Wo bleibst du denn, es geht gleich los!«

»Ich hatte ein Malheur in der Mensa und bin noch mal schnell nach Hause gefahren, um mich umzuziehen!«

Inga erzählte ihr von dem Date mit Pete.

»Wow, etwa dieser Gott von einem Mann aus der Mensa mit den grünen Augen? Dann bist du hiermit sofort entschuldigt. Weißt du schon, was du anziehst?«

»Ich wollte das Wochenende eigentlich lernen und nicht um die Häuser ziehen und Alkohol trinken.«

»Nun hör aber auf Inga, du bist doch kein Mauerblümchen. Und mal ehrlich, wann hast du überhaupt das letzte Mal so richtig geknutscht? Oder Sex gehabt?«, stichelte Amy.

Inga überlegte eine Weile, wusste es aber tatsächlich nicht. »Kann sein, dass es schon einige Monate her ist.«
»Komm, wir sind alle verheiratet und wissen, wie die Ehen irgendwann laufen. Gönne dir mal was, du hast auch ein Recht auf Liebe! Und dann noch mit so einem hübschen Kerl! Nicht das Mark hässlich ist, aber Abwechslung tut jeder Beziehung gut!«
Inga hatte keine Lust sich jetzt weiter mit Amy über ihr Liebesleben auszutauschen. Sie verabredeten sich in zehn Minuten in der Uni für den Deutschkurs. »Halt mir bitte einen Platz neben dir frei!«
»Hab ich doch längst, deshalb habe ich ja angerufen. Bis gleich!«
Keine zehn Minuten später saß Inga neben Amy.
»*Freddy das Blatt*« wurde 30 Minuten lang durchgekaut. Inga hörte nicht richtig zu, musste die ganze Zeit nur an das bevorstehende Date mit Pete denken. Worauf hatte sie sich da bloß eingelassen?
Nach Deutsch hatten sie eine Doppelstunde pädagogisches Handeln. Eine Referatsgruppe stellte das Thema »Coaching« vor. Dazu zeigten sie gleich zu Anfang einen 45 Minuten langen Film über eine Unterrichtsstunde in einer englischen Schulklasse. Amy dachte laut vor sich hin. »Warum wird das in englischer Sprache gezeigt? Oxford Englisch ist das jedenfalls nicht. Den Dialekt versteh ich kaum.« Der griechische Student neben ihr flüsterte: »Mach dir nichts draus, ich verstehe auch rein gar nichts!«
Anscheinend ging es vielen so. Im ganzen Raum begannen die Studenten, sich zu unterhalten. Die Dozentin, die am Rande saß, schien das nicht zu interessieren, sie tippte fleißig auf ihrem Notebook rum. Inga war kurz vorm Einschlafen. Gelangweilt kritzelte sie auf ihrem Block herum.

Sie kam sich vor, wie früher in der Schule und hoffte, dass die restlichen Minuten schnell verstrichen.

Um 15 Uhr war Inga wieder zu Hause. Sie half den Jungs, die Koffer für Bremen zu packen. Ben jammerte. »Bitte Mama, ich will auch hierbleiben! Wir könnten uns doch einen gemütlichen Videoabend machen! Bitte, bitte!«

»Ich muss lernen und habe keine Zeit, mich um dich zu kümmern. Bitte Ben, ich brauche wirklich die Zeit für mich!«

Endlich kam Mark nach Hause. Als er ebenfalls seine Sachen gepackt hatte, bedrängte er Inga erneut. »Willst du es dir nicht nochmal überlegen? Noch kannst du die Koffer packen und mitfahren. Es wäre gut für unsere Beziehung und für unsere ganze Familie, wenn wir alle zusammen fahren würden!«

»Bitte, das Thema ist durch! Lass uns nicht schon wieder davon anfangen. Ich habe dir doch gesagt, ich muss für die Uni einiges vorbereiten.«

Da fing Ben plötzlich wieder an. »Papa, darf ich auch hierbleiben? Bitte!«

»Nein, kommt nicht in Frage, du kommst mit! Opa und Oma freuen sich schon so auf euch!«

Ben schrie: »Das ist unfair! Mama darf auch hierbleiben!«

Er fing an zu heulen und warf sich auf den Boden.

Mark sah Inga böse an. »Das hast du ja wieder prima hingekriegt!«

An Ben gewandt: »So, dann bleiben du und der Hund eben auch hier! Ihr könnt mir alle mal den Buckel runterrutschen!«

Inga konnte es nicht fassen. So eben war ihre gesamte Wochenendplanung geplatzt. Mark und Finn fuhren tatsächlich alleine los. Kein Wort zum Abschied.

»Ben, das war nicht in Ordnung! Ich habe dir doch gesagt, dass ich keine Zeit habe, mich um dich zu kümmern!«

Doch das war Ben egal. Er hatte ja erreicht, was er wollte. Er strahlte übers ganze Gesicht und freute sich über seinen Erfolgsauftritt. »Mama, ich habe doch meinen iPod und die Wii. Lässt du mich in Ruhe spielen, lasse ich dich in Ruhe lernen!«

Inga war frustriert und sagte per WhatsApp das Treffen beim Franzosen mit Amy für heute Abend ab. Sie wollte auch Pete für morgen absagen, hatte aber seine Nummer gar nicht. Das Festnetz-Telefon klingelte. Es war Amy. »Ben kann doch heute bei uns schlafen! Freddy und Ben können sich einen tollen Videoabend mit meinem Mann machen!«

Inga schöpfte Hoffnung. »Ben, möchtest du vielleicht bei Freddy übernachten? Ihr könntet Video gucken.«

»Au ja! Sag ihm, ich bringe Fifa 15 mit!«

Die Rettung! Zwei Stunden später fuhr sie Ben mit dem Auto zu Amy, die nur drei Kilometer entfernt wohnte.

Inga und Amy taten so, als wären sie heute Abend nicht verabredet. »Bis morgen dann, Amy! Und vielen Dank, dass Ben bei euch schlafen darf. Ich muss noch so viel lernen und hätte gar keine Zeit für ihn.«

»Aber immer wieder gerne! Die werden schon ihren Spaß haben.« Amy kniepte ihrer Freundin ein Auge zu.

Ben sollte auf keinen Fall wissen, dass Inga heute noch ausgehen wollte. Wie sollte er sonst verstehen, dass sie nicht mit nach Bremen gefahren war. Inga parkte ihr Auto in der übernächsten Straße und schlenderte direkt zu dem französischen Restaurant »Poulet Congress.« Sie setzte sich auf ihren Stammplatz vorne an den kleinen Tisch vor der Bar neben dem Zeitungsständer. Keine zwei Minuten später brachte ihr Laurent auch schon ein Glas Merlot und setzte sich ungefragt zu ihr. »Ca va ma chérie?«

»Ja, danke. Nur viel Unistress momentan.« Sie nahm einen kräftigen Schluck und spürte, wie ihr die rote Flüssigkeit warm die Kehle runter lief.

Mit französischem Akzent fragte er: »Wo sind denn die Anderen heute?«

»Die kommen gleich. Sie müssen wohl erst noch ihre Kinder und Ehemänner verarzten.«

Laurent rollte die Augen. »Das sich die modernen Frauen das heute noch gefallen lassen. Und wo sind deine drei Männer?«

»Zum Glück verreist. Ich brauchte mal eine Auszeit.«

»Was, so schlimm? Muss ich mir Sorgen machen?«

»Nein, ich habe nur viel um die Ohren und bin froh, mal alleine zu sein.«

Sie nahm erneut einen großen Schluck Wein und spürte, wie sich wohlige Wärme in ihrem ganzen Körper ausbreitete. Laurent bedauerte, dass sie immer seltener kämen. Dann ging die Tür auf und Amy und Luzi trudelten ein. Beide aufgebrezelt wie die Bordsteinschwalben. Kurze Röcke, Stöckelschuhe und Tops mit tiefblickendem Ausschnitt. Inga fühlte sich plötzlich in ihrer Jeans und Bluse underdressed. »Habt ihr mir irgendwas verschwiegen? Neben euch sehe ich aus wie eine Vogelscheuche!«

Laurent guckte amüsiert und starrte in Amys tiefen Ausschnitt. Luzi sah es und stupste ihm in die Seite. »Na, heute geht die Post ab! Weiberabend! Weißt du doch. Hast du uns schon jemals in der Jeans tanzen sehen?«

»Jedenfalls nicht als Studentinnen, nur als Mütter!«

»Wer fährt denn, wenn wir alle Alkohol trinken?«

Laurent bot sich sofort an, wenn sie bis zu seinem Feierabend warten würden. Doch das wollten die Mädels nicht.

»Nichts da, du alter Lustmolch! Hast doch eben gehört, dass wir einen Weiberabend machen.«

Sie bestellten alle Merlot und entschieden sich drei Gläser Wein später für ein Taxi. Die Fahrt zur Party, die im Turm eines alten Wasserwerks stattfinden sollte, war dementsprechend redselig. Inga beschwerte sich über den undefinierbaren Gestank im Auto und entdeckte als Ursache des Übels einen duftenden Wunderbaum am Rückspiegel. Darauf stand »Lemon Tree.«

Inga lallte in Richtung des Fahrers: »Nach Zitrone riecht der aber nicht mehr.«

Dem dicken Taxifahrer schien es unangenehm zu sein, drei betrunkene Frauen zu kutschieren. Er sagte nichts und blickte nervös aus dem Fenster. Luzi musterte ihn vom Beifahrersitz aus. Er war schmuddelig und ein Hauch von Schweiß hing in der Luft. Luzi funkelte ihn mit großen Augen an: »Na, hat es dir etwa die Sprache verschlagen drei so schöne Frauen an Board zu haben?«

Bevor der Taxifahrer antworten konnte, schrie Inga: »Leute, seht mal! Das Haus da, die Nummer 11, seht ihr das alle? Da war mal ein Kopf ab Mord!«

»Was ist denn ein Kopf ab Mord?«, fragte Amy begeistert.

»Eine Millionärsgattin wurde hier aus der mittleren Etage entführt und ermordet. Sie haben ihr den Kopf abgeschnitten. Ihren Torso fand man Tage später an einer Autobahnausfahrt Richtung München in einem Bachlauf.«

Luzi verstellte ihre Stimme absichtlich tief und gruselig: »Und der Kopf? Ist das der, der über eurem Kamin hängt?«

Alle bis auf den Taxifahrer lachten.

Inga setzte noch einen drauf: »Der Kopf der Frau ist bis heute verschwunden. Man erzählt sich, dass er einbetoniert im Fundament der CDU Zentrale liegt.«

»Wer erzählt denn nur solche Dinge?«, fragte der Taxifahrer plötzlich in sehr gebrochenem Deutsch und sah Inga entgeistert im Rückspiegel an. Vermutlich war er Türke.

»Die Stimme aus dem Off! Oh, er kann ja doch sprechen!«, bemerkte Luzi.

»Journalisten«, antwortete Inga, »damals vermuteten sie es jedenfalls. Das Opfer war die Gattin eines reichen Investmentbankers aus Hamburg. Dieser hatte sich angeblich mit dubiosen Unternehmern angelegt und als seine Gattin damals verschwand, begann gerade der Neubau für die CDU Zentrale.«

»Und warum wurde das Fundament nicht aufgerissen und nach dem Kopf gesucht?«

»Keine Ahnung Luzi, das waren ja auch nur Spekulationen der Presse, weil der Fall nie aufgeklärt wurde. Der Tresor wurde damals auch komplett ausgeräumt. Geld und angeblich richtig teure Juwelen waren verschwunden.«

»Aber wenn sie so reich waren, warum wohnten sie dann nur in einer Mietwohnung und auch noch mitten in der Stadt?«

»Sie kamen aus Hamburg. Ich nehme an, dass sie dort ein größeres Anwesen besaßen. Das war hier nur eine Zweitwohnung. Mehr weiß ich auch nicht. Wir haben damals nicht viel herausbekommen, da wir einen Maulkorb von der Verlagsleitung bekommen haben. Wenn es um Anzeigenkunden ging, mussten wir die Füße stillhalten.«

»Krass! Dabei heißt es doch immer Pressefreiheit! Ist doch überall das Gleiche. Geld regiert die Welt!«, sagte Luzi und bot allen Pfefferminzbonbons an.

Sie fuhren auf die Autobahn. Als sie durch einen Tunnel fuhren, der unter einer Hochhaussiedlung hindurchführte, sagte Inga: »Da oben hab ich meine erste Leiche gesehen. Das werde ich nie vergessen. Eine Klavierlehrerin hatte sich mit einer umgebauten Salutkanone erschossen. Sie flog vom Wohnzimmer aus durch die Scheibe bis auf den Balkon.«

»Was ist denn eine Salutkanone?«, wollte Luzi wissen.

»Na die Kanonen, die es früher auf Schiffen gab. Sie hatte so eine in klein auf ihrem Klavier zur Zierde stehen. Dann hat sie diese wohl umgebaut und Schwarzpulver reingestopft, sie dann auf sich gerichtet und entzündet. Der halbe Oberkörper war weg.«

»Und wieso hast du die Tote gesehen?«

»Ich bin eine Etage höher zu den Nachbarn gegangen und durfte vom Balkon aus runtersehen. Da lag sie genau unter mir auf dem Rücken. Alles war voller Blut, der Oberkörper aufgerissen. Ein Gerichtsmediziner im weißen Kittel untersuchte sie gerade. Wir konnten genau zusehen, da der Balkon unten größer und breiter war. Ich guckte aber sofort wieder weg. Doch mein armer Fotograf musste seine Kamera scharfstellen!«

Der Taxifahrer sah Inga entsetzt durch den Rückspiegel an. Amy lachte. »Keine Angst, sie erzählt immer solche Geschichten, hat mal als Polizeireporterin gearbeitet. Inga erzähl doch mal die Geschichte, als du mit einem Mörder gesprochen hast.«

»Mit welchem, dem Taximörder oder mit dem Physikstudenten, der seine Freundin zerstückelt hat?«

Der Taxifahrer gab eine Art entsetztes Grunzen von sich. Inga lachte. »Keine Sorge, das war nur Spaß! Wir sind sowieso gleich da.«

»Aber ich war noch nicht ganz fertig. Die Wohnungstür im Treppenhaus der Klavierlehrerin war zum Teil ganz schwarz verrußt. Ich fragte die anderen Journalisten, ob es in der Wohnung gebrannt hätte. Sie lachten mich aus. Wollt ihr wissen, warum?«

«Du erzählst es uns doch sowieso, ob wir wollen oder nicht!», sagte Amy.

«Das war die Spurensicherung. Auch bei Selbstmorden wird erst einmal ein Todesermittlungsverfahren eingeleitet. Sie haben Fingerabdrücke von der Wohnungstür genommen und diese deshalb mit Ruß eingepinselt. Ich war eben blutige Anfängerin in dem Job.«

Der Taxifahrer lächelte gequält und hielt an. »Hier ein bisschen Schmerzensgeld für Sie!«

Inga gab ihm fünf Euro Trinkgeld.

Der Türsteher vom Wasserwerk hatte einen schwarzen Anzug an. Er verzichtete wie sonst auf eine Handtaschenkontrolle und winkte sie gleich durch. Sie fuhren mit einem Aufzug in den fünften Stock ins Dachgeschoss.

Amy zahlte für alle den Eintritt, Luzi bestellte gleich drei Aperol Spritz. Es war schon 23.30 Uhr und die große Eck-Tanzfläche war gut gefüllt. Sie suchten sich einen freien Sitzplatz am Fenster. »Wow, seht mal was für ein herrlicher Ausblick auf den Potsdamer Platz!«

Inga staunte und war froh, ausgegangen zu sein. Als das Lied »Blurred Lines« von Robin Thicke aus den Boxen ertönte, stürmten die drei auf die Tanzfläche. Inga tanzte fast fünf Lieder hintereinander durch. Dann bemerkte sie, dass sie beobachtet wurde. Von zwei Typen, die an der Bar saßen. Sie erkannte einen sofort. Es war Pete! Er lächelte, stand auf und kam auf sie zu. »Hallo Inga, schön dich hier zu treffen.«

Er umarmte sie und gab ihr rechts und links ein Küsschen. Inga merkte, wie ihr das Blut ins Gesicht schoss. Luzi sagte: »Ach, ist das der Tarzan aus der Uni, von dem ihr gesprochen habt?«

Luzi stellte sich selbst vor und sah ihn erwartungsvoll an. Pete lachte und fragte, ob sie nicht alle mit zur Bar kommen möchten. Er stellte ihnen seinen Freund Martin vor. Der sah zwar bei weitem nicht so gut aus wie Pete, schien aber auf Luzi sofort magnetische Anziehungskraft zu haben.

»Du Pete, ich kann morgen leider doch nicht. Mir ist etwas dazwischen gekommen.«

»Das ist zwar schade Inga, aber wir sehen uns ja dafür heute.«

Lächelnd sah er Inga tief in die Augen. Inga war es unangenehm und sie drehte sich verschämt zur Seite. »Ha, du bist ja immer noch so schüchtern! Weißt du noch damals, wie ich dir zwei Stunden lang auf dem Barhocker gegenübersaß und du es nicht geschafft hast, mal zehn Sekunden lang meinem Blick standzuhalten?«

»Ja, das weiß ich noch. Das war in der Rats Bar am Ludwigkirchplatz und ich fand es schrecklich!«

Pete flüsterte ihr ins Ohr. »Du bist immer noch zum Anbeißen!« Dabei zog er sie sanft zu sich ran. Ihre Lippen trafen sich, er küsste sie auf den Mund. Luzi entglitten die Gesichtszüge: »Was geht denn jetzt ab? Hab ich was verpasst?«

Inga wehrte sich nicht. Jetzt küssten sie sich leidenschaftlich. Ingas ganzer Körper kribbelte, sie glaubte zu schweben. Als Pete von ihren Lippen abließ, legte er seine Hände an Ingas Kopf und drückte seine Nasenspitze leicht an ihre. »Du schmeckst immer noch so gut wie früher.«

Er nahm sie wieder fest in seinen Arm und presste seinen Körper an ihren. Sie merkte, dass er erregt war.

»Lass uns raus auf den Balkon gehen. Ein bisschen frische Luft tut uns bestimmt gut!«

Er zog sie mit sich nach draußen. Da es abends noch sehr kalt war, standen nur vereinzelt nikotinsüchtige Raucher in den Ecken. Inga konnte sich nicht vorstellen, warum sie sonst freiwillig solange in dieser Kälte standen. Sie hatten zwar einen herrlichen Ausblick, aber es war einfach zu ungemütlich. Sie wollte Pete gerade fragen, ob sie nicht wieder reingehen könnten, da küsste er sie. Er wurde forscher und wilder. Er zog sie mit sich in eine Ecke. Dann nahm er Ingas Hand und drückte sie auf seine Hose, wo sie sein steifes Glied spürte. Seine Hände glitten unter ihre Bluse und wanderten weiter nach unten. Er öffnete die obersten Knöpfe ihrer Jeans und schob seine Hand zwischen ihre Schenkel. Seine Finger arbeiten sich langsam vor. Inga stöhnte vor Lust, sie spürte, wie sie feucht wurde. Auch sie öffnete Petes Hose, nahm sein steifes Glied in die Hand und massierte ihn sanft. Er stöhnte. Beide ergaben sich voll der Leidenschaft.

Sie verließen wenig später heimlich die Party und stiegen in Petes Auto, welches ganz in der Nähe geparkt war. Er hatte einen Jeep mit getönten Scheiben und umgeklappter Rückbank. Eine Decke lag dort ausgebreitet. Inga lachte. »Ach, du bist also schon vorbereitet?«

»Klar. Ich schlafe ab und zu im Auto, wenn ich auf einer Party zu viel getrunken habe. So spar ich das Taxi.«

Inga glaubte ihm kein Wort. Es war ihr aber auch momentan egal. Das Gefühl eben hatte sie schon lange nicht mehr gehabt. Sie wollte mehr davon. Sie wollte wieder leben! Sie knutschten wild herum und Pete riss ihr förmlich die Kleidung vom Leibe. Pete holte ein Kondom aus einem kleinen Fach im Kofferraum hervor und gab es Inga. Dann trieben sie es hemmungslos nach allen Facetten der Kunst. Inga schrie, als sie kam. Ihr ganzer Körper zuckte und bebte. Inga hatte seit Jahren nicht mehr so unbeschwert gevögelt. Es war, als hätte ihr jemand den Teufel ausgetrieben. Pete stöhnte. »Man du bist ja ganz schön heiß!«

Inga war außer Atem und flüsterte: »Das war der beste Sex der letzten zehn Jahre!«

Pete scherzte: »Was, solange haben wir uns nicht mehr gesehen?«

»Fast 14 Jahre sogar. Wir haben uns das letzte Mal in Wiesbaden auf dem Weinfest beim Hockeyturnier getroffen. Da bin ich gerade aus Hamburg zurück nach Berlin gezogen.«

»Dann muss dein Mann ja ein ziemlicher Idiot sein!«

Beide lachten. Sie lagen noch einige Minuten zusammen und streichelten sich. Dann begann Inga zu frieren. »Komm, lass uns wieder zurück zu den Anderen gehen!«

Inga zog sich an, zupfte ihre Haare im Rückspiegel zurecht und wischte sich die verschmierte Wimperntusche mit einem Taschentuch weg. Inga fühlte sich großartig. Zum ersten Mal seit Jahren wieder.

Als Amy in Ingas Gesicht sah, wusste sie sofort, was geschehen war. Sie lächelte und sagte nur »Wow!«

Ingas Augen strahlten.

Inga wachte mit hämmernden Kopfschmerzen auf. Sie schleppte sich zum Kühlschrank, schenkte sich ein Glas Cola ein und trank es in einem Zug aus. Dann schaltete sie ihr Handy ein. Oha, sie hatte über 120 neue WhatsApp-Nachrichten. Die meisten aus der NAWI Gruppe. Sie überflog sie kurz. Nichts Interessantes. Keine Nachricht von Mark. Aber auch keine von Pete. Warum auch, sie hatten sich ja erst vor ein paar Stunden getrennt. Aber eine neugierige Amy hatte schon geschrieben.

»Und wie war dein Adonis?«

Inga lächelte und schrieb zurück. »Magic Mike kann einpacken…!«

Es war schon Mittagszeit. Sie nahm eine Schmerztablette gegen die Kopfschmerzen. Flocke stand schwanzwedelnd vor ihr, musste dringend raus. Inga ließ sie schnell in den Garten, zog sich derweil an. Flocke bellte. »Aus Flocke, komm rein!«

Sie hatte leichten Muskelkater in den Beinen. Sie dachte sofort an Pete und den wunderbaren Sex im Auto. So fühlt es sich also an, eine Affäre zu haben. Hammergeil!

Inga hatte seltsamerweise kein schlechtes Gewissen. Sie hatte zum ersten Mal ihren Mann betrogen und es war ihr egal. »Mark, du Arsch, bist selber schuld!«

Flocke bellte und knurrte immer noch. »Los, komm endlich rein, du blödes Hündchen!«

War da jemand im Gebüsch? Inga meinte einen Schatten gesehen zu haben. »Hallo?«

Keine Antwort! Flocke knurrte weiter.

»Hallo Inga, hier oben!«, rief die Nachbarin vom geöffneten Fenster aus gegenüber.

»Hallo Helga, ich dachte schon, es wäre jemand bei uns im Garten!«

Inga ging mit Flocke ins Haus zurück. Aus intuitiven Gründen machte Inga die Sicherheitsstange vor die Terrassentür. Sicher ist sicher. Merkwürdig! Sie fühlte sich beobachtet.

Sie zog sich an und ging mit Flocke spazieren. Aber nur eine kleine Runde um den Häuserblock. Zu mehr war sie mit den Kopfschmerzen nicht fähig. Ihre Gedanken kreisten um Pete. Sein Lächeln und sein Geruch gingen ihr nicht mehr aus dem Kopf. Ob sie das wohl bald wiederholen könnten?

Wieder zu Hause, hatte Inga keine Lust, ihr Referat vorzubereiten. Aber es half nichts, sie musste es bis Montag fertig haben. Sie kochte sich einen starken Kaffee und setzte sich an ihren Rechner. Plötzlich klingelte es an der Haustür. Flocke bellte wie verrückt. Es war Ben. Ihn hatte sie ja ganz vergessen! »Hallo Schätzchen, wie war es denn bei Freddy?« Sie nahm ihn zärtlich in den Arm und küsste ihn auf die Wange.

»Toll, Mama! Wir haben den siebten Teil von Harry Potter geguckt und Salami Pizza gegessen.«

»Na, das hört sich nach Spaß an.«

»Ich durfte sogar in der Hängematte schlafen und Freddys Vater hat uns heute Morgen Pfannkuchen mit Nutella gemacht.«

»Na, dann wäre der krönende Abschluss nun, Minecraft zu spielen, oder?«

Ben kreischte vor Vergnügen. »Ja! Du bist die beste Mutter der Welt!«

»Genau das wollte ich hören! Aber oben in Papas Arbeitszimmer, ich muss hier unten mein Referat vorbereiten!«

Sie setzte sich an ihren Laptop und recherchierte über den französischen Chemiker Antoine Laurent de Lavoisier. Sie fand so einiges über ihn. Er wurde 1743 in Paris geboren und studierte erst Jura, weil es sein Vater so wollte. Dann widmete er seine Leidenschaft aber der Chemie. Er entwickelte die Oxidationstheorie, stellte fest, dass Wasser kein Element war, wie es seit Aristoteles angenommen wurde. Auch die Formel zu Erhaltung der Masse war sein Verdienst. Komisch, dass Inga seinen Namen vorher noch nie gehört hatte. Aber seitdem sie Naturwissenschaften studierte, wusste sie, dass sie überhaupt sehr wenig von der Welt und ihrem Funktionieren wusste. Wieder stieß sie auf *»septem artes liberales.«* Das ist lateinisch und heißt die »Sieben Freien Künste.« Gemeint sind damit die Fächer: Grammatik; Rhetorik; Dialektik bzw. Logik; Arithmetik;

Geometrie; Musik und Astronomie. Die Wissenschaftler konnten sie damals alle studieren, weil sie reich waren. Manche studierten sogar ihr ganzes Leben lang. Wenn man die Referate über die berühmten Wissenschaftler alle aufmerksam verfolgte, waren die berühmten »Erfinder« alle sehr reich und privilegiert gewesen. Und heute ist es nach Ingas Ansicht ähnlich: Wer heute studierte, musste Geld haben! Wie sollte man sonst bei einem Vollstudium nebenbei noch seinen Lebensunterhalt verdienen?

Fasziniert hatte Inga letzte Woche ein Referat über Johann Wolfgang von Goethe. Für Inga war Goethe ein bedeutsamer deutscher Dichter gewesen. Dass er aber auch Forscher der Wissenschaft war, wusste sie bis dato nicht. So hatte Goethe 1784 bei anatomischen Untersuchungen den Zwischenkieferknochen beim Menschen entdeckt. Diese Entdeckung stellte die bis dahin geltende Schöpfungsgeschichte in Frage. Die katholische Kirche hatte Wissenschaftler, die so etwas behaupteten, damals als Ketzer gefoltert und verbrannt.

Da hatte Goethe ja richtig Glück gehabt, dachte Inga. Sie druckte sich das Wichtigste über die Versuche und Erfindungen von »De Lavoisier« aus und schrieb eine Zusammenfassung.

Immer wieder dachte sie an Pete. Das Handy lag neben ihr. Doch es kam keine Nachricht.

Sie versuchte, sich auf ihre Arbeit zu konzentrieren. Dann fand sie noch eine interessante Anekdote auf einer Wissenschaftsseite. Als Lavoisier im Zuge der Französischen Revolution per Guillotine geköpft wurde, schied er mit einem letzten Versuch aus dem Leben. So sollte er einem Freund vor seiner Hinrichtung noch mitgeteilt haben, er wollte herausfinden, wie lange ein Körper nach dem »Köpfen« noch reagieren könnte. Der Freund sollte dazu

Lavoisiers Augen genau beobachten, wenn das Fallbeil hinuntergesaust war. Angeblich haben Lavoisier Augen danach noch elf Mal geblinzelt.

Das Klingeln des Handys unterbrach ihre Studien. Es war Finn, der aus Bremen anrief.

»Es ist so langweilig hier und Papa verbietet mir, iPod zu spielen. Was macht Ben denn gerade?«

Inga wollte ihn nicht noch mehr verärgern und log: »Er ist mit Freddy auf dem Fußballplatz! Finn, ich bin mitten im Lernstress und hab jetzt keine Zeit zum Quasseln. Grüß Papa und benimm dich bitte! Bis morgen, ich hab dich lieb!«

Inga schaute auf die Uhr und erschrak. Es war schon nach 16 Uhr. Sie rief Ben runter und bat ihn, mit dem Hund zu gehen. Sie versprach ihm, wenn er wieder da wäre, Sushi zum Abendbrot zu bestellen. Als Ben weg war, sah sie 35 neue WhatsApp Nachrichten auf ihrem Handy. 34 waren von ihrer NAWI-Gruppe, eine von Pete. Endlich! Sie las die von Pete zuerst. »Liebchen, wann sehen wir uns wieder?«

Ingas Körper kribbelte. Sie schrieb aufgeregt zurück: »Wenn du mit deinem Geländewagen vorfährst. Vielleicht heute Abend, wenn Ben schläft?«

Dazu schickte sie einen Kussmund und ein Herzchen.

Inga trug Ben nach dem Abendbrot ihr Referat über Antoine Laurent de Lavoisier vor. Er fand es toll. »Am besten finde ich die Stelle, wo er noch elf Mal blinzelte, bevor er starb. Für mich heißt er ab jetzt der Blinzelmann.«

Ben sah an seine Zimmerdecke, wo zahlreiche fluoreszierende Sterne in allen Größen leuchteten. Darunter hing ein Lego Classic-Space Raumschiff Mobile an einer Schnur. »Mami, wenn ein Huhn geköpft wird, läuft der

Körper oft noch weiter. Das sieht man manchmal im Fernsehen. Ist das echt oder nur ein Trick der Fernsehleute? Und wenn es echt ist, hat das dann etwas mit den Muskeln zu tun, die dann noch vom zirkulierenden Blut zucken? So wie bei dem Blinzelmann?«

Inga dachte nach und ihr fiel keine logische Erklärung ein, die sie ihrem Sohn geben könnte. Weil sie es schier nicht wusste. Sie hatte sich darüber noch nie Gedanken gemacht. Was, wenn ihre Kommilitoninnen ihr die Frage nach dem Referat stellten? Das musste sie unbedingt vorher noch recherchieren. Sie nahm sich vor, es gleich nachzuschlagen. Sie gab ihrem Sohn einen Kuss auf die Stirn. »Gute Nacht mein kleiner Einstein. Morgen erzähle ich dir, wieso das Huhn noch weiter läuft. Jetzt wird erst einmal geschlafen!«

Sie drückte auf den Wiedergabe-Knopf des CD-Players und schon ertönte die Anfangsmusik der »Drei Fragezeichen« von Alfred Hitchcock. Die CDs hatte sie als Kind auch immer gern zum Einschlafen gehört. Und sogar heute noch, wenn sie mit den Jungs eine Übernachtungsparty in einem der Kinderzimmer machte, lauschte sie gern den Stimmen ihrer Detektiv-Helden aus der Kindheit.

Inga setzte sich sogleich an ihren Rechner und recherchierte im Internet. Gegen 22 Uhr klappte sie den Rechner zu. Sie schlich in Bens Zimmer und deckte ihn zu. Er schlief tief und fest. Sie lächelte und sprang unter die Dusche. Danach ging sie runter in die Küche, machte eine Flasche Rotwein auf und schickte Pete eine WhatsApp. Eine halbe Stunde später parkte sein Geländewagen in der Einfahrt.

Das Gehirn hat Lücken

Als Mark und Finn am nächsten Abend nach Hause kamen, lag Inga auf dem Sofa und lernte. Zettel und Bücher waren überall auf dem Tisch und dem Fußboden verteilt.

»Hallo Mama, wo ist Ben und was gibt's zu essen?«

»In der Reihenfolge? Hallo Sohn! Ben ist oben und Essen gibt es leider nur das, was im Kühlschrank ist.«

Finn rannte wie von der Tarantel gestochen die Treppen hoch und es dauerte keine zehn Sekunden, da schrie einer der Jungs. Mark lief Finn hinterher und schnauzte beide Jungs an, sie sollten aufhören, sich schon wieder zu streiten. Aus mit der Ruhe!, dachte Inga. Sie packte ihre Uni-unterlagen zusammen. Mark kam wieder runter, ging in die Küche und öffnete den Kühlschrank.

»Hast du nichts eingekauft?«

»Nein, stell dir vor, ich habe gelernt und einfach nur mal an mich gedacht. So wie du es immer tust!«

Er hatte Inga nicht mal richtig begrüßt. Inga war gereizt und kampfbereit. Doch Mark sagte nichts. Wortlos lief er zur Treppe und rief die Jungs.

»Kommt Kinder, wir gehen essen!«

Dann verließ er mit den Söhnen das Haus. Ohne Inga.

Am Montagmorgen holte Luzi zur Abwechslung mal Inga zur Uni ab. Mit duftenden Croissants und Latte Macchiato. Luzi hatte ihre grüne »Familienkutsche« dabei, einen VW Multivan. Inga zog die Schiebetür beiseite und setzte sich nach hinten.

»Darf ich die Kindersitze abmachen, da passt mein dicker Hintern nicht rein!«

»Klar, mach das! Hab ich vergessen, sorry!«

Im Bus lagen überall Krümel, leeres Bonbonpapier und anderer Müll auf dem Boden zerstreut. Eine Flasche mit einer halbvollen, undefinierbaren Flüssigkeit klemmte in einem der Sitztaschen.

»Igitt, was ist denn da drin, das stinkt ja widerlich?«

Luzi sah kurz nach hinten. »Ach, da ist die Flasche. Ich hab sie schon überall gesucht. Das war mal Kakao. Hab ich total vergessen. Nehm ich nachher mit raus.«

Sie holten Amy ab. Sie setzte sich nach vorn. Inga ärgerte sich, dass sie das nicht getan hatte. Irgendwie ekelte sie sich vor den ganzen Essensresten der Kinder.

Auf der Fahrt sprachen sie darüber, wer welche Hausaufgaben nicht geschafft und wer, was von Dörte und Claudine kopiert hatte.

»Das gibt es doch nicht. Dann haben wir also alle drei die Hausaufgabe von Dörte kopiert? Ich hoffe, ihr habt sie ordentlich umgeschrieben!«

Luzi verneinte. »Ich hatte dafür keine Zeit, hab sie 1:1 übernommen!«

Auch Inga hatte sich keine Mühe gemacht, sie umzuschreiben. Sie grinste breit übers ganze Gesicht. »Sie hat sie so gut gemacht, da konnte ich sie doch nicht umschreiben. Außerdem hatte ich Besseres zu tun!«

»Du meinst Adonis? Erzähl!«

Sie berichtete von ihrem erneuten Treffen mit Pete und wie sie es in seinem Auto in der Tiefgarage getrieben hatten. Amy wollte mehr über Pete wissen.

»Ist er verheiratet?«

»Ja, aber sie leben schon länger getrennt. Die Frau wohnt in Bonn. Er will sich bald scheiden lassen.«

»Hat er Kinder?«, wollte Luzi wissen.

»Zwei. Die sind aber schon Teenager und wohnen im katholischen Internat St. Blasien.«

Luzi prustete vor Lachen. »Ist das ein Witz? Ein katholisches Internat heißt St. Blasien?«

Auch Amy lachte. »Nomen est omen!«

»Mädels, seid nicht albern! Das Kolleg St. Blasien ist ein staatlich anerkanntes und von den Jesuiten geführtes Gymnasium mit Internat im Südschwarzwald.«

Amy und Luzi sahen sich an und lachten jetzt noch lauter.

»Amy und Luzi, nun macht aber mal einen Punkt! Erst zwingt ihr mich, faktisch auszugehen und endlich mal wieder zu knutschen, und dann spielt ihr euch als Moralapostel auf. Ich mische mich auch nicht in eure Liebeleien.«

Luzi hob abwinkend ihre Hand: »Wenn es nur eine Affäre ist, dann ist es ja gut. Aber du siehst so anders aus. Deine Augen strahlen und irgendwie wirkst du ziemlich stark verliebt.«

»Keine Ahnung! Fakt ist, Pete tut mir gut! Mark verhält sich mir gegenüber so abschätzend, dass er es nicht anders verdient hat!«

Amy drehte die Musik lauter. Es lief Surfing USA von den Beachboys. »Das passende Auto zum Lied haben wir jedenfalls!«

»Sogar mit Surfaufkleber.«

Amy schrie: »Los, rocken wir die Backfische in der Uni. Ab jetzt lassen wir uns nichts mehr gefallen! Weder von unseren Männern noch von sonst irgendjemandem!«

Inga hielt ihr Referat über Antoine de Lavoisier in der vierten Stunde. Der Vortrag kam anscheinend gut an. Die Studentinnen hatten über die »Blinzelnummer« gelacht und danach kräftig auf den Tisch geklopft. Der Prof hatte gesagt, mit der Anekdote hätte es bei ihm noch kein Student vorgetragen. Inga wertete dies als Kompliment. Kein Zuhörer hatte jedoch nachgefragt, warum oder ob es überhaupt möglich war, dass das Auge von Lavoisier nach der Abtrennung vom Kopf noch hatte blinzeln können. Was Inga sehr recht war. Sie hatte zwar so einiges dazu im Internet gelesen, aber nicht wirklich eine wissenschaftliche Erklärung dafür gefunden. Nur dass der Pirat Klaus Störtebeker nach seiner Hinrichtung noch ohne Kopf an elf Matrosen seiner versammelten Mannschaft vorbeigelaufen sein sollte, um sie damit vor der Hinrichtung zu retten. Oder das der forensische Pathologe Ron Wright davon aus ging, dass nach der Abtrennung des Kopfes das Gehirn für etwa 13 Sekunden weiterleben könnte. Die genaue Spanne, die das unversorgte Gehirn überlebte, sei von chemischen Faktoren abhängig, wie zum Beispiel von der verfügbaren Sauerstoffmenge zum Zeitpunkt der Enthauptung.

Nächste Woche wäre dann Amy mit ihrem Referat an der Reihe. Sie hatte Charles Darwin per Los gezogen und einen gewaltigen Bammel davor. »Du hast es gut, hast es hinter dir. Über Darwin gibt es so viel Material, das schaffe ich doch niemals in ein Kurzreferat zu fassen.«

»Mach es dir doch nicht so schwer. Lies dir Zusammenfassungen bei Wikipedia durch!«

»Aber der Prof hat uns doch vor Wikipedia gewarnt und gesagt, dass es keine gute Quelle sei.«

»Ach komm, ich hab auch das meiste von Wikipedia und er fand mein Referat gut. Alle Studenten bedienen sich bei Wikipedia. Wer hat denn schon Zeit, seriöse Quellen aus der Bibliothek auszusuchen? Bei all den Präsentationen heutzutage. Keiner!«

Luzi hatte Glück, sie kam mit ihrem Referat über den englischen Astronom und Physiker Isaac Newton nicht mehr dran, weil in der Stunde ein Film gezeigt wurde und es dann weder zeitlich, noch thematisch rein passte.

Inga hatte Bammel vor der Bioklausur. Sie war weit hinterher. Wie und wann sie den ganzen Stoff ausdrucken und lernen sollte, wusste sie noch nicht. Dafür hatte sie aber schon diverse Onlinevorlesungen in Erziehungswissenschaften angesehen und die »Selbsttest« dazu ausführlich bearbeitet.

»Sagt mal, geht euch das auch so bei den Onlinevorlesungen in Erziehungswissenschaften, dass sie viel länger dauern als 90 Minuten?«

Dörte nickte. »Ja! Ich brauche mit den dazugehörigen Fragestellungen mindestens immer drei Stunden.«

»Na, da bin ich ja beruhigt, dass es euch auch so geht.«

»Schlimmer ist aber bei mir, dass ich meist alles wieder vergesse!«

»Wie meinst du das?«

»Ich sehe mir die Vorlesung an und dann beantworte ich die Fragen dazu. Doch wenn ich nach einer Woche nochmal denselben Fragebogen bearbeite, weiß ich 75 Prozent der Antworten dazu nicht mehr.«

Inga zog die Augenbrauen hoch. »Heißt das, du hast schon Alzheimer?«

»Nein, das liegt wohl allgemein am älter werden. Das heißt, ich kann nur kurz vor einer Klausur lernen, sonst vergesse ich alles wieder.«

Inga glaubte Dörte nicht so ganz.

Doch dann mischte sich Claudine ein: »Ich bin froh, dass du das gesagt hast. Ich habe wirklich schon gedacht, dass bei mir Alzheimer oder eine Demenz beginnt. Mir geht es nämlich ganz genauso. Ich vergesse das meiste wieder.«

Inga verzog den Mund zu einer Grimasse. »Ihr wollt mich beide wohl auf den Arm nehmen? Netter Versuch!«

Doch die beiden meinten es völlig ernst. Als Inga nach Hause kam, setzte sie sich sofort an ihren Rechner. Sie nahm sich den Fragebogen der ersten Onlinevorlesung in Erziehungswissenschaften vor, den sie vor Wochen noch ohne Fehler ausgefüllt hatte. Sie bearbeitete ihn erneut. Dann blieb ihr die Spucke weg. »Das ist jetzt ein Scherz!«, sagte sie laut vor sich hin. Unfassbar, ihre Freundinnen hatten recht! Sie wusste nicht mal mehr 60 Prozent der Antworten. Das würde ja bedeuten, dass es Quatsch war, jetzt schon für Klausuren in zwei Monaten zu lernen. Und wie sollte sie dann überhaupt lernen? Alle Klausuren waren im Februar und März. Wie sollte das gehen? Sie rief sofort Luzi und Amy an.

»Das würde ja bedeuten, dass wir uns eine Abschlussprüfung in fünf Jahren sparen können!«

Amy glaubte ebenfalls erst mal an einen Bluff. »So ein Blödsinn. Das kann doch gar nicht sein. Dann könnten Ältere nie irgendwo einen Abschluss machen.«

Inga beschloss, der Sache auf den Grund zu gehen, und schrieb dem Prof sofort dazu eine lange E-Mail. Angeblich ist er ja online immer zu Diensten.

Der Anruf kam im Sachunterricht. Es war die Schule. Finn hatte einen Sportunfall. Die Wunde am Kopf musste genäht werden. Es sah schlimmer aus, als es war. Der Arzt sagte: »Bei Kopfverletzungen fließt oft viel Blut.«

Ein Rückwärtssalto von einem mobilen Kasten auf die Turnmatte war schief gegangen. Statt auf der Matte landete Finns Kopf am Kasten.

»Wieso macht ihr denn Rückwärtssaltos vom Kasten? Welcher Lehrer gab denn da keine Hilfestellung?«

Finn gab keine Antwort und sah zu Boden.
»Finn! Wer hatte Aufsicht?«
Er druckste rum. »Wir hatten Vertretung und die Lehrerin war noch nicht in der Halle.«
»Das versteh ich nicht ganz. Erklär mir das bitte mal genauer!«, bohrte Inga weiter und schüttelte den Kopf.
»Man, Mama, lass gut sein, es ist doch nichts passiert!«
»Junge, das stimmt ja nun nicht ganz. Und es hätte noch viel schlimmer ausgehen können. Sei froh, dass dein Genick nicht gebrochen ist!«, mischte sich der Arzt nun ein.
Finn schien den Ernst der Lage erst allmählich zu begreifen. Er erzählte dann, dass die Lehrerin den Schülern den Auftrag gegeben hatte, schon mal die Geräte aufzubauen.
»Sie wollte nur schnell etwas aus dem Lehrerzimmer holen. Wir haben auf eigene Faust Akrobatik gemacht!«
Inga fiel vom Glauben ab. »Akrobatik? Mensch Finn, ihr seid doch keine fünf Jahre mehr alt. Das hätte gewaltig schief gehen können!«
Der Arzt gab plötzlich einen Pfiff ab und fügte hinzu: »Das ist auch eine Versicherungsfrage. Hat die Lehrerin ihre Aufsichtspflicht verletzt, kommt sie leider auch für die Behandlungskosten auf.«
Da hatte er Recht! Inga wurde wütend. »Das wird auf jeden Fall noch ein Nachspiel für die Lehrerin haben. Nicht auszudenken, wenn dein Genick gebrochen wäre.«
Da Finn Kopfschmerzen hatte, konnte der Arzt eine leichte Gehirnerschütterung nicht ausschließen. Er sollte deshalb noch zwei Tage ruhig zu Hause im Bett liegen. Inga fühlte sich erschöpft und ratlos. »Ich muss morgen einen Vortrag halten und hab noch einiges vorzubereiten.«
Finn beruhigte seine Mama. »Ich kann doch schon allein auf mich aufpassen!«
»Das habe ich gemerkt. Eben nicht!«

Inga rief Amy an und erzählte, was passiert war. »Da kannst du mal sehen, welche Verantwortung so ein Lehrer hat. Stell dir vor, uns passiert das später!«

Inga dachte nach. Stimmt eigentlich, vielleicht sollte sie doch von einer Anzeige gegen die Lehrerin wegen Verletzung ihrer Aufsichtspflicht absehen. Aber sprechen wollte sie auf jeden Fall mit ihr. Schließlich sollte so etwas nie wieder passieren.

Leider hatte Amy kein Häkchen für Inga im verpassten Anschlussseminar machen können. Das bedeutete, dass Inga jetzt auch noch ein Attest für sich besorgen musste, da sie in dem Kurs bereits zwei Mal gefehlt hatte.

Mark kam gegen 19 Uhr nach Hause. Er schmiss seine Tasche auf die Treppe und begrüßte Flocke.

»Was gibt es zu Essen, ich habe einen Bärenhunger?«

»Hörst du deine Mailbox nie ab? Ich habe dich zigmal versucht zu erreichen.« Inga war fassungslos.

»Ich kann nicht jeden Anruf bei der Arbeit annehmen.«

»Ich bin nicht jeder. Unser Sohn Finn hatte einen Sportunfall und musste am Kopf genäht werden. Ich war mit ihm im Krankenhaus und habe es noch nicht geschafft, einkaufen zu gehen.«

Sie wollte ihn fragen, ob sie in der Pizzeria bestellen soll, da kam er ihr zuvor. »Aber in der letzten Stunde warst du doch zu Hause oder nicht?«

Eine Frechheit! Spontan fiel ihr dazu nur eins ein. »Du blödes, arrogantes Arschloch!«

Er schnappte sich daraufhin seine Sporttasche, die gepackt im Flur stand und verschwand mit laut zuknallender Haustür. Er hatte nicht einmal gefragt, wie es Finn ging!

Inga musste sich irgendwie abreagieren. Starke Aggressionen türmten sich gerade in ihr auf. Sie zog ihren Ehering vom Finger und schmiss ihn mit voller Wucht gegen die Wand. Er landete klirrend in irgendeiner Ecke. Was war nur geschehen, dass ihre Ehe so aus den Fugen geraten war? Im Moment konnte sie nichts anderes mehr für Mark empfinden als Hass. Blanken Hass!

»Mama, ich habe Hunger!« Ben saß auf der Treppe.

»Schätzchen, wie lang sitzt du denn da schon?«

»Lange!«

Ben kam ihr entgegen und umarmte sie. »Warum ist Papa so gemein zu dir?«

Inga antwortete nicht. Tränen liefen über ihre Wangen. Sie küsste ihrem jüngsten auf den Kopf. »McDonalds?«

»Au ja!«

»Dann frag mal Finn, was wir ihm mitbringen sollen.«

Sie wischte sich die Tränen ab und suchte die Autoschlüssel. Doch sie waren nicht aufzufinden. Resigniert setzte sie sich auf die Treppe. »Warte Mama, ich such sie!«

Nach einer gefühlten halben Ewigkeit hatte Ben sie gefunden. Sie waren genau da, wo sie auch hingehörten. In ihrer Handtasche.

Als beide Jungs schliefen, machte Inga ihre Hausaufgaben und bereitete sich auf einen Vortrag über den Stromkreis vor. Um Mitternacht wollte sie sich etwas zu trinken aus der Küche holen. Mark war immer noch nicht nach Hause gekommen. Flocke kratzte an der Korridortür und sah sie erwartungsvoll an. »Flöckchen, ich hab dich ganz vergessen!«

Inga zog sich schnell eine Jacke und Schuhe an und ging mit dem Hund raus. Auf den letzten Metern wurde ihr plötzlich übel. Sie schaffte es gerade noch rechtzeitig nach Hause. Sie übergab sich mehrfach. Als sie von der Toilette kam, pochte es in ihren Schläfen. Sie legte sich ins Bett des Gästezimmers unterm Dach. Seit Tagen schliefen sie in getrennten Zimmern. Das war auch besser so. Sie zitterte am ganzen Leib. Tränen rollten über ihre Wangen. Ihre Gedanken fuhren Karussell. Sie wusste nicht mehr, wie es weitergehen soll. Sie war nervlich und körperlich am Ende. Irgendwann schlief sie ein.

Nachts schreckte Inga von einem Geräusch hoch. Sie setzte sich auf und lauschte, konnte aber nichts mehr wahrnehmen. Langsam gewöhnten sich ihre Augen an die Dunkelheit. Ihr Hals tat beim Schlucken weh. Sie stand auf, ging ins Bad und suchte eine Schmerztablette. Dann schlich sie die Stufen nach unten ins Wohnzimmer. Auf dem Esstisch lag Marks Handy, daneben seine Hausschlüssel. Er ist also zurück. Sie nahm es in die Hand und plötzlich leuchtete eine WhatsApp Nachricht auf. »Danke! Schlaf du auch gut!« Geschrieben von einer Galina König. Inga legte schnell das iPhone wieder hin. Jetzt war sie hellwach. Sie schaltete ihren Laptop an und googelte den Namen der Frau. Bingo! Eine Triathletin aus Marks Trainingsgruppe. Von Neugier getrieben nahm sie sein iPhone wieder in die Hand und tippte sein Passwort ein, das sie nicht wissen durfte aber einer ihrer Söhne ihr längst verraten hatte. Die Jungs durften ab und zu auf Papas iPhone spielen. Jetzt wusste Inga auch, warum sie das Passwort nicht haben durfte. Sie las seine Nachrichten, die er sich schon seit Wochen mit dieser mutmaßlichen Geliebten schrieb. Da gab es aber auch einige mit seiner Sekretärin, die mehr als nur beruflich klangen. »*Gefällt dir der neue*

117

Duft? Den habe ich dir am Flughafen gekauft. Ich finde ihn so verführerisch! Und du?«

In einer anderen Mitteilung stand: »*Hat deine Frau eigentlich etwas bemerkt?*«

Wieso fragte seine Sekretärin, ob ihm der Duft des Parfums gefalle? Betrog Mark sie wirklich nach Strich und Faden? Ihr Mark, von dem sie immer dachte, er würde nie im Leben fremdgehen? Ihr Mark, der sich angeblich nicht viel aus Sex machte und immer sagte, dass würde alles viel zu sehr überbewertet? Inga grübelte. War sie wirklich so naiv und blauäugig? Aber warum durften Finn und Ben das Passwort wissen? Glaubte er wirklich, sie wahrten das Briefgeheimnis und würden seine Mitteilungen nicht lesen? Sie ärgerte sich. Aber am meisten über sich selbst. Ab jetzt würde sich einiges ändern, das schwor sie sich. Sie würde aufpassen! Und sie würde sich auch noch das Passwort zu Marks Computer besorgen. Na warte, Schätzchen! Genug gespielt, ab jetzt schlage ich zurück! Inga platzte fast vor Wut. Dann schaltete sie das Handy von Mark wieder aus und murmelte: »Und ihr Ladys, könnt euch schon mal auf etwas gefasst machen! Auge um Auge, Zahn um Zahn! Das wird mein Credo für die nächste Woche!

Beleidigter Liebhaber

Glück gehabt! Ingas Stromvortrag in Physik fiel aus, da sich die anderen zwei aus ihrer Referatsgruppe krank gemeldet hatten. Die Studentinnen sollten sich stattdessen mit »mechanischem Spielzeug« befassen. Inga hatte ihren Teil des Stromvortrages - wie vom Professor gewünscht - vorher an ihn schriftlich per E-Mail geschickt. Er ging es kurz mit ihr am Rande durch und gab ihr die Note 2-. Sie war zufrieden und heilfroh, dass sie es nicht mehr vor den anderen Studenten vortragen musste. Der Prof wollte sie sogar noch trösten. »Aus Zeitgründen kommen leider manchmal nicht alle Referenten zum Zuge. Aber Sie haben im nächsten Semester bestimmt nochmal die Möglichkeit, sich ein Thema auszuwählen und es vorzutragen.«

Inga tat so, als wäre sie enttäuscht. Insgeheim ließ sie aber den Sektkorken knallen. Wenn der wüsste! Inga hatte solchen Bammel vor dem Vortrag gehabt und nun hat es der liebe Gott wohl gut mit ihr gemeint. Sie setzte sich erleichtert zu den anderen an die Versuchstische. Für den Rest des Semesters hatte sie Ruhe in Physik. Sie musste nur noch zuhören.

Wie funktioniert ein Kreisel? Dazu sollten sie Überlegungen anstellen und die Theorien in Tischgruppen erörtern. Der Dozent hatte auf jedem Tisch eine Kiste mit Spielzeug ausgekippt. Wie hysterische Hühner fielen sie über das Spielzeug her und gackerten. Eine blies derart laut in eine Trillerpfeife, dass Inga glaubte, ihr Trommelfell war geplatzt. »Oh Gott, sag mal muss das sein?«

Inga hatte keine Lust auf Gruppenarbeit mit Backfischen. Das aufgeregte Gequatsche nervte sie. Die junge Mitkommilitonin, die ebenso laut in die Trillerpfeife geblasen hatte, sah Inga provozierend an und sagte schließlich: »Scheiße, wenn man alt wird, was?«

Inga ignorierte sie und lehnte sich zurück. Sie dachte an Pete. Dann kam ihr eine Idee. Sie nahm ihr Handy aus der Tasche und schrieb heimlich eine WhatsApp:

»Ich muss dich unbedingt sehen!«

Prompt klingelte ihr Handy. Der Physiklehrer guckte Inga böse an. »Hier werden keine Handys im Unterricht geduldet. Darf ich Sie bitten, es sofort auszuschalten?«

Inga entschuldigte sich damit, dass sie Kinder hatte und für die Schule immer erreichbar sein musste, falls ein Unfall passierte oder eines der Kinder Fieber bekäme. Deshalb könnte sie es nicht ausschalten. Ohne rot zu werden log sie. »Es ist die Schule, ich muss kurz rangehen.«

Der Physiklehrer willigte verständnisvoll ein.

Inga kniepte Amy und Luzi ein Auge zu, stand auf und ging mit dem Handy vor die Tür. Es war natürlich nicht die Schule, sondern Pete.

»Hi, hast du vielleicht Lust auf ein zweites Frühstück?«, fragte ihn Inga.

»Und wie! Geht das denn bei dir?«

»Warte einen kurzen Moment!«

Inga ging zurück in den Unterrichtsraum. »Es tut mir leid, mein Sohn hat Fieber, ich muss ihn leider von der Schule abholen!«

Der jungen Mitkommilitonin zischte sie im Vorbeigehen zu, dass es auch ein Gutes habe, alt zu sein und streckte ihr die Zunge heraus. Ätsch!

Sie traf sich mit Pete beim Franzosen. Laurent war überrascht, sie um diese frühe Uhrzeit hier zu sehen.

»Ma chérie! Ca va?«

Er begrüßte sie wie immer mit drei Wangenküssen. Inga wurde rot. »Laurent, das ist Pete! Ein alter Klassenkamerad aus Grundschulzeiten.«

Wieder eine Lüge! Denn sie hatte Pete damals auf einem Hockeyturnier kennengelernt und nicht in der Schule. Ab und zu hatten sie sich an den Wochenenden auf Hockeyturnieren getroffen. Beide wohnten in unterschiedlichen Städten. Zuletzt trafen sie sich vor 14 Jahren. Aber die Einzelheiten musste Laurent nicht wissen. Je weniger er wusste, desto besser. Er bekam ohnehin schon viel zu viel von den Gesprächen von ihr und ihren Freundinnen mit. Sie setzten sich in die hinterste Ecke des leeren Restaurants. Laurent brachte ihnen die Speisekarten und zündete die Kerze auf dem Tisch an.

»Vous voulez un apéritif?«

Laurent musterte Pete abschätzig und wartete ungeduldig auf eine Antwort.

Inga bereute bereits mit Pete in dieses Restaurant gekommen zu sein. Hier kannte sie jeder. Schnell bestellte sie für beide einen Campari Orange und zwinkerte Pete zu. »Danke, dass du mich vorhin gerettet hast. Ich hätte es keine zehn Minuten länger in dem Seminar ertragen. Ich komme mir vor wie im Kindergarten.«

Pete lachte und streichelte über ihre Hand. »Für dich habe ich das gern getan! Aber mal ehrlich, wenn du es jetzt schon nicht mehr aushältst, wie willst du das Studium dann noch die nächsten fünf Jahre weitermachen? Das scheint sowieso nicht das Richtige für dich zu sein. Du bist doch eine Vollblutreporterin. Jedenfalls warst du das immer deinen Erzählungen nach. Warum Grundschullehrerin und dich mit fremden Kindern rumschlagen?«

Inga wusste darauf auch keine Antwort mehr. Sie bereute ihre Entscheidung bereits. »Das frage ich mich in letzter

Zeit auch immer wieder. Aber was soll ich denn sonst machen? Die klassische Journaille ist tot. Es gibt keine richtige Alternative für mich.«

»Aber du kannst doch bestimmt als Pressesprecherin für irgendein Unternehmen tätig werden. Die müssten dich doch mit Kusshand nehmen!«

Inga fühlte sich geschmeichelt, schüttelte aber wissend den Kopf. »Das habe ich alles schon probiert. Ich habe mich sogar als Pressesprecherin bei der Polizei beworben. Auf die Anfrage für einen Halbtagsjob kam ein Angebot als Sekretärin in Vollzeit mit Wochenenddiensten zurück.«

»Und als freie Journalistin?«

»Dafür gibt es keinen Markt mehr. Durch den Verkauf und die Zusammenlegungen von Tageszeitungen werden immer mehr Redakteure entlassen. Als freie Redakteurin hab ich 11 Euro für ein Foto und 26 Cent pro Zeile verdient. Nun rechne mal. Eine Gerichtsgeschichte mit 40 Zeilen und einem Foto, dass du nach einer Woche Arbeit ins Blatt bekommst.«

»Oh je, nicht viel!«

»Eben. Ich habe mehr Geld fürs Parken und Kaffee trinken ausgegeben, als ich verdient habe.«

Sie aßen gebackenen Camembert mit Preiselbeeren und frittierter Petersilie. Dazu eine Flasche eisgekühlten Chardonnay. Inga kicherte. »Ich bin jetzt schon betrunken. Was für ein tolles Frühstück!«

Sie sprachen über früher. Über ihre gemeinsamen Hockeyfreunde, die gemeinsamen Wochenenden in Bonn, Berlin und Hamburg. Pete strich mit seiner Hand zärtlich über ihre Wange. »Es ist so schön, dass wir uns beide widergetroffen haben. Möchtest du vielleicht noch einen Nachtisch? Ich wüsste da was. Steht draußen!«

Und wie Inga ihn wollte!

Pete bestellte die Rechnung und zahlte. Wie es sich für einen Gentleman auch gehörte. Dann fuhren sie mit seinem Geländewagen in den Grunewald und parkten nahe des Jagdschlosses. Abseits der anderen Autos. Um diese Zeit kamen hier sowieso nur vereinzelt Spaziergänger vorbei, die ihre Hunde um den See ausführten. Aber Pete hatte vorgesorgt. Keiner würde sie sehen können. An den Autoscheiben waren von Innen Gardinen angebracht. Blickdicht! Sie konnten also ungeniert ihren Liebesdurst löschen. Und das taten sie dann auch. Leidenschaftlich! Was sie nicht wussten: Ein dunkles Auto war ihnen vom Restaurant bis hier zum Parkplatz gefolgt!

Eine Stunde später fuhren Pete und Inga zurück zum französischen Restaurant, wo noch Ingas Auto stand. Wieder bemerkten sie nicht das dunkle Auto auf ihren Fersen. Sie nahmen keine Notiz davon, hatten nur Augen für sich. Wie Verliebte eben!

»Wann sehen wir uns wieder?«, wollte Pete wissen.

»Am besten gleich! Aber das geht ja leider nicht.«, sagte Inga traurig.

»Doch das geht. Wir melden uns beide krank und verbringen den ganzen Tag miteinander!«

»Zu schön, um wahr zu sein. Ich kann mich bei meinen Kindern leider nicht krank melden.«

»Schade! Aber anderthalb Stunden hätte ich noch Zeit für dich!«, triumphierte Pete.

Ingas Herz machte einen Freudensprung. Sie stiegen beide aus und entschieden, noch einen Kaffee bei Laurent zu trinken. Obwohl sie schon vorhin richtig gegessen hatten, hatten sie Heißhunger. Sie bestellten eine große Käseplatte und sprachen über ihre Kinder. Über Probleme der Teenager, die Pubertät und Erziehungstricks. Inga gefielen

Petes Ansichten über Erziehungsmethoden. Aber er hatte ja auch gut reden, seine Kinder waren im Internat.

Als das Thema auf ihre Partner zu sprechen kam, kippte die Stimmung von der einen auf die andere Sekunde. Inga bekam urplötzlich ein schlechtes Gewissen. Gegenüber Mark, ihren Kindern und auch gegenüber der Uni. Sie hatte alle betrogen! Nie hätte sie geglaubt, mal so etwas zu tun. Das war nicht sie selbst. Sie grübelte und stierte auf die Kerze. Pete bemerkte es. »Was guckst du denn auf einmal so deprimiert, Inga?«

»Ach, ich denke nur über etwas nach.«

»Und worüber, wenn ich fragen darf?«

Inga hob ihren Blick und sah ihn traurig an. »Egal!«

»Nun sag doch schon!« Er nahm ihre Hand, streichelte sie zärtlich.

»Im Moment weiß ich gar nichts mehr. Meine Ehe ist so gut wie kaputt und mein Studium ist einfach unheimlich stressig, auch wenn es Spaß macht. Ich schaffe das nebenher alles nicht mit den Kindern und dem Haushalt. Ich hab es mir irgendwie alles anders vorgestellt.«

Pete sah, dass Tränen über ihre Wangen liefen. »Inga, um Gottes Willen, was ist denn jetzt auf einmal los?«

Sie ließ sich Zeit mit ihrer Antwort. »Mir ist das momentan einfach alles zu viel. Aber das Schlimmste ist, dass Mark mich betrügt. Mit einer Triathletin!«

»Ja und? Deshalb bist du so geknickt? Das verstehe ich nicht. Du betrügst ihn doch auch! Mit mir!«

»Nein, nicht so! Ich tue es ja auch nur, weil er so gemein zu mir ist und mich kaum noch beachtet.«

Upps, das saß! Pete zog plötzlich ruckartig seine Hand weg. Sie bemerkte, dass sie etwas Falsches gesagt hatte, etwas sehr Dummes sogar! Doch bevor sie zurückrudern konnte, ergriff er das Wort.

»Dann bin ich für dich also nur ein Lückenbüßer?«

Inga versuchte es zurückzunehmen. »Nein, so hab ich es natürlich nicht gemeint!«

»Aber so hast du es gesagt!«, schnitt er ihr sofort das Wort ab.

Pete war gekränkt. Er sah Inga in die Augen. Plötzlich verzerrte er schmerzlich sein Gesicht. Und er sagte, was Inga gar nicht hätte hören wollen: »Das war es dann wohl, mach's gut!«

Inga spürte einen Stich in der Herzgegend. »Pete, nein, bitte! Wenn ich etwas Falsches gesagt habe, tut es mir leid. Was ist denn jetzt los?«

»Das fragst du noch? Ich dachte es wäre ernst mit uns!«

Pete stand auf. Seine Augen füllten sich mit Tränen. Er wollte noch etwas sagen. Doch er ließ es, drehte sich um und verließ wortlos das Restaurant.

Inga saß traurig zu Hause in der Küche auf der Anrichte am Fenster und blickte nach draußen zur Einfahrt. Die Arme hatte sie um ihre angezogenen Knie gelegt. Dicke Schneeflocken fielen vom Himmel. Sie wartete auf ihre Söhne. Sie müssten jeden Augenblick mit dem Fahrrad aus der Schule kommen. Hoffentlich rutschten sie bei dem Wetter nicht aus. Inga war in Gedanken wieder bei Pete. Wie verletzt er ausgesehen hatte. Sie hatte es doch nicht so gemeint. Sie sah einen dunklen Opel halb in der Einfahrt parken. Doch es stieg niemand aus. Darin saß jemand und rührte sich nicht. Wahrscheinlich wartete er auf jemanden. Inga konnte von der Entfernung aber nicht erkennen, ob es ein Mann oder eine Frau war. Den Wagen hatte sie aber schon mal gesehen.

Das Telefon läutete. Inga verließ ihren Beobachtungsposten und lief ins Wohnzimmer. Es war Amy. Sie wollte mal wieder alles ganz genau wissen.

»Wo warst du mit Pete? Erzähl schon!«

»Jetzt nicht Amy, ich bin nicht alleine!«

»Dann sag einfach ja oder nein. Habt ihr es wieder zusammen getrieben?«

Inga hatte jetzt keine Lust zu telefonieren und log Amy an, dass sie gerade dem Hausmeister den kaputten Wasserhahn im Keller zeigte. Sie versprach später zurückzurufen und schaltete ihr Handy aus.

Die Jungs waren schon im Bett, als Mark nach Hause kam. Inga saß am gedeckten Abendbrottisch und trank bereits das dritte Glas Rotwein. Gegessen hatte sie noch nicht. Aus Frust! Darüber, dass Pete sie hat einfach so sitzen lassen und darüber, dass Mark sie anscheinend betrog.

»Ich zieh nur schnell meinen Anzug aus und komme gleich runter!«

»Pah! Du denkst wohl, ich habe nur auf dich gewartet!«

Er schlüpfte in Jeans und T-Shirt und kam wieder nach unten. Inga grübelte. Wo er wohl bei seiner Geliebten reinschlüpfte? Hatte er dort bereits Klamotten deponiert oder sogar schon einen eigenen Schrank? Ingas Gedanken liefen auf Hochtouren. Womit sollte sie wohl anfangen: Mit der Triathletin oder der Sekretärin? Na warte, du Schuft! Er beugte sich zu Inga und wollte ihr tatsächlich einen Begrüßungskuss geben.

»Soll das ein Scherz sein?«

Sie drehte sich weg, so dass er nur ihre Wange streifte. Mark war verdutzt. »Schlechten Tag gehabt?«

»Er kann nicht schlimmer werden!«

»Was macht das Studium?«

»Nett, dass du nach einem Semester mal fragst. Woher kommt plötzlich das Interesse an mir?«

Ingas Augen funkelten angriffslustig. Mark sah auf die leere Weinflasche und ahnte Böses. »Oha, ich sollte wohl besser wieder gehen. Wie viel Wein hast du denn schon getrunken?«

Inga ignorierte die Frage. »Ja, du solltest am besten wieder gehen! Vielleicht darfst du bei Galina schlafen, die kann es wahrscheinlich kaum erwarten, die Beine für dich breitzumachen!«

»Ach du liebes bisschen, bist du etwa eifersüchtig?«

Inga schrie plötzlich. »Du Schwein! Wie lange betrügst du mich schon?«

Ben kam verschlafen die Treppe herunter. »Was ist denn los, Mama?«

Inga antwortete nicht. Dafür aber Mark. »Deine Mutter hat zu viel getrunken!«

Inga wurde noch wütender. »Weil dein Vater ein verdammter Lügner ist! Er hat nämlich eine Geliebte!«

»Inga, bitte reiß dich zusammen!«

Doch sie dachte gar nicht daran. »Von wegen er geht jeden Abend zum Sport. In der Zeit vögelt er andere Frauen!«

Jetzt kam auch Finn aus seinem Zimmer. »Was ist denn mit euch los?«

Ben sagte: »Papa vögelt Galina!«

Zack! Mark gab Ben eine kräftige Ohrfeige. Inga war erschüttert. »Gewalt ist wohl alles, was du noch kannst!«

Inga nahm Ben in den Arm, der nun bitterlich weinte. Doch er riss sich los, lief nach oben in sein Zimmer und schlug die Tür laut hinter sich zu. Inga zerriss es fast das Herz. Tränen liefen ihr über die Wangen. Sie sah ihren Ältesten an und sagte leise: »Finn, geh bitte auch wieder ins

Bett! Papa und ich haben uns gestritten noch einiges unter vier Augen zu klären!«

Mark sah Inga hasserfüllt an. »Das hast du ja wieder prima hinbekommen!«

Dass die Jungs da so mit reingezogen wurden, hatte Inga nicht gewollt. Sie lief die Treppe hoch und ging in Bens Zimmer. Er lag im Bett und weinte bitterlich. Sie knipste die Nachttischlampe an und streichelte über seinen Kopf. »Es tut mir so leid, Ben! Das war meine Schuld! Entschuldige Schätzchen!«

Ben schluchzte: »Ich hasse Papa! Dieses Arschloch, ich will ihn nie wieder sehen!«

Inga dachte genauso, sagte es aber nicht. Sie nahm Ben in den Arm. Auf seiner Wange sah sie deutlich die Spuren der Ohrfeige: Marks Fingerabdrücke in Form von roten Striemen! Inga weinte ebenfalls.

Als Ben eingeschlafen war, lief Inga nach unten, nahm ihre Jacke vom Haken und verließ mit Flocke das Haus. Sie meinte, aus den Augenwinkeln an den Mülltonnen einen Schatten gesehen zu haben. Doch es war wahrscheinlich nur eine Einbildung. Scheiß Alkohol!

Acht Monate später

2. Februar 2015

Gegenwart

…Ingas Herz drohte stehen zu bleiben. Der Mann stand wie ein unüberwindbarer Fels vor ihr in der Haustür. Sie sah im ersten Moment nur die Silhouette des Riesen, das Gesicht konnte Inga nicht erkennen. Bevor sie überhaupt reagieren konnte, hatte er sie schon gepackt. Sie wollte schreien, konnte aber nicht. Sie war wie gelähmt.

»Schnell Inga, lass mich sofort rein!«, sagte er mit einer ihr vertrauten Stimme. Dabei schubste er sie unsanft in den Flur zurück und trat die Tür mit einem Fuß hinter sich zu. Inga setzte erneut zum Schrei an, aber er kam ihr zuvor. Er hielt sie mit einer Hand am Arm fest, mit der anderen hielt er ihr den Mund zu. Dann stieß er sie vor sich her. Im Wohnzimmer ließ er sie los. Jetzt erkannte sie ihn. Es war der Penner von der Mülltonnen.

Inga hatte Todesangst, ihre Stimme zitterte. »Was wollen Sie denn von mir?«

Er strich sich die langen Haarsträhnen aus dem Gesicht. »Inga, ich weiß, dass du mich längst erkannt hast!«

Sie war irritiert. Seine Stimme kam ihr irgendwie bekannt vor. Aber woher? Sie sah ihm in die Augen. Und dann wusste sie es plötzlich. Das Blut schien ihr in den Adern zu gefrieren.

»Oh Gott! Du bist es? Das kann nicht sein!«

»Doch! Und jetzt schwebst du in Gefahr!«

Luzi und Amy fuhren wie verabredet nach der Uni bei Inga vorbei, um ihr die Hausaufgaben zu bringen. Sie klingelten. Flocke bellte. Doch niemand öffnete.

»Komisch, sie sagte doch, sie sei zu Hause!«
»Guck mal, ihre Jacke liegt hier neben der Haustür in der Ecke.«
Luzi steckte sich eine Marlboro an und probierte es per Telefon. »Das Handy ist aus. Die vergnügt sich bestimmt gerade wieder mit Mister Adonis!«
»Nein, das ist wohl vorbei. Ich hab da so eine Vorahnung. Die Beziehung stand von Anfang an unter keinem guten Schatten!«
»Das heißt unter keinem guten Stern! Du wieder mit deinem Hexenschatten. Frag doch mal deine Geister, wo Inga steckt.«
»Ach, Luzi, frag doch selbst deine Geister. Wer hat denn einen Pakt mit dem Teufel geschlossen, doch eher du!«
»Wahrscheinlich ist sie nur einkaufen. Ich stecke die Unterlagen einfach in den Briefkasten.«
In dem Moment bog Finn mit seinem Fahrrad um die Ecke. Fröhlich rief er: »Hallo!«
»Na Großer, jetzt schon Schulschluss?«
»Ja, der WUV Kurs ist heute ausgefallen.«
»Was für ein Kurs?«
»Ach, nur Basketball.«
Finn hatte keine Lust jetzt große Erklärungen über Wahlpflichtfächer abzugeben.
»Kannst du deiner Mutter bitte diese Unterlagen geben?«
»Ja, klar! War sie denn nicht in der Uni?«
Finn nahm die Zettel entgegen und schloss die Haustür auf. »Ach du Scheiße, was ist denn hier los? Hat hier jemand eingebrochen? Mama?«

Flocke kam winselnd und blutend auf sie zu gehumpelt. Amy und Luzi reagierten sofort. »Halt Finn, bleib stehen und warte hier! Ich sehe nach und du, Amy, rufst schon mal die Polizei!«

Luzi ging vorsichtig ein paar Schritte ins Haus. Es sah aus, als ob eine Bombe eingeschlagen hätte. Zwei Stühle waren umgeworfen, die Schubladen und Schranktüren standen offen und waren durchwühlt. Überall lagen Bücher und Alben auf dem Boden verteilt. Dann sahen sie Inga. Ihre Beine ragten hinter dem Sofa hervor. Finn schrie. »Mama!«

»Oh Gott!«

Amy rannte zu ihrer Freundin. Sie fühlte nach dem Puls. »Alles ok, sie ist nur bewusstlos!«

Vorsichtig drehten sie Inga in die stabile Seitenlage. Ihr Gesicht war stark angeschwollen und blutunterlaufen. Blut sickerte auch aus ihrem Mund. Luzi rief den Notarzt. Amy nahm Finn in den Arm und beruhigte ihn.

Inga kam mit Blaulicht ins Krankenhaus. Zum Glück waren ihre Verletzungen nicht lebensbedrohlich. Sie hatte eine Gehirnerschütterung, einen Nasenbeinbruch und eine Rippenprellung. Zwei Schneidezähne waren abgebrochen und die Lippe an dem rechten Mundwinkel war tief eingerissen. Und: Ihr fehlte ein zwei Zentimeter großes Stück von der Zunge!

»Was ist denn passiert?«

Mark wollte sofort alles von Amy wissen, als er in die Klinik kam. »Weiß ich auch nicht, die Kripo ist noch bei ihr drin. Bei euch wurde anscheinend eingebrochen. Wir haben sie bewusstlos hinterm Sofa gefunden.«

»Oh Gott! Und wo sind Ben und Finn?«

»Bei Luzi. Flocke auch. Sie blutete stark an der Pfote. Luzi wollte mit ihr und den Jungs zum Tierarzt.«

»Gut, danke!«

Mark klopfte an die Tür und trat ein. Inga schluchzte, als sie Mark sah. Er ging zu ihr und nahm sie in den Arm. Inga versuchte etwas zu sagen. »E ollte mich um..ingen!«

»Wer wollte dich umbringen?«

Ein Kripobeamter, der neben dem Bett mit einem Kollegen stand, meldete sich zu Wort. »Das wollen wir gerade herausfinden. Ihre Frau hat starke Beruhigungstabletten bekommen und kann sich anscheinend nicht erinnern. Durch die Wunde im Mund kann sie kaum sprechen. Sie muss sich wohl im Kampf ein Stück Zunge abgebissen haben.«

Er stellte sich als Henry Scholz von der Kripo VB1 (Verbrechensbekämpfung) vor. »Wie es aussieht, ist ihre Frau von einem oder mehreren Tätern überfallen worden. Der Arzt sagt, sie habe eine Gehirnerschütterung und eine vorübergehende Amnesie. Wir werden einen Beamten zur Sicherheit hier vor der Tür abstellen. Sie muss dem oder den Tätern die Tür selbst aufgemacht haben, es gibt keine Einbruchspuren. Ich würde Sie bitten, zu Hause nachzusehen, ob etwas entwendet wurde. Die Spurensicherung hat bereits Fingerabdrücke genommen.«

»Inga würde nie Fremde einfach so ins Haus lassen!«

Inga nuschelte. »Umringen.«

Tränen liefen Inga über die Wangen. »Ich glaube, sie braucht jetzt Ruhe, wir kommen später wieder.«

Die zwei Männer von der Kripo verabschiedeten sich und drückten Mark eine Visitenkarte in die Hand. Er solle sich sofort melden, falls Inga sich erinnerte oder ihm irgendwas einfiele.

Zu Hause sah es wüst aus. Für Mark fehlte auf den ersten Blick nichts. Abgesehen davon hatten sie weder wertvollen Schmuck noch Bargeld im Haus. Die Kriminaltechniker der Polizei waren noch da. Sie empfahlen Mark, die Schlösser vorsichtshalber austauschen zu lassen. Im Keller war der Wäscheständer vor einem Aufbewahrungsschrank umgekippt. Mark öffnete ihn und ihm fiel sofort auf, was fehlte: Isomatten, Schlafsäcke und das Zelt! Wer klaut Schlafsäcke und ein Zelt? Zehn Minuten später entdeckte Mark, dass Ingas Auto und die Autoschlüssel fehlten. Sofort rief er die Nummer auf der Visitenkarte an und hatte Henry Scholz am Hörer.

»Zelt und Isomatten fehlen? Sehr merkwürdig, aber interessant. Ich werde das Auto sofort zur Fahndung rausgeben!«

Der Kripobeamte bat Mark, morgen Vormittag in die Keithstraße nach Schöneberg zu kommen.

»Zur Mordkommission?«

»Dass ihre Frau nicht tot ist, verdankt sie vielleicht nur dem Umstand, dass sie bewusstlos wurde.«

Mark bekam eine Gänsehaut. »Wieso sollte jemand meine Frau umbringen?«

»Genau das wollen wir herausbekommen. Dazu brauchen wir aber Ihre Hilfe!«

Mark packte ein paar persönliche Sachen für Inga zusammen und holte die Jungs von Luzi ab. Sie war inzwischen mit Flocke beim Tierarzt gewesen. Sie hatte eine gequetschte Pfote und humpelte mit einem dicken Verband. 244 Euro Tierarztkosten.

»Tut mir leid. Das Röntgen war so teuer!«

»Wieso müssen die denn den Hund gleich röntgen? Das ist reine Abzocke! Frechheit!«

»Mensch Papa, die Pfote hätte auch gebrochen sein können!«

Finn zog an seinem Jackenärmel. Mark merkte, dass ein Kommentar wohl nicht ganz passend war.

»Danke Luzi, dass du mit ihr in der Tierarzt-Klinik warst. Kann Flocke vielleicht noch ein bisschen hierbleiben, ich will mit den Jungs noch kurz zu Inga ins Krankenhaus.«

»Klar, kein Problem! Wie geht es ihr denn?«

»Sie wird es überleben!«

Luzi lächelte gequält und dachte sich ihren Teil.

Inga schlief tief und fest, als sie ins Krankenzimmer kamen. Leise schlichen sie wieder raus. Als sie wieder vor der Tür standen, fragte Ben: »Wie sieht denn Mama aus? Hatte sie einen Unfall?«

Finn antwortete: »Jemand hat Mami versucht zu töten!«

»Was, stimmt das, Papa? Wer denn?«

Ben war erschrocken. Doch Mark schien die Unterhaltung seiner Söhne nicht mitbekommen zu haben. Er tippte geistesabwesend auf seinem iPhone herum. Ein Arzt und eine Schwester kamen auf Mark und die Kinder zu gelaufen. »Sind Sie Herr Stiller, der Ehemann?«

»Ich bin hier der leitende Oberarzt. Ihre Frau braucht jetzt unbedingt absolute Ruhe! Sie hat wohl ein Schädelhirntrauma erlitten. Wir haben ihr vor einer Stunde starke Schmerz- und Beruhigungsmittel verabreicht. Sie wird noch eine Weile schlafen.«

Mark schluckte. »Wissen Sie schon, was genau mit ihr passiert ist?«

»Nein. Sie erinnert sich nicht, hat eine anterograde Amnesie. Was merkwürdig ist, ist die Zungenverletzung. Wie es aussieht, hat sie sich diese nicht selbst abgebissen, sondern sie wurde chirurgisch entfernt.«

»Wie meinen Sie das?«

»Jemand hat sie ihr abgeschnitten!«

»Oh Gott!«

Ben schluchzte. »Was heißt Anterograde? Muss Mama etwa sterben?«

»Nein, deine Mama stirbt nicht! Das ist eine Art Gedächtnisstörung, die nach Unfällen oder traumatischen Ereignissen vorkommt. Das heißt nichts anderes, als dass sich deine Mama im Moment nicht daran erinnern kann, was passiert ist.«

Ben schaute seinen Papa ängstlich an: »Kann sie sich denn an uns erinnern?«

Mark streichelte seinem Jüngsten über den Kopf. »Natürlich weiß Mami noch, wer wir sind. Sie kann sich nur an den Überfall nicht erinnern.«

»Aber sie hat doch deutlich gesagt, er wollte sie umbringen. Also weiß sie ganz genau, dass es ein Mann war!«, protestierte Finn.

Ben schrie entsetzt. »Was? Mami sollte umgebracht werden? Von wem, warum?«

Mark warf Finn einen vorwurfsvollen Blick zu und nahm Ben in den Arm. »Das wissen wir doch gar nicht. Beruhig dich! Mami geht es gut. Sie wird auch wieder ganz gesund. Und wir passen auf, dass ihr nichts mehr geschieht. Versprochen! Und die Polizei hilft uns dabei.«

Finn hörte nicht auf zu bohren. »Trotzdem hat sie er gesagt. Sie weiß es also!«

Der Arzt beendete die Diskussion. »Das bekommen wir bestimmt bald heraus. Jetzt ist es erst einmal sehr wichtig, dass eure Mami viel Ruhe hat und sich erholt. Dann kommt auch bestimmt schnell die Erinnerung wieder!«

»Wie lange dauert so eine Nesie?«

»Eine Amnesie kann Stunden, Tage oder auch Wochen dauern. Am besten kommt ihr morgen wieder. Dann geht es eurer Mami bestimmt schon etwas besser!«

Das alte Geheimnis

Das Gebäude der Kriminalpolizei in der Schöneberger Keithstraße machte einen düsteren Eindruck. Die einst weiße Steinfassade war an allen Ecken und Enden rußverschmiert. Nur neben der von Säulen eingerahmten weißen Holzflügeltür prangte ein auffälliger Farbklecks. Ein leuchtend blaues Schild. Befestigt seitlich an der Hauswand. Darauf stand:

»*LKA 1. Delikte am Menschen.*«

Mark trat durch die schwere Tür ins Innere des Gebäudes und meldete sich beim Pförtner, den er wohl gerade beim Zeitunglesen gestört hatte. Dann stieg er die angewiesenen Treppen bis in den zweiten Stock hinauf, wo sich das Büro von Henry Scholz auf der rechten Seite befinden sollte. Er lief über einen dunklen, vergilbten Flur, der nach Bohnerwachs roch. Stark renovierungsbedürftig, dachte sich Mark. Es erinnerte ihn an sein altes Schulgebäude. Die Tür eines Büros stand offen. Mark sah hinein. Auf den Schreibtischen standen Computer, daneben stapelten sich Papiere. Mark blieb stehen, als ihm ein athletischer Mann mit breiten Schultern und Pistolenhalfter entgegen kam. In der Hand hielt er einen Kaffeebecher. Er musterte Mark freundlich.

»Kann ich Ihnen behilflich sein?«

»Ja, ich möchte gern zu Herrn Scholz.«

»In welcher Angelegenheit?«

»Meine Frau wurde brutal überfallen und niedergeschlagen. Herr Scholz ist der ermittelnde Beamte.«

»Ich verstehe. Na, dann kommen Sie mal mit, ich bringe Sie hin!«

Der Hüne von Mann ging vor Mark her und deutete auf die hinterste Tür links.

»LKA 11 Sonderermittlungen. KHK H. Scholz« stand auf einem kleinen Plastikschild an der giftgrünen Tür. Er klopfte dreimal kräftig an.

»Herein!«

Der Hüne lächelte, drehte sich um und ging. Mark trat ein. Eine adrette Blondine mit Pferdeschwanz saß am Schreibtisch und sah ihn neugierig an. »Sie wünschen?«

»Guten Tag, ich bin Mark Stiller und möchte gern zu Herrn Kriminalhauptkommissar Scholz!«

Die Blondine stand auf, nickte Mark freundlich zu und bat ihn, einen Moment zu warten. Sie ging an ihm vorbei und klopfte an eine seitliche Verbindungstür. Mark fand sie ziemlich attraktiv und hatte es nicht lassen können, ihr auf den Hintern zu gucken und die schier endlos langen Beine zu bewundern.

»Bitte kommen Sie, Herr Scholz erwartet Sie schon!«

Lächelnd hielt sie ihm die Tür auf. Ihre grünen Augen funkelten. Mark zwinkerte ihr zu und trat an ihr vorbei ins Nebenzimmer. Dabei streifte er leicht ihre Bluse, die weit aufgeknöpft war und tiefen Einblick in ihr Dekolleté gewährte. Henry Scholz saß an einem alten, braunen Schreibtisch. Der Raum wirkte sehr klein und spärlich eingerichtet. Er erinnerte Mark an das alte Kartenzimmer seiner Schule. Es roch auch genauso. Auch hier blätterte die Farbe von den Wänden. Überall prangten Schmutzflecke. Hier und da klebte eine zerschlagene Fliege. Oder Mücke? Mark konnte es nicht genau identifizieren. Er fand es einfach nur eklig. Als ob Jahrzehnte nicht saubergemacht wurde. Nur ein grüner Kaktus mit roter Blüte stach auf der Fensterbank heraus. Daneben eine braune Gießkanne und eine vergilbte Kaffeemaschine mit braunen Flecken. Wahrscheinlich war sie mal weiß. An der Zimmerwand hing eine übergroße Straßenkarte von Berlin. Darin steckten kleine rote, grüne und gelbe Fähnchen. Er gab Herrn Scholz zur Begrüßung die Hand und setzte sich.

»Danke, dass Sie gekommen sind, Herr Stiller! Möchten Sie vielleicht einen Kaffee?«

Mark schielte auf die vergammelte Kaffeemaschine hinter Henry Scholz.

»Danke! Ich hatte schon genug Kaffee heute!«, log er.

»Wie geht es denn ihrer Frau?«

»Unverändert. Sie erinnert sich immer noch nicht.«

»Das ist hoffentlich nur vorübergehend. Was können Sie mir über den Tag des Überfalls sagen?«

Mark schüttelte den Kopf. »Ich fürchte leider gar nichts! Wie Sie ja wissen, war ich an dem Tag arbeiten und kam erst nach Hause, als der Überfall vorbei war. Da waren Sie schon bei uns.«

Der Kripobeamte sah ihn forschend an. »Dann fangen wir einfach mal ganz von vorne an.«

Der Polizist wollte alles wissen, fragte nach den Berufen, den Hobbys und den Gewohnheiten der Familienmitglieder, wollte alles über Freunde, Nachbarn und Kollegen wissen.

»Haben Sie oder Ihre Frau Feinde?«

»Nein! Wie kommen Sie denn darauf?«

»Herr Stiller, jemand hat sich Zutritt zu Ihrem Haus verschafft und Ihre Frau übel zugerichtet. Es wurden keine wertvollen Sachen gestohlen. Portemonnaie, iPhone und Laptop wurden nicht angerührt. Es gab auch keine Einbruchsspuren. Ihre Frau muss also den oder die Täter freiwillig ins Haus gelassen haben. Da liegt das Motiv doch eher im privaten Bereich.«

Mark dachte eine Weile nach. Aber ihm fiel niemand ein.

»Wie läuft Ihre Ehe? Sind sie glücklich miteinander?«
Mark passte die Art der Fragestellung nicht.
»Was soll denn das jetzt?«
»Das ist eine ganz normale Frage!«
»Finden Sie? Wir führen eine ganz normale Ehe.«
»Was heißt denn normal? Haben Sie oder Ihre Frau mal eine Affäre gehabt oder zurzeit eine?«
Mark wurde wütend. »Es reicht! Sie spinnen wohl! Als Nächstes fragen Sie mich noch, wo ich gestern zur Tatzeit war.«
Henry Scholz hob den Kopf. »Wo waren Sie denn gestern um 14 Uhr?«
Der Kommissar fixierte Mark.
»Das wissen Sie doch! Sie haben doch selbst mit mir telefoniert, als ich arbeiten war.«
»Eben, ich habe lediglich mit Ihnen telefoniert. Auf dem Handy. Sie können überall gewesen sein. Deshalb nochmal meine Frage, wo waren Sie gestern zur Tatzeit? Ich bekomme es sowieso heraus!«
»Wissen Sie was? Sie können mich mal!«
Mark stand auf, verließ das Zimmer, marschierte wortlos an der Blondine vorbei und knallte die Tür hinter sich zu.

Inga saß aufrecht im Bett, als Mark das Krankenzimmer betrat. Ein junger Arzt untersuchte gerade ihre Augen. Das Gesicht war sehr stark geschwollen. Gezeichnet mit den typischen Farben eines Hämatoms: Gelb, grün, blau und lila.
»Ha ... o!«
Inga nuschelte noch ziemlich stark wegen ihrer Zungenverletzung, aber Mark verstand sie trotzdem. Er kam an ihr

Bett, beugte sich runter und gab ihr einen zärtlichen Kuss auf die Stirn.

»Hallo Schatz, du siehst aus wie ein Teller voller bunter Knete!«

Inga konnte darüber nicht lachen. Der Arzt schien fertig zu sein mit seiner Untersuchung und räusperte sich verlegen.

»Ich sehe nachher nochmal nach Ihnen.«

An Mark gewandt. »Sie sollte jetzt nicht zu viel sprechen!« Dann verließ er das Zimmer.

Mark hatte Inga einen Laptop, ihren MP 3 Player und ein paar Wechselklamotten mitgebracht.

»Ich habe dir ein paar Hörbücher draufgespielt.«

».. anke!«

»Wie geht's dir?«

Inga konnte nur leise flüstern. »Meine S..Sunge.«

Das Sprechen tat ihr noch verdammt weh und sie konnte wegen der Verletzung nicht das TH aussprechen.

»Ja j..eet so.«

Mark lächelte. »Eine Bauchredner kann bei dir Unterricht nehmen!«

Mit den Scherzen wollte er sie aufheitern. Mit Erfolg! Sie lächelte. Inga erkundigte sich nach den Kindern und wollte wissen, ob er allein mit ihnen zurechtkäme.

»Die sind doch schon groß und den ganzen Tag in der Schule. Ich habe mir ein paar Tage frei genommen, mach dir keine Sorgen, ich passe schon gut auf sie auf! Erinnerst du dich wieder an irgendetwas?«

Inga presste die Lippen aufeinander und schüttelte resignierend den Kopf. Es klopfte!

»Huhu, wir sind es!« Amy und Luzi standen in der Tür.

Inga bedeutete der Polizistin, die vor der Tür Wache gehalten hatte und mit reingekommen war, dass es in Ordnung war.

Luzi betrachtete Ingas Gesicht. »Oh mein Gott, wie siehst du denn nur aus? Haben sie dich nochmal verhauen?«

Amy zügelte Luzi und knuffte ihr unsanft gegen den Arm. »Nun sei doch nicht so unsensibel!«

»Aalb so wii.d, «, stammelte Inga leise.

»Wir haben dir ein paar Hausaufgaben mitgebracht und sollen dich schön von Claudine und Dörte grüßen. Die sind ziemlich geschockt. Vielleicht kommen sie noch vorbei.«

»Oh, bidde nich! G..gein Besuch!« Inga verzog gequält das Gesicht.

Amy schien mal wieder sofort beleidigt zu sein. Enttäuscht fragte sie: »Sollen wir etwa wieder gehen?«

Da ergriff Mark das Wort.

»Inga kann noch nicht richtig sprechen und braucht laut Arzt absolute Ruhe. Jeder Besuch bedeutet große Anstrengung. Sie soll auch nicht so viel reden, damit die Wunde an der Zunge heilt.«

Inga war erschöpft, Tränen liefen ihr unkontrolliert über die Wangen. Mark wollte etwas sagen, aber Inga wehrte per Handzeichen ab. Sie wusste, dass er ihre Freundinnen nach Hause schicken wollte, damit sie Ruhe hatte. Aber sie wollte, dass Amy und Luzi noch blieben. Mark schien zu verstehen.

»Ich geh dann mal. Vielleicht komme ich später nochmal mit den Jungs vorbei!«

Mark gab Inga zum Abschied einen Kuss auf die Stirn und verließ das Zimmer.

Endlich war sie mit ihren Freundinnen allein. Sie musste dringend mit ihnen reden.

»Hey, wer hat dir das denn bloß angetan?«

Luzis Neugierde war wie immer ungebremst. Inga antwortete nicht. Sie dachte nach und sah auf ihre gefalteten Hände, die auf der Bettdecke lagen. Ihr Kopf schmerzte. Tränen liefen über ihre Wangen. Die Nerven lagen schier blank. Amy zog aufmerksam ein Taschentuch aus der Halterung über dem kleinen Waschbecken und gab es Inga.

Sie unterbrach die unangenehme Stille: »Wenigstens hast du hier ein Einzelzimmer und somit deine Ruhe!«

Inga wischte sich die Tränen fort und griff nach der Schnabeltasse auf ihrem Nachtschrank. Vorsichtig trank sie kleine Schlückchen Fenchel-Tee. Dann winkte sie ihre Freundinnen noch dichter zu sich heran und begann zu flüstern. Wort für Wort, ganz langsam.

Amy lief ein Schauer über den Rücken: »Wie gruselig!«

Auch Luzi bekam eine leichte Gänsehaut. »Klingt wirklich sehr merkwürdig! Aber mach dir keine Sorgen, bei uns ist das Geheimnis gut aufbewahrt! Versprochen, wir erzählen niemanden etwas davon! Auch nicht, wenn wir gefoltert würden.«

»Versprich nie, was du nicht halten kannst! Denk mal an die Foltermethoden bei der Inquisition. Ich denke, wenn sie dir die Fingernägel einzeln ausziehen, zwitscherst auch du, liebe Luzi!«

Bevor Luzi und Amy sich weiter verbal hochschaukelten, legte Inga Amy die Hand auf den Arm und bedeutete ihr mit einem Blick, dass es ihr wirklich ernst war.

April 2015

Schwieriger Alltag

Inga hatte sich einigermaßen erholt. Die Schwellungen im Gesicht waren deutlich zurückgegangen, nur die Haut schimmerte noch leicht gelblich grün. Aber wozu gab es Make-up? Davon kleisterte sich Inga jetzt morgens fast immer eine halbe Tube ins Gesicht. Wenn das Zeug nur nicht so teuer wäre!

Inga beschloss, wieder zur Uni zu gehen. Der Frühling war da. Die vorlesungsfreie Zeit war zu Ende und das Sommersemester hatte begonnen. Sie hatten zu Hause aus Sicherheitsgründen alle Schlösser austauschen lassen. Vor den Fenstern prangten abschließbare Sicherheitsstangen. Ingas Mutter und ihre Schwester Tanja wechselten sich in der Woche ab, damit Finn und Ben nach der Schule nicht allein zu Hause waren. Die Jungs durften nicht mehr allein mit dem Rad auf den Fußballplatz oder zu ihren Freunden fahren. Zum Hockey durften sie nur, wenn einer der anderen Eltern sie mit dem Auto mitnahmen. Das kam aber selten vor. Das führte zu Missstimmungen. Sprüche wie »Wir müssen darunter leiden, weil du jemanden Fremdes reingelassen hast!« oder »Das ist wie im Gefängnis! Wie lang soll das noch so weitergehen?«, kamen abwechselnd von beiden Jungs.

Beim letzten Mal hatte Inga geantwortet. »Bis die Täter geschnappt sind!«

Dann ging die Diskussion mit Finn wieder los. »Ach, waren es mehrere? Dann erinnerst du dich also wieder?«

»Nein, ich erinnere mich nicht!«

Inga musste vorsichtiger in ihren Äußerungen werden und durfte sich nicht verplappern.

Finn bohrte immer weiter. »Und wenn sie die nie kriegen? Dürfen wir dann nie wieder mit dem Rad zum Fußball?«

Inga seufzte. Darauf hatte sie momentan keine Antwort.

Da Inga kein Auto mehr hatte, wurde sie abwechselnd mal von Luzi oder Amy zur Uni abgeholt und auch wieder nach Hause gefahren. Pete hatte sie seit dem Überfall nicht mehr gesehen oder gesprochen. Es gab weder eine E-Mail noch eine andere Nachricht von ihm. Ob er wusste, was ihr passiert war? Sie hatte keine Ahnung. In der Uni sah sie sich öfters nach ihm um. Aber er schien wie vom Erdboden verschluckt zu sein. Sie überlegte, ihn anzurufen, war aber zu stolz. Schließlich hatte er sie einfach sitzen gelassen.

Inga hatte große Schwierigkeiten, sich in den Seminaren auf die Inhalte zu konzentrieren. Ständig schweiften ihre Gedanken ab. Alles drehte sich in ihrem Kopf nur noch um Pete, den Überfall und ihre Ehe. Selbst für ihr NAWI-Lieblingsfach »Denken und Handeln« konnte sie sich momentan nicht begeistern.

Eine psychologische Betreuung für traumatisierte Opfer hatte sie vehement abgelehnt. Je weniger sie über den Vorfall erzählen musste, desto weniger bestand die Gefahr, dass sie sich in Widersprüche verwickelte und ungewollt verplapperte. Schlimm genug, dass sie da ihre beiden Freundinnen jetzt auch noch mit reingezogen hatte. Aber mit irgendjemandem hatte sie einfach darüber reden müssen. Die Fassade des sich nicht Erinnerns konnte Inga noch einigermaßen gut aufrechterhalten. Wenn bloß dieser Henry Scholz von der Kripo nicht ständig anrufen oder auftauchen würde. Die Fragen waren lästig und unangenehm.

Auch Amy und Luzi mussten bereits auf der Wache eine Zeugenaussage machen. Hoffentlich hielten sie auch weiterhin dicht!

Dank Amys Sandkastenfreund, einem Zahnarzt, hatte Inga schnell wieder zwei schicke, weiße Schneidezähne. Natürlich waren solche Kronen nicht gerade billig, aber Inga bekam einen Spezialpreis. Einen echten Freundschaftspreis! Inga fand sie sogar viel schöner und länger als vorher. Diese hatte sie durch nächtliches Zähneknirschen ziemlich abgewetzt. Endlich wieder ein Blend a med-Lächeln! Inga kannte den Zahnarzt auch persönlich, da Amy ihm ab und zu Bescheid gesagt hatte, wenn sie in die Trompete zum Tanzen gingen. Er kam ein paar Mal später nach und lud die drei Mädels dann zum Champagner oder Cocktail ein. Inga und Luzi hatten es akzeptiert. Er war aber auch stets höflich und hielt sich aus allem raus. Eben nicht so nervig wie Laurent aus dem französischen Restaurant, der permanent ihre Gespräche belauschte und seinen Senf dazu gab.

Inga hatte den Zahnarzt zuletzt wegen einer unklaren Wucherung auf ihrer Zunge aufgesucht. Das war kurz vor dem Überfall. Er hatte eine Gewebeprobe (Biopsie) entnommen und diese an die Pathologie geschickt.

Heute hatte Inga einen Termin bei ihm der Praxis.

»Na, immer noch Angst vor Zungenkrebs?«

Inga lachte gequält. »Zum Glück nicht mehr! Ich bin heilfroh, dass es gutartig war. Doch das Warten war schrecklich. Wochenlang hab ich an das Schlimmste gedacht!«

»Grundlos! Es ist genauso, wie ich es dir vorausgesagt hatte. Die Geschwulst sah nicht aus wie Krebs! So etwas kann von den Gebissschäden an den Frontschneidezähnen entstehen. Ist da eine scharfe Kante, reizt es die Zunge.«

»Das kann ja jetzt zum Glück nicht mehr passieren! Da fehlt nun der Teil der Zunge.«

Der Zahnarzt hob die Augenbrauen und verschränkte die Arme. »Was ist das nur für eine fürchterliche Schauergeschichte? Amy hat mir alles erzählt. Da hast du ja unwahrscheinliches Glück gehabt, dass du noch lebst!«

Inga wurde hellhörig. »Die ganze Schauergeschichte? So, was hat sie dir denn genau erzählt?«

»Na, dass du brutal überfallen und zusammengeschlagen wurdest. Und dass dir die halbe Zunge abgeschnitten wurde. Mach mal den Mund auf, ich will mir mal ansehen, ob auch alles gut verheilt ist!«

Inga setzte sich auf den Behandlungsstuhl und lehnte sich entspannt zurück. »Es ist zwar noch sehr ungewohnt, tut aber nicht mehr so weh!«

Sie wunderte sich plötzlich, dass die beiden Helferinnen heute gar nicht da waren. Sie wollte gerade nach ihnen fragen, als sie sah, wie sich der Zahnarzt Handschuhe und Mundschutz überzog. Merkwürdig! Das hatte er doch sonst noch nie bei ihr getan. Inga fröstelte. War er es?

Als ob er ihre Gedanken gelesen hätte, sagte er: »Das ist nur zu deinem Schutz! Damit du keine Infektion bekommst.«

Er beugte sich über sie und zog die Lampe nach unten, so dass sie geblendet war. Inga schloss die Augen und machte den Mund soweit es ging auf.

»Es ist gut verheilt! Ziemlich gerader Schnitt. Sieht aus, als hätte jemand ein Skalpell benutzt. Sehr fachmännisch! Erinnerst du dich eigentlich an irgendetwas?«

»Ich weiß jedenfalls nicht, ob es ein Skalpell war. Da war ich schon ohnmächtig. Ich kann mich nicht erinnern. Auch nicht an die Täter.«

Inga war mulmig zumute. Wie kommt er auf ein Skalpell? Sie sah den Zahnarzt misstrauisch an.

»Ist schon ok, ich stelle dir keine weiteren Fragen! Die Zunge wächst jedenfalls nicht nach. Solltest du Interesse an einem Implantat haben, ich kenne einen guten plastischen Chirurgen. Ruf mich einfach an!«

»Das ist nett, danke! Im Moment habe ich mich schon daran gewöhnt. Vielleicht komme ich irgendwann später mal darauf zurück.«

»Du nuschelst jedenfalls ganz schön!«

»Ich weiß! Ich bin deshalb bereits bei einer Logopädin in Behandlung und mache diverse Übungen. So lange mich aber alle noch verstehen können, ist das momentan mein geringstes Problem.«

Der Zahnarzt sah Inga nachdenklich an, stellte aber keine weiteren Fragen mehr. Dann schenkte er ihr zum Abschied noch ein Riesenpaket mit Dentalknochen, die er für seine Patienten mit Hunden immer parat hatte.

Inga bedankte sich und verließ erleichtert die Praxis. Sie überlegte, noch kurz Amy zu besuchen, um herauszubekommen, was sie ihm genau erzählt hatte. Doch sie entschied sich dann doch dagegen. Sie machte sich wahrscheinlich völlig umsonst Sorgen.

Der Zahnarzt war angeblich nur Amys bester Freund. Inga glaubte aber insgeheim, dass da mehr war zwischen ihnen. So, wie die beiden sich immer ansahen! Konnten sich Mann und Frau wirklich so gut verstehen, ohne dass zwischen ihn etwas lief? Inga glaubte, das ginge nur, wenn der Mann schwul war. Die schwulen Männer waren immer die besten Freunde der Frau. So war es jedenfalls immer im Fernsehen. Aber dieser Zahnarzt war bestimmt nicht schwul!

Mit dem Sprechen wurde es von Tag zu Tag etwas besser. Die Logopädin hatte Inga einige Übungen verordnet, die sie nun jeden Tag lang ein paar Minuten morgens und abends vor einem Handspiegel übte. Sie war froh, dass ihr dabei keiner zusah. Diese Verrenkungen des Mundes müssen für andere ziemlich bekloppt aussehen. Es war ein komisches Gefühl, dass da ein Stück im Mund fehlte. Inga staunte aber, wie schnell sie sich daran gewöhnte.

In der Mathestunde schweiften Ingas Gedanken mal wieder ab. Sie stierte zur Tafel und die Formeln verschwammen vor ihren Augen. Dafür tauchten die Bilder des Überfalls in ihrem Kopf auf: Eine Warnung, hatte einer der Männer gesagt. Der andere hatte sie böse angelächelt. Er hatte ziemlich schlechte Zähne. Sie erinnerte sich, wie sie an den Armen festgehalten wurde. Dann zog jemand ihre Haare mit einem Ruck so heftig in den Nacken, dass sie glaubte, ihr Genick würde brechen. Flocke bellte wie verrückt und jaulte dann plötzlich auf. Als ob sie getreten wurde. Sie wollte nach Flocke sehen, als sie einen schweren Schlag auf den Kopf spürte. Dann wurde ihr schwarz vor Augen. Das letzte, was sie vernahm, war eine verzerrte Stimme, die in Zeitlupe sagte, sie würden ihren Kindern auch die Zunge abschneiden, wenn sie sie verraten würde.

Inga hatte Schweißperlen auf der Stirn. Sie stierte auf ihr Pult, Angst und Übelkeit stiegen in ihr auf.

Amy machte sich Sorgen und flüsterte: »Was ist los?«

»Ich hab gerade an Blutswente und Messerjockel gedacht.«

»Hör auf mit den blöden Scherzen! Du bist käseweiß im Gesicht, geht es dir nicht gut?«

»Mir ist kotzübel!«

Sie packte wie in Trance ihre Federtasche und ihren Mathehefter in den Rucksack, ging zur Professorin und entschuldigte sich wegen Übelkeit. Dann kniepte sie Amy und Luzi ein Auge zu und verließ den Raum. Amy kam kurze Zeit später hinterher. »Ich fahr dich jetzt erstmal zum Arzt. Vielleicht hast du ja doch irgendwelche irreparablen Schäden. Die Schläge gegen den Kopf können zu Hirnblutungen geführt haben!«

»Nun mach aber mal einen Punkt! Das ist schon eine ganze Weile her. Ich hatte ein Schädelhirntrauma und wurde bereits mehrfach geröntgt. Es ist alles wieder in Ordnung. Mir ist heute einfach nur übel.«

»Ok, dann fahre ich dich jetzt nach Hause!«

Sie sprachen während der Autofahrt nur sehr wenig. Inga bedankte sich fürs Fahren und ging zügig ins Haus. Amy blickte ihr noch eine Weile nach und machte sich große Sorgen. Dann fuhr sie wieder zurück zur Uni.

Inga nahm zwei Schmerztabletten und legte sich ins Bett. Es dauerte nicht lange und ihr Magen rebellierte. Sie rannte ins Bad und musste sich übergeben. Danach ging es ihr etwas besser. Ihr war kalt. Sie zog ihren Jumpsuit an, den ihr eine Freundin mal von Sylt mitgebracht hatte. Ein Strampelanzug für Erwachsene, bei dem man mit dem Reißverschluss auch die ganze Kapuze zuziehen konnte. Wie ein Ganzkörperkondom hatte Inga damals lachend gesagt.

Inga würde sich damit nie in der Öffentlichkeit zeigen, aber für Zuhause fand Inga ihn gemütlich.

Nachmittags ging es ihr besser. Sie kochte sich einen starken Kaffee und schaltete ihr Handy ein. Wieder mal zig neue Nachrichten. Inga las die ganzen WhatsApp.

Alle von Studentinnen der verschiedenen Uni-Chatgruppen. Sie hatte eine für NAWI, für Mathe, für Erziehungswissenschaften, für Sachkunde - eigentlich für jedes Fach.

Abschreiben, Fehlstunden, Schummeln – dank Netzwerk und Technik kein Problem mehr für die drei Freundinnen! Nur so kamen sie überhaupt ins zweite Semester.

Inga, Luzi und Amy sind in der ersten Bioklausur durchgefallen. Sie beschlossen, das Fach einfach zu ignorieren und erst wieder im dritten Semester neu zu belegen. Die Mentorin machte ihnen Mut.

»Die Studienordnung soll sich ändern! Es wird demnächst nicht mehr die gesamte Fachliteratur gelehrt, sondern wirklich nur das Grundschulwissen.«

»Dann ist es sogar schlauer, erst im dritten Semester Bio zu belegen. Da sparen wir uns jetzt nicht nur enorm Zeit, sondern auch die Masse an Informationen, die wir für die Grundschule sowieso nicht brauchen.«

»Aber wir müssen dann zeitlich ein oder zwei Semester Bio ans Studium hinten dran hängen.«

»Aber nur Bio. Das macht den Kohl auch nicht mehr fett.«

»Na ja, in unserem Alter schon. Ich will das Studium ja nicht erst mit 60 Jahren beenden.«

Inga las den Mathe-Chat. Dörte freute sich darin über eine 1+. »Leute, das ist der Wahnsinn! Dabei bin ich mit Ach und Krach durchs letzte Semester gekommen.«

»Dörte, nicht böse sein, aber die Mathelehrerin hat mit der 1+ im System nicht benotet; sondern nur zum Ausdruck gegeben, dass die Arbeiten eingegangen und angekommen sind.«

»Wer sagt das?«

»Das war bei mir und einigen anderen im ersten Semester genauso.«

»So eine Frechheit, es steht aber doch als Note im System!«

Inga konnte Dörtes Enttäuschung nachvollziehen. Sie erinnerte sich, dass es bei ihr genauso war. Hatte Inga doch allen Bekannten von ihrer tollen Note berichtet. War das peinlich! Sie schloss die WhatsApp und durchstöberte ihren E-Mail Posteingang, was sie sehr selten tat. Da fiel ihr eine ungelesene E-Mail ihres Professors aus den Erziehungswissenschaften (EWI) auf. Sie war schon über acht Wochen alt. Inga las sie und rief sofort Amy an.

»Ich habe es jetzt schwarz auf weiß. Es liegt nicht an uns! Es ist die biologische Uhr. Ab dem Alter von 17 Jahren nimmt die Gehirnleistung ab und wir können uns Dinge deshalb schwerer merken!«

»Hä? Ich verstehe kein Wort, Inga. Wovon redest du?«

»Na davon, dass wir die gelernten Dinge so schnell wieder vergessen. Wie bei den Fragebögen in EWI. Wir haben einen Nachteil im Alter, weil wir schneller wieder vergessen.«

»Du machst Witze! Dann können wir uns das Studium in unserem Alter von über 45 Jahren ja gleich schenken!«

»Im Prinzip ja, wenn ich den Ausführungen des Professor richtig gefolgt bin.«

»Und was sollen wir nun machen?«

»Das schreibt er nicht. Er hat nur erklärt, dass es in unserem Alter schwerer ist, sich Dinge lange zu merken.«

»Oh, das wird ja immer verrückter. Aber wenigstens hab ich jetzt keine Angst mehr, dass bei mir schon die Demenz eingetreten ist.«

»Na ja, da muss ich dir widersprechen. Denn im Prinzip ist es schon ein leichter Anfang davon.«

»Ach hör schon auf Inga, du übertreibst mal wieder! Aber es heißt für uns drei: Uni-Mission impossible!«

»Dann würde ja sonst keiner mehr in unserem Alter studieren. Nun warte erstmal ab, wie es sich mit uns in der Uni weiter entwickelt!«

Als Amy Inga am nächsten Morgen zur Uni abholte, verkündete Amy, dass sie sich scheiden lassen würde.
»Aber warum das denn plötzlich, Amy?«
»Ich halte es mit diesem Ordnungsfanatiker nicht mehr aus. Er macht mir ständig Vorwürfe. Außerdem stört es mich, wie er seine Nüsse kaut und beim Essen schmatzt. Er rülpst und furzt in meinem Beisein. Ich find ihn nur noch abstoßend!«
»Wie heißt er?«
»Wer?«
»Na, der Typ, in den du anscheinend verknallt bist?«
»Was, spinnst du? Da gibt es niemanden!«
»Und warum willst du dich plötzlich scheiden lassen? Das macht dein Mann doch schon seit Jahren!«
»Hör auf mit deinen blöden Verhören, du hast sie doch nicht alle!«
»Wo steckst du eigentlich in letzter Zeit immer? Ich sehe und höre von dir sehr wenig.«
»Wieso? Wir sehen uns doch täglich in der Uni.«
Inga glaubte ihrer Freundin kein Wort. »Und danach? Erzähl mir nicht, dass du viel zu Hause lernst, denn deine Hausaufgaben vergisst du ja in letzter Zeit ständig. Und wenn ich anrufe, bist du nie da.«
Den Rest der Autofahrt sagte keine mehr ein Wort. Als sie auf dem Uni-Parkplatz ankamen, brach Amy doch noch ihr Schweigen. »Er heißt Ludwig, aber behalt es bitte für dich!«

»Ludwig? Doch nicht etwa Dr. Ludwig Vollmer? Das ist nicht dein Ernst! Der junge Biologie-Dozent?«

»Er ist nur acht Jahre jünger als ich.«

»Du hast einen Knall!«

Amy protestierte. »Du hast dich doch auch bereits vergnügt, weil dein Mann sich so mies verhalten hat!«

»Weiß es Luzi?«

»Klar, sie schläft bereits mit seinem Bruder!«

Inga war baff. »Und wer ist das, etwa der FU Präsident?«

Beide brachen in schallendes Gelächter aus.

Inga hatte plötzlich eine Idee. »Vielleicht sollten wir dann Bio doch noch in diesem Semester richtig durchziehen. Wenn wir an die Fragen für die Nachholklausuren kommen, haben wir schon die halbe Miete. Was wir an Punkten haben, haben wir.«

»Du nun wieder. Aber stimmt, ich könnte es versuchen. Momentan frisst er mir noch aus der Hand.«

»Oh ja bitte, unbedingt! Gib dir Mühe! Wir sparen zwei Semester, wenn wir bestehen.«

»Versprochen! Zur Not bekommt er KO-Tropfen ins Glas.«

»Wenn Luzi mit seinem Bruder vögelt, mach ich mir keine Gedanken. Unser Teufelchen schafft es auf jeden Fall irgendwie, den Burschen auf seinen Bruder anzusetzen. Die schafft alles, wenn es um Männer geht! Sonst setzt sie ihre Voodoo-Puppen ein.«

Das unheimliche Paket!

Inga saß zu Hause am Rechner. Sie tippte den Namen Wolfgang Eiche in die Suchmaschine ein. Sofort erschienen zahlreiche Artikel auf ihrem Bildschirm. Sie klickte den Ersten an.

»Mord ohne Leiche! Die Polizei bittet um Mithilfe bei dem mysteriösen Verschwinden des zwielichtigen Reporters....«

Inga zuckte zusammen, als sie das Foto des Vermissten unter dem Artikel sah. Erinnerungen wurden wach. Sie fröstelte. Wie oft hatte sie damals mit ihm in irgendeinem Café oder Restaurant gesessen und gewartet, dass die Redaktion erlaubte, dass sie endlich die Recherche abbrechen durften. Inga musste immer solange an einem Tatort bleiben, bis die Reporter der Konkurrenz weg waren. Es war egal, ob die Eltern des ermordeten Kindes oder andere Angehörige eines schrecklichen Verbrechens oder Unfalls mit einem reden wollten oder nicht. Draußen bleiben, bis die Konkurrenz-Zeitung in den Druck ging! Die Andrucke der verschiedenen Zeitungen waren in Berlin unterschiedlich. Einige Tageszeitungen hatten so frühen Redaktionsschluss, dass die Zeitungen schon um 19 Uhr andruckten. Diese konnte man dann schon wenig später im Café oder an speziellen Kiosken erwerben. Aber es gab auch Zeitungen, die erst sehr spät in den Druck gingen. Dazu gehörte die Zeitung, für die Inga arbeitete. Sie erschien frühestens um 22.30 Uhr. Manchmal auch erst viel später. Bis 24 Uhr konnte ihre Redaktion noch Geschichten schieben bzw. ins Blatt setzen. Der Vorteil: Ingas Chefs konnten aus den früher gedruckten Konkurrenzzeitungen die Informationen entnehmen, die sie selbst nicht hatten. Das war zwar nicht erlaubt aber Usus. Und schwer zu beweisen! Die Reporter mussten sich meist gegenseitig im Auge behalten und belauern. Das war bei fast allen Boulevardzeitungen so. Klar, dass Inga sich im Laufe der Jahre mit den Kollegen der Konkurrenz abgesprochen hatte. Durften sie nicht in die Redaktion zurück, gingen sie alle zusammen ins Café, Restaurant oder in eine sonstige Kneipe um die Ecke, bis die Herren am Balken - so wurde die Chefriege um den Chefredakteur herum im Produktionsraum genannt – sich dazu entschlossen hatten, dass sie endlich abbrechen durften. Die Chefriege am Balken entschied schließlich über die endgültige Ausgabe, die dann in den Druck ging.

So hatte dann ein Arbeitstag manchmal auch schon bis zu 14 Stunden. Aber dafür bekamen sie auch eine außertarifliche Zulage. Die Bezahlung in dem Konzern war sozusagen exzellent. Ingas damalige beste Freundin sagte immer: »Du verkaufst deine Seele für dieses Blatt!«

Recht hatte sie! Deshalb konnte sich Inga auch eine tolle Wohnung im Grunewald, ein schickes Auto und so manchen Urlaub in einem 5-Sterne Hotel leisten. Da sie damals noch allein lebte, ging sie auch fast jeden Abend mit Kollegen in Szenekneipen oder angesagten In-Lokalen essen. Traf sie dabei auf Promis, hohe Polizeibeamte oder Richter, denen sie eine Story abluchsen konnte, wurde die Rechnung vom Verlag sogar als »Spesen« erstattet.

Inga seufzte bei den Erinnerungen. Manchmal hatte sie Wehmut und sehnte sich nach ihrem alten Job zurück. Sie scrollte mit dem Cursor zu einem Link, der unter einem Foto einer abgedeckten Leiche im Wald stand, und klickte ihn an. Eine Großaufnahme des Vermissten erschien. In der Überschrift stand: »War es gar kein Mord?«

Darunter stand im Fließtext: »*Es handelt sich bei dem von Pilzsammlern gefundenen Skelett nicht um den seit Jahren vermissten Journalisten Wolfgang Eiche (53). Das Rätselraten um den Verbleib des Hobbyjägers geht weiter....«*

Hobbyjäger? Inga schmunzelte. Soweit sie wusste, besaß er zwar einige Fahrtenmesser. Dass er ein Hobbyjäger war - davon wusste sie bisher nichts. Wolfgang Eiche war immer fröhlich und erzählte Witze wie kein anderer. Seine flotten Sprüche brachten jeden zum Lachen. Doch dann veränderte er sich schlagartig. Er schien ängstlich, drehte sich immer nach allen Seiten um, bevor er eine Gaststätte verließ. Inga dachte damals, er habe Angst davor, von einer seiner vielen Geliebten verfolgt und in flagranti erwischt zu werden.

Wolfgang Eiche hatte immer ein Funkgerät dabei, trug die Cowboystiefel über den Jeans, dafür den Pullover in die Hose gesteckt. Seine blond gefärbten, langen Haare fielen ihm bis weit über die Schultern. Sein Markenzeichen war ein Fuchsschwanz, der an seiner verwaschenen Jeans an einem Karabinerhaken baumelte. Dazu trug er einen Cowboyhut und eine dicke Goldkette um den Hals. Für Inga war er eine Kopie von »Crocodile Dundee.«

Inga las alle Artikel, die sie über ihn und sein plötzliches Verschwinden finden konnte. Ganz früher war er bereits ein Krimineller gewesen. Er hatte Supermärkte überfallen und saß dafür auch lange Zeit im Knast. Nach seiner Haftentlassung bewegte er sich dann eine Zeitlang im Rotlichtmilieu, bevor er als Polizeireporter bei den Medien landete. Er hatte eine Marktlücke entdeckt. Mit speziellen Funkgeräten hörte er den Berliner und Brandenburger Polizei- und Feuerwehrfunk ab. Mit seinen verschiedenen Video- und Fotokameras raste er in einem großen dunklen Van mit getönten Scheiben den Einsatzwagen hinterher. Oft fuhr er dabei riskant über rote Ampeln, um den Anschluss nicht zu verlieren. Dafür war er auch immer der erste Reporter am

Tatort und schoss Videos und Fotos, um die sich die Boulevardpresse förmlich riss. Auch Fernsehsender bediente er, sie zahlten noch besser als Printmedien. Sein Clou: Er beherrschte die Gebärdensprache, konnte von den Lippen ablesen und besaß sogar ein Richtmikrophon - so konnte er über die Absperrungen hinweg die Ermittler bei ihren Gesprächen beobachten und belauschen und erfuhr so manche interessanten Details, die ihm als Information bares Geld einbrachten. Ein windiger, zwielichtiger Hund! Aber alle Reporter zehrten von ihm, »brauchten« ihn!

Der letzte Artikel über Wolfgang Eiche war aus 2009. Im Wald wurde eine skelettierte Leiche gefunden. Die Mutmaßung, es könnte sich um den Vermissten handeln, wurde nicht bestätigt. Ein DNA Abgleich stimmte nicht überein. Weiter unten auf der Seite stand dazu noch ein Interview mit dem Leiter der Mordkommission. Er erklärte darin, warum sich die Polizei so sicher war, dass Wolfgang Eiche ermordet wurde. Inga las sich das Interview zweimal durch. Ingas Gedanken kreisten. Das ist doch gequirlte Kacke und absolut gelogen! Was wollten die damals nur vertuschen?

Es klingelte an der Haustür, Flocke bellte. Schnell schloss Inga die Internetseite und fuhr den Computer herunter. Dann ging sie an die Gegensprechanlage. Es war nur ihre Nachbarin, sie hatte gestern ein Paket entgegengenommen. Inga öffnete die Haustür.

»Hallo Anette, danke fürs Annehmen!«

»Gern! Wie geht's dir denn?«

»Ach gut. Aber ich muss viel für die Uni lernen!«

»Wollen wir mal wieder einen Wein zusammen trinken?«

»Ja, gern! Ich kann dir bloß im Moment noch nicht sagen, wann. Wie gesagt, ich lerne abends immer.«

»Ok. Sag einfach Bescheid, wenn es dir mal passt!«

Anette merkte, dass Inga wohl nicht wollte, und verabschiedete sich.

Das Paket war ziemlich groß, aber leicht. Adressiert an Inga Stiller. Merkwürdig, sie hatte gar nichts bestellt. Es stand auch kein Absender drauf. Nur die seltsamen Wörter oder Buchstaben: »один часть язык!«

Was soll das denn heißen? Das Telefon klingelte. Man, ist hier heute wieder was los. Inga war genervt. Sie legte das Paket kurzerhand auf die Kommode neben der Eingangstür und nahm den Hörer ab. Es war Amy.

»Ich muss dich unbedingt treffen. Jetzt sofort!«

Zehn Minuten später saßen beide an ihrem Stammtisch beim Franzosen. Amy war blass und zitterte. Bevor sie etwas sagen konnte, fing sie auch schon an zu weinen. Inga nahm sie erst einmal in den Arm und ließ sie sich beruhigen. Als sie sich einigermaßen gefasst hatte, fragte sie, was passiert war. Auf die Antwort war Inga nicht gefasst.

»Ich bin schwanger!«

Als Inga nach Hause kam, saßen Ben und Finn an ihren Hausaufgaben am Esstisch. Tanja saß nur wenige Meter weiter auf dem Sofa vorm Fernseher und trank Kaffee.

»Danke dass du so kurzfristig eingesprungen bist!«

»Dazu hat man doch Familie! Ich wünschte, ich hätte damals auch jemanden gehabt, als meine Kinder noch klein waren. So, ich muss jetzt aber schnell rüber, meine nächste Serie fängt gleich an!«

Inga hatte sofort ein schlechtes Gewissen, weil sie früher nie für Tanjas Kinder da war. Babysitten fand sie schrecklich, besonders das Wickeln bescherte ihr Brechreiz. So hatte sie oft Ausreden parat, wenn sie mal gefragt wurde. Sie verabschiedeten sich. Inga ging zu ihren Söhnen und gab jedem einen Kuss.

»Igitt Mami, lass das! Von wem ist das Paket?«

Finn hoffte, dass etwas für ihn da drin war. Die Oma aus Bremen schickte den Jungs nämlich immer tolle Geschenke.

Inga sah zur Kommode. »Ach ja, das Paket!«

Das hatte sie in der Eile mit Amy ganz vergessen. Sie nahm es von der Kommode und setzte sich damit zu den Jungs an den Tisch.

»Darf ich es für dich aufmachen? Bitte, Mama!«

»Nein, ich!«

»Warum immer er? Das ist unfair!«

»Schluss jetzt, ich mach es selber auf! Wie ihr lesen könnt, steht da mein Name drauf und nicht eurer!«

»Von wem ist es denn, von Oma?«

»Ich weiß es nicht.«

Als Inga wieder diese komischen Buchstaben betrachtete, beschlich sie auf einmal ein ungutes Gefühl. Sie wurde stutzig. Hör auf deine innere Stimme! Sie stand auf und ging zur Haustür.

»Jungs, ich komme gleich wieder, bitte lasst in der Zwischenzeit niemanden rein!«

»Aber Mama, wieso denn?«

Sie ignorierte Bens Frage und ging mit dem Paket unterm Arm hinaus. Sie lief drei Häuser weiter und klingelte bei Alexander Malinowski. Sascha war schon weit über 80 Jahre alt, Pole und arbeitete Jahrzehnte als Fremdsprachenkorrespondent. Weil er nicht mehr so gut zu Fuß war, führte sie oft seinen dicken Dackel aus. Es entwickelte sich eine gute Nachbarschaftsbeziehung.

»Sascha, ich brauche deine Hilfe. Ich habe dieses Paket hier mit so einem komischen Absender bekommen. Sagen dir diese Buchstaben was?«

»Zeig mal her! Hm. Das ist kyrillisch. Übersetzt heißt es so viel wie »Ein Stück Zunge!«

Ingas Mund und Augen weiteten sich. Sofort riss sie das Paket auf. Darin fand sie neben zerknülltem Zeitungspapier nur eine durchsichtige, kleine Plastiktüte mit einer braungrünen, erbsengroßen Masse.

»Was ist das?«

»Ich weiß es nicht. Es stinkt widerlich. Könnte ein vergammeltes Wurststück sein.«

Inga schluckte, sie sah Sascha an. Langsam dämmerte es auch ihm. Schließlich gab es in der gesamten Nachbarschaft seit Monaten kein anderes Thema mehr, als den Überfall auf Inga. Und ihre erlittenen Verletzungen.

»Oder ein Stück verweste Zunge?«

»Oh Gott, Mädel, worauf hast du dich da bloß eingelassen?«

»Ist das die Handschrift der Mafia?«

Inga wusste nicht, was sie sagen oder denken sollte. Ob das verfärbte, stinkende Stück Fleisch wirklich ihr Stück Zunge war?

Ihr wurde übel. »Darf ich mal auf die Toilette?«

»Nur zu, hinten links neben der Haustür!«

Vor Ekel schmiss sie die braune Masse ins Klo und zog ab. Anschließend musste sie sich übergeben. Sascha brachte ihr einen nassen Waschlappen und ein Glas Wodka.

»Hier trink das, es wird dir guttun!«

Sie trank den Wodka in einem Zug. »Schon besser! Wer macht sowas?«

Sascha schüttelte nachdenklich den Kopf. Als sie sich beruhigt hatte, ging sie wieder rüber zu ihren Kindern. Sascha hatte keine weiteren Fragen gestellt. Dafür war sie ihm dankbar.

»Wo ist das Paket, Mama?«

»Weggeschmissen. Da war nur Werbung drin.«

»Wo warst du denn?«

»Kurz bei Sascha.«

»Mama, du siehst komisch aus, bist du krank?«

»Ich weiß nicht Ben, ich habe ziemliche Kopfschmerzen, ich lege mich mal ein bisschen hin.«

Finn drückte ihr schnell einen Briefumschlag in die Hand. »Hier, von meiner Lehrerin.«

Finn rannte hoch in sein Zimmer. Inga öffnete den Umschlag und las den Brief. »Auch das noch!«

Sie holte sich aus dem Küchenschrank zwei Ibuprofen-Tabletten, schluckte sie mit einem Glas Orangensaft hinunter und legte sich ins Bett. Ihre Gedanken kreisten mal wieder, sie konnte nicht einschlafen und Panik machte sich in ihrer Brust breit. Dann fasste sie einen Entschluss. Sie stand auf, rief ihre Mutter an und bat sie, so schnell wie möglich vorbeizukommen. Dann fuhr sie zur Polizei.

KHK Henry Scholz hatte das Tonband angestellt und unterbrach sie nicht ein einziges Mal. Die Arme vor der Brust verschränkt, hörte er Inga gebannt zu und blickte ihr dabei die ganze Zeit fest in die Augen, was Inga leicht verunsicherte. Erst als sie nichts mehr zu sagen hatte, stellte er Fragen.

»Und Sie sagen, es war zuerst ein Mann, der klingelte?«

»Jepp.«

»Und das soll der seit Jahren vermisste Journalist Wolfgang Eiche gewesen sein?«

»Ja, sagte ich doch bereits.«

Henry Scholz machte sich einige Notizen, die Inga aber nicht lesen konnte.

»Und als Wolfgang Eiche wieder ging, klingelten drei weitere Männer und schlugen sie zusammen?«

»Soll ich jetzt alles wiederholen, was ich Ihnen eben erzählt habe? Hören Sie sich doch nochmal den Tonbandmitschnitt an!«

»Ich muss Ihnen diese Fragen stellen, Frau Stiller. Je eher Sie kooperieren, desto schneller landen wir vielleicht einen Fahndungserfolg.«

»Was heißt denn kooperieren? Ich erzähle Ihnen doch gerade alles!« Blödes Arschloch, dachte sie sich.

»Also weiter. Hat Ihnen Ihr ehemaliger Kollege Wolfgang Eiche die Verletzungen zugefügt?«

»Was? Nein, im Gegenteil, er hat mich doch vor den Männern gewarnt.«

»Und dazu hat er sich als Penner verkleidet und Sie Wochen vorher verfolgt und in Ihrem Müll herumgestochert? Sind Sie sicher, dass es sich wirklich um Ihren ehemaligen Kollegen Wolfgang Eiche handelte?«

Sie nickte. »Ich habe ihn wieder erkannt. Aber er hat mir die Zunge nicht abgeschnitten!«

Der Kommissar lehnte sich zurück und seufzte. »Woher wissen Sie das? Sie wurden doch vorher angeblich ohnmächtig?«

»Weil der sowas nie tun würde. Wir waren mal Kollegen und so etwas wie ein bisschen befreundet!«

Henry Scholz bohrte weiter. »Was wollten denn die Männer von Ihnen genau? Weshalb oder wozu sollten Sie ihren Mund nicht aufmachen?«

»Ich weiß es wirklich nicht! Ich nehme mal an, dass ich sie nicht bei der Polizei verrate.«

»Warum ist denn Wolfgang Eiche zu Ihnen gekommen?«

»Er bat mich, niemandem zu erzählen, dass ich ihn erkannt habe. Ich glaube, er wollte nicht, dass jemand erfährt, dass er noch lebt.«

»Aber wieso klingelte er dann bei Ihnen und outete sich?«

»Weil er mich vor den Männern warnen wollte, die mich verfolgten. Herr Scholz, wir drehen uns im Kreis!«

Der Kommissar grübelte und kratzte sich an der Schläfe. Mit dem Kugelschreiber tippte er auf den Schreibtisch, drückte die Mine mit einem Klicken auf und ab. Sieben Mal. Das machte Inga wahnsinnig.

»Könnten Sie das bitte lassen, ich bekomme langsam Kopfschmerzen!«

Henry Scholz machte ungeniert weiter.

»Das klingt alles ziemlich merkwürdig. Ich fasse mal zusammen: Ein Penner an den Mülltonnen, der Sie über Wochen zu beobachten scheint und auch Ihre Kinder verfolgt. Dann klingelt er irgendwann an Ihrer Haustür, sagt, wer er sei und dass er nicht wolle, dass Sie irgendjemandem erzählen, dass er noch lebt. Dann klingeln nochmal drei Männer, die Sie nicht kennen, aber in Ihre Wohnung reinlassen, und die schlagen Sie zusammen und schneiden Ihnen die Zunge ab. Das ergibt keinen Sinn!«

»Aber so war es! Und an das kann ich mich auch nur erinnern. Außerdem habe ich die Männer nicht einfach reingelassen. Sie stießen die Tür auf, als ich öffnete. Ich hatte keine Chance!«

Henry Scholz schüttelte ungläubig den Kopf. »Mal zurück zu dem Paket mit russischem Absender. Wo sind Paketpapier und Plastiktüte jetzt, in die das Zungenstück eingewickelt war? Das haben Sie doch hoffentlich nicht auch im Klo runtergespült?«

»Das Papier? Nein, das hab ich bei Sascha Malinowski in der Wohnung auf dem Tisch liegen gelassen. Vermutlich hat er es in den Müll geworfen.«

»Na, dann schlage ich vor, dass wir jetzt Ihrem Nachbarn mal einen Besuch abstatten!«

Sascha hatte das Paketpapier und die Plastiktüte in weiser Voraussicht nicht den Müllcontainer gebracht, sondern sorgfältig in einer Schachtel aufbewahrt. Nachdem Henry Scholz mit dem Nachbarn unter vier Augen gesprochen hatte, kam er zu Inga ins Haus. Mark war inzwischen auch schon zu Hause. Inga hatte ihm gerade erzählt, woran sie sich »wieder« erinnern konnte. Mark begrüßte den Kommissar mit einem sarkastischen Unterton: »Na, dann ist der Fall ja so gut wie geklärt. Oder glauben Sie immer noch, ich hätte meiner Frau die Zunge abgeschnitten?«

»Das wird sich zeigen. Bisher ist nichts geklärt!«

Kommissar Scholz war sehr bestimmt. Inga sollte noch einmal mit aufs Polizeirevier kommen und sich mit dem Phantomzeichner zusammensetzen.

Inga war müde und kaputt. »Aber nicht mehr heute.«

»Doch, es muss leider sein. Uns läuft die Zeit weg!«

Inga lachte. »Ach wirklich? Sie geben doch Phantomfotos sowieso immer erst Monate später raus!«

»Frau Stiller, ich bitte Sie, sich zusammenzureißen. In Ihrem eigenen und in unserem Interesse!«

»Ja, ist schon gut, ich komme mit!«

Mark konnte man ansehen, dass er sauer war. Er hatte heute extra früher Feierabend gemacht, damit er Radfahren gehen konnte. Nun musste er zu Hause bleiben. Als Inga zur Haustür ging, fragte er beiläufig: »Kann deine Mutter nicht nochmal kommen oder deine Schwester?«

»Ruf sie einfach an und frag! Tschüss!«

Inga wusste, dass er das niemals tat. Wahrscheinlich würde er selbst am Tag ihrer Beerdigung noch einen Triathlon bestreiten.

In der Verbrecherkartei der Polizei glaubte Inga, mehrere Male ein Gesicht wieder erkannt zu haben. Doch dann war sie sich doch wieder unsicher.

»Irgendwie sieht der Eine aus wie der Andere. Es tut mir leid!«

Sie konnte sich nicht wirklich erinnern. Nur wie Wolfgang Eiche aussah, das konnte sie genau beschreiben. Sie sah sein Gesicht noch ganz deutlich vor sich.

»Kennen Sie eigentlich die genauen Umstände, unter denen Wolfgang Eiche damals verschwand?«

Inga war verblüfft über die Frage. Hatte er ihre Gedanken gelesen?

»Was meinen Sie mit genauen Umständen?«

»Wissen Sie, was damals vorgefallen ist?«

Sie log. »Ich weiß nur das, was in der Presse stand!«

Das Geheimnis wusste sie, behielt es jedoch für sich. Nicht jeder in der Redaktion wurde damals eingeweiht. Die Kollegen hatten von der Verlagsleitung absolutes Kontaktverbot mit Wolfgang Eiche erhalten. Außer Inga. Sie war sogar dabei, als die Handschellen im Büro klickten. Sie musste damals seinen Schreibtisch ausräumen. Als er irgendwann wieder auf freien Fuß gesetzt wurde, verschwand er spurlos. Inga musste damals eine Verschwiegenheitsklausel unterzeichnen, als sie den Verlag verließ.

Es kam in dem Fall Wolfgang Eiche nie zu einer Anklage. Sie wurde angeblich aus Mangel an Beweisen fallengelassen. Aber Inga wusste, dass da absichtlich einiges vertuscht wurde. Denn sonst wäre etwas Anderes von großer Brisanz an die Öffentlichkeit geraten und vermutlich hätte das nicht nur der Verlagsleitung, sondern auch einigen sehr hohen Politikern den Job gekostet. Inga würde gar nicht daran denken, Henry Scholz auch nur ein Sterbenswörtchen über die mutmaßlichen Hintergründe zu erzählen.

Der Kripobeamte war viel zu unwichtig in dem System, als dass er in irgendeiner Form über den Fall Bescheid wissen konnte. Er blaffte nur. Wahrscheinlich gibt es deshalb auch keine Öffentlichkeitsfahndung nach Wolfgang Eiche. Der BND wird schon seine Mittel und Wege haben, diesen unfähigen Beamten in seine Schranken zu weisen. Inga wollte gar nicht so genau wissen, welche Leichen sie alle gemeinsam im Keller hatten.

Mysteriös damals: In Eiches Dachgeschosswohnung brannte noch Licht, als die Polizei die Tür öffnen ließ. Ein Batzen Bargeld lag auf dem Tisch und es lief der Polizeifunk. So, als ob Wolfgang Eiche nur mal eben kurz den Müll runterbrachte. Alles war an seinem Platz: Seine Papiere, seine Klamotten, das Bett war zerwühlt. Aber er kam nie wieder.

Inga wusste jetzt wenigstens, dass er nicht ermordet wurde, sondern nur untergetaucht war. Geahnt hatte sie es schon immer. Oder gehofft. Seinen eigenen Tod vorzutäuschen verlangte schon einiges. Aber vermutlich war das seine einzige Überlebenschance.

Es war schon 23 Uhr, als Inga zu Hause ankam. Die Jungs schliefen bereits und Mark saß vor dem Fernseher, tippte aber wie immer auf seinem iPhone herum.

»Hallo, ich bin wieder da!«
»Hallo!«
»Alles ok mit den Jungs?«

»Ja, was soll denn sein?«

Mark blickte nicht einmal auf. Inga schossen wieder mal Trennungsgedanken durch den Kopf. Sie schwor sich, wenn sie diese Sache hier heil überstehen würde, zöge sie mit den Kindern aus. Und wenn sie deshalb zur Hartz-IV-Empfängerin würde. Sie schnappte sich die Hundeleine und wollte gerade mit Flocke zur letzten Runde aufbrechen, als Mark sie unverhofft fragte.

»Soll ich vielleicht mitkommen?«

Sie überlegte kurz. Auf der einen Seite hatte sie Angst, alleine draußen im Dunkeln herumzulaufen. Auf der anderen Seite konnte sie seine Nähe kaum noch ertragen. Außerdem waren die Kinder allein im Haus, wenn er mitkäme. Deshalb log sie: »Nein, danke! Meine Schwester kommt mit.«

Dann verließ sie mit Flocke das Haus.

Inga braucht einen Anwalt

Der Anruf von der Polizei kam frühmorgens. Ingas geklautes Auto wurde aufgefunden.
»Frau Stiller, bitte kommen Sie sofort, es ist wichtig!«
»Das geht nicht! Ich schreibe um 10 Uhr eine Bioklausur. Das ist schon eine Nachholklausur. Ich kann wirklich nicht eher kommen!«
Henry Scholz Ton wurde rauer und bestimmter.
»Wissen Sie eigentlich, worum es hier geht? Sie sind sich anscheinend um den Ernst der Lage nicht bewusst!«
»Doch aber…«
»Nichts aber! Steigen Sie meinetwegen in ein Taxi, aber kommen Sie bitte sofort her!«
»Geben Sie mir ein Attest, damit ich die Klausur wiederholen kann?«
»Ich attestiere Ihnen gerne, dass Sie kurzfristig aufs Präsidium vorgeladen wurden.«
»Vorgeladen? Das hört sich ja an, als ob ich eine Täterin bin!«
»Zunächst geht es um eine Zeugenaussage!«
Inga ärgerte sich. »Mich stört das Wort zunächst. Könnten Sie sich bitte präziser ausdrücken? Ein aufgefundenes Auto kann doch nicht so eine Dringlichkeit haben!«
»Jetzt reicht es mir. Kommen Sie nun oder nicht?«
Inga war neugierig und gab schließlich nach. »Jaja, ist ja schon gut. In etwa 30 Minuten bin ich bei Ihnen.«
Sie rief noch schnell Amy an.
»Du musst mich unbedingt bei der Klausur entschuldigen! Ich erkläre dir alles später. Viel Glück euch beiden!«
Dann fuhr sie mit dem Taxi zu Henry Scholz. Er telefonierte gerade, als sie in seinem Vorzimmer ankam. Sie

hörte, wie er jemanden laut anschrie und dann den Hörer aufknallte. Er riss die Tür auf. Als er sie sah, hielt er inne und bat sie, einzutreten.

»So, Frau Stiller! Es ist wohl Zeit, dass Sie sich einen Anwalt nehmen!«

Er klang schroff. Damit hatte Inga gar nicht gerechnet. »Ich verstehe nicht ganz, warum ich plötzlich einen Anwalt benötige?«

»Weil diese Märchen, die Sie uns hier permanent auftischen, langsam ein Ende haben müssen!«

»Moment! Können Sie mich bitte mal aufklären! Was für Märchen und was wollen Sie von mir? Ich denke Sie haben meinen Wagen gefunden. Deshalb haben Sie mich doch hierher bestellt. Kann ich ihn jetzt bitte wiederhaben?«

»So schnell geht das nicht! Die Spurensicherung ist noch dran. Außerdem handelt es sich nun um einen Tatort.«

Inga verstand nichts mehr. »Was?«

»Sie rufen jetzt besser erst einmal Ihren Anwalt an!«

Inga überlegte. Sie hatte keinen Anwalt, hatte auch noch nie einen gebraucht. Im Gericht hatte sie damals als Reporterin mit so vielen Anwälten zu tun. Aber wen sollte sie denn jetzt anrufen? Vor allem hatte sie gar keine Telefonnummern. Die Visitenkarten von damals hatte sie auch alle nicht mehr. Sie wusste nicht, was sie tun sollte.

»Ich habe aber keinen Anwalt parat!«

»Sie werden doch irgendjemanden kennen, der einen Anwalt hat?«

»Wozu brauche ich denn einen Anwalt?«

»Weil ihr Fahrzeug in ein Verbrechen verwickelt ist!«

»In was für ein Verbrechen? Einen Bankraub oder was?«

»Es gibt einen Toten!«

Inga wurde kreidebleich. »Oh Gott, was ist denn passiert?«

»Ich kann Ihnen auch einen Pflichtverteidiger besorgen.«
Inga schluckte. Dann kam ihr eine Idee. Sie zog ihr Handy aus der Tasche.

»Mist, ich habe hier kein Netz. Darf ich kurz Ihr Telefon benutzen?«

»Nur zu, wenn es nicht ins Ausland ist. Das geht nämlich nicht von hier.«

»Sehr witzig!« Inga schüttelte den Kopf und dachte sich, wie engstirnig dieser Sesselpupser doch war.

Sie rief einen alten Reporter-Kollegen auf dem Handy an, deren Nummer sie noch auswendig kannte. Bingo! Sie hatte Glück, er hatte noch dieselbe Nummer. Nach kurzem Austausch von Höflichkeitsfloskel kam sie zur Sache und erklärte, dass sie bei der Polizei säße, mitgehört wurde und sie dringend seine Hilfe bräuchte. Bereits nach zwei Minuten hatte sie die Telefonnummer und den Namen eines Anwaltes. Sie versprach ihrem alten Kollegen, sich nachher noch einmal bei ihm zu melden. Was Henry Scholz nicht wusste: Er war Chefredakteur einer Berliner Boulevardzeitung.

Keine 40 Minuten später erschien der empfohlene Anwalt bei der Mordkommission. Inga kannte ihn nicht. Nach kurzer Begrüßung und Unterredung auf dem Gang gingen sie zusammen in Henry Scholz Büro.

Ingas Auto wurde auf dem Parkplatz vor dem Chalet Suisse am Grunewaldsee gefunden. Spaziergängern war aufgefallen, dass das Auto seit Wochen an derselben Stelle stand und viele Fliegen im Innern herumflogen. Durch die Autoscheibe sahen sie einen Schlüssel auf der Fußmatte innen liegen. Das Auto war nicht verschlossen. Als sie die

Tür öffneten, kam ihnen ein beißend stechender, süßlicher Geruch entgegen. Sie alarmierten die Polizei.

»Kennen Sie einen Peter Grüntal?«

Inga wurde rot. »Warum fragen Sie?«

»Ich muss Sie das fragen, kennen Sie ihn oder nicht? Bitte antworten Sie einfach auf meine Frage!«

Der Anwalt nickte ihr aufmunternd zu. Inga war verwirrt. »Ja, ich kenne ihn. Was hat er mit meinem Auto zu tun?«

»Ziemlich viel! Seine Leiche lag im Kofferraum.«

»Was?«

Inga rang um Fassung. Sie wurde kreidebleich, sah ihren Anwalt hilfesuchend an, der ihr aber auch auffordernd zunickte, weiter zu reden. Als er merkte, dass Inga unter Schock stand, schritt er ein.

»Wir brauchen mal eine Pause! Hätten Sie wohl ein Glas Wasser für meine Mandantin?«

Henry Scholz orderte eins über seine Sekretärin.

Inga war wie in Trance. »Das kann doch nicht sein!«

Mehr als ein Flüstern bekam Inga nicht raus. Henry Scholz zeigte ihr ein Foto.

»Ist das der Peter Grüntal, den Sie kennen?«

Inga betrachtete das Gesicht des Toten und erkannte ihn. Tränen liefen ihr über die Wangen. »Ja, das ist Pete!«

Sie sah den Kommissar nur noch verschwommen durch dicke Wassertropfen in ihren Augenlidern.

»Was ist passiert?«

»Genau das versuche ich herauszubekommen, also erzählen Sie mir jetzt bitte endlich die Wahrheit!«

Inga berichtete, wie sie Pete nach all den Jahren in der Uni wiedergetroffen und mit ihm ein Verhältnis begonnen hatte.

»Weiß Ihr Ehemann davon?«, fragte der Kommissar mit einem Unterton von Schadenfreude.

»Nein. Nur meine beiden Freundinnen, Amy und Luzi.«
»Wann haben Sie Peter Grüntal zum letzten Mal gesehen?«
»Das war vor dem Überfall.«
»Geht es genauer?«
Der Anwalt versuchte, den schroffen Ton des Kommissars etwas zu bremsen. »Sie könnten ein bisschen freundlicher mit meiner Mandantin sprechen. Sie hat gerade erfahren, dass ihr Freund tot ist.«
Ungeduldig klopfte Henry Scholz mit den Fingern auf dem Tisch herum. »Ihre Mandantin erzählt hier nicht die Wahrheit und verschweigt seit Wochen wichtige Details. Sie sollte endlich reinen Tisch machen, bevor noch mehr passiert!«
»Was genau werfen Sie meiner Mandantin eigentlich vor, Herr Scholz?«
Dem Anwalt passte der Ton des ungeduldigen Kommissars ebenfalls nicht. Deshalb drehte er den Spieß jetzt um und verlangte sofortige Akteneinsicht. Er erreichte damit immerhin, dass Inga 15 Minuten später das Büro verlassen durfte. Henry Scholz schäumte vor Wut.

Inga war am Boden zerstört über die Nachricht des ermordeten Pete. Verzweifelt rief sie rief Amy an. Doch ihr Handy war aus. Auch Luzis Handy hatte keine Funkverbindung. Dann fiel Inga ein, dass beide gerade bei der Bio-Klausur saßen. Inga weinte. In ihrer Verzweiflung rief sie ihre Schwester an und schluchzte bitterlich in den Hörer: »Kann ich zu dir rüberkommen? Ich brauche deine Hilfe, es ist etwas ganz Schlimmes passiert!«

Die Meldung von der gefundenen Leiche im Kofferraum eines geklauten Autos war schon zu den Medien vorgedrungen. Die Ereignisse überschlugen sich. Mark nahm sich vorübergehend Urlaub. Die Jungs ließen sie in der Schule freistellen und schickten sie ein paar Tage zu den Großeltern nach Bremen, damit sie aus der Schusslinie waren. Inga ließ sich allein schon der Uni wegen krankschreiben. Nicht, dass ihr nachher ein Kurs nicht angerechnet würde, wenn sie zu oft fehlte.

Vor der Haustür tummelten sich Pressevertreter. Doch Inga sprach nur mit einem einzigen Reporter. Mit dem, der ihr den Anwalt besorgt hatte.

Die Affäre mit Pete verschwieg sie ihm aber. Auch, dass ihr gemeinsamer Ex-Kollegen Wolfgang Eiche noch lebte. Das hatte auch die Polizei bisher nicht an die Presse weitergegeben. Inga wusste, warum.

Mark musste sich jetzt auch einen Anwalt suchen. Als gehörnter Ehemann hatte er ein Motiv und zählte somit zu den Verdächtigen. Ein Alibi für die Tatzeit beschaffte ihm überraschenderweise seine Sekretärin. Die nun endlich offizielle Affäre ihres Mannes trug Inga nicht nur mit Fassung, es war ihr sogar egal. Scheißegal! Sie hatte es ja geahnt. Nur hatte sie nicht an die Sekretärin, sondern an die Triathletin gedacht. Vielleicht hatte er sogar mit beiden eine. Es störte sie nicht mehr. Etwas war in ihr zerbrochen. Doch kein Eunuch, dachte Inga.

Inga interessierte momentan nur eins: Wer Pete umgebracht hatte und warum? Und wieso in ihrem Auto? Sie verstand gar nichts mehr und auch die Polizei tappte im Dunkeln. Eine inoffizielle Fahndung der Polizei nach

Wolfgang Eiche blieb ebenfalls erfolglos. Auch stimmten seine registrierten Fingerabdrücke weder mit denen im Auto, auf dem Paketpapier oder denen in Ingas Wohnung gefundenen überein.

Die Proben an der sichergestellten Plastiktüte ergaben, dass es sich bei dem Stück Fleisch nicht um menschliches, sondern um Schweinefleisch gehandelt hatte. Also war es auch nicht Ingas Zungenstück, das per Paket verschickt wurde. Ein blöder Streich oder eine ernstzunehmende Warnung? Inga wusste es nicht! Die Polizei zweifelte auch daran, dass hinter dem Absender irgendeine Mafia steckte.

Als das Obduktionsergebnis vorlag, brach Inga zusammen. Demnach war Pete grausam erstickt worden. Er starb den sogenannten Bolus-Tod, auch Brockentod genannt. Ihm war im wahrsten Sinne des Wortes etwas im Halse stecken geblieben. Aber nicht irgendetwas. Diesmal handelte es sich wirklich um Ingas Stück Zunge. Eingewickelt in mehrere Lagen Stanniolpapier, worin sonst Kaugummis eingewickelt waren. Die kastaniengroße Kugel wurde ihm dann regelrecht in den Hals gestopft. Mit brachialer Gewalt! Grausam auch: In seinem Anus steckte ein Kofferanhänger mit der Aufschrift »*Gute Reise!*« Und auf der Rückseite stand die Zahl »6«.

Ein Mord, der an Brutalität kaum zu überbieten war!

Inga und Mark verbrachten Stunden auf dem Polizeirevier. Ihre ganze Ehe und das Familienleben wurden auf den Kopf gestellt und hinterfragt. Erst wurden sie einzeln, dann zusammen in die Mangel genommen. Inga kam sich nicht mehr vor wie ein Opfer, sondern wie eine Täterin. Sie hatte den Eindruck, Henry Scholz glaubte ihr kein einziges Wort. Sie hatte Herzrasen und Schwindelgefühle.

»Frau Stiller, sollen wir eine Pause machen?«

Der Anwalt sah sie besorgt an.

»Ja, bitte! Ich würde gern auch etwas trinken und muss mal kurz an die frische Luft.«

Auf dem Flur sackten Inga die Beine weg, sie wurde ohnmächtig. Ein Rettungswagen brachte sie ins Krankenhaus. Diesmal waren die Herztöne nicht einwandfrei. Ein Schwächeanfall! Sie durfte das Krankenhaus zwar wieder verlassen, bekam aber strengste Bettruhe verordnet.

Mark brachte Inga Tee und eine kräftige Hühnersuppe ans Bett, die Ingas Mutter gekocht hatte. Über ihre Affären sprachen sie weiterhin kein Wort.

»Finns Klassenlehrerin hat angerufen. Sie fragte, ob wir den Brief erhalten hätten, den sie Finn neulich mitgegeben hatte. Weißt du was davon?«

»Oh! Ja, das habe ich total vergessen. Er liegt in meinem Schreibtisch. Dritte Schublade von oben.«

»Worum geht's?«

»Seine Leistungen haben nachgelassen. Außerdem hat er wohl einem Mitschüler derart stark in die Eier getreten, dass er ins Krankenhaus musste.«

»Und das wundert dich noch, bei den Ereignissen hier zu Hause?«

Inga sah ihn ungläubig an. »Was meinst du damit?«

Mark stand auf und holte den Brief aus der Schublade. Er las ihn in Ruhe durch und starrte dann auf den Boden.

»Das hat alles mit deinem Studium angefangen. Seitdem läuft hier alles aus dem Ruder.«

Inga war baff, wollte erst protestieren, fühlte sich aber zu schwach. Resignierend sagte sie nur: »Bitte, ich möchte jetzt einfach nur schlafen gehen!«

Mark verließ das Zimmer. Inga lag auf dem Rücken. Ihre Augen füllten sich mit Tränen, sie liefen ihr in Strömen die Schläfen runter. Sie spürte, wie die Tränen durch die Haare bis aufs Kopfkissen rannen. Irgendwann schlief sie ein.

Inga hatte 13 Stunden geschlafen. Flocke lag auf dem Bett zu ihren Füßen. Sie streichelte ihre kleine Hundedame, die immer heftiger mit dem Schwanz wedelte, der nun im Takt auf und ab auf die Bettdecke klopfte.
»Na, du kleiner Klopfer!«
Inga schmuste mit ihr. Flocke wand sich aus ihrem Griff und sprang vom Bett auf den Boden, wo sie sich erstmal kräftig schüttelte und Inga dann schwanzwedelnd auffordernd ansah. »Jaja, du bekommst gleich deine Bällchen!«
Dann hievte sie sich aus dem Bett. Alles tat ihr weh, jeder Knochen. Auf wackeligen Beinen stakste sie in Richtung Badezimmer. Ihr wurde nach einigen Schritten schwarz vor Augen und sie musste sich an der Kommode auf dem Flur festhalten. Nach einer Weile ging es wieder. Sie schlurfte ins Bad, beugte sich übers Waschbecken und hielt ihren Mund unter den Wasserhahn. Sie trank einen großen Schluck Leitungswasser. Schon besser! Sie richtete sich wieder auf und betrachtete sich im Spiegel. Sie sah furchtbar aus. Dicke, dunkle Augenringe, die Wimperntusche verschmiert bis über die Wangen. Aschfahle Haut und zerzauste, blondierte Haare mit Schwarz durchschimmernden Ansätzen. »Oh Gott!«, sagte sie laut, »Ich sehe ja aus wie der Tod auf Rädern!«
Eine fröhlich laute Stimme ertönte hinter ihrem Rücken. »Es heißt wie der Tod auf Latschen!«

Inga zuckte zusammen, erkannte aber die Stimme ihrer Freundin sofort. »Man hast du mich erschreckt! Wo kommst du denn plötzlich her?«

»Ich bin mit dem Besen hergeflogen, wie alle Hexen.«, sagte Luzi frech. »Kleiner Spaß! Nein, ich wollte nach Dir sehen. Mark hat mich vorhin angerufen und gebeten vorbeizukommen, damit du nicht allein bist. Er ließ mich rein und sagte, er müsste irgendwie weg. Ich hab unten gewartet bis du aufwachst.«

Luzi trat neben sie. Inga war erstaunt. »Ach, wohin musste er denn? Er hat doch Urlaub!«

»Keine Ahnung, vielleicht einkaufen. Um 18 Uhr ist er jedenfalls wieder da. Wenn was ist, sollen wir ihn auf dem Handy anrufen. Komm, wir trinken einen Tee!«

Sie gingen nach unten. Während Luzi das Teewasser aufsetzte, ließ Inga Flocke in den Garten.

»Wie war die Nachholklausur?«

»Ganz ehrlich? Hätte ich die Fragen vorher nicht gewusst, hätte ich wahrscheinlich eine 6 geschrieben. Die ganzen Formeln für die biochemischen Prozesse hatte ich zum Glück auf einem Spickzettel. Ich sage dir, das war der Hammer! Ich hatte zwar alles auswendig gelernt, aber fast nichts mehr gewusst.«

»Hast du mir die Fragen aufgeschrieben?«

Luzi zog ihr Handy hervor und hielt es Inga vor die Nase. »Besser. Ich habe dir die ganze Klausur abfotografiert.«

»Wahnsinn! Wie ging das denn?«

»Teamwork! Ich habe sie heimlich abfotografiert, als die Aufsicht von Dörte und Claudine gleichzeitig abgelenkt wurde. Die haben sich aufgeführt wie die Teenager, herrlich! Fast wären sie rausgeflogen, aber im Grunde genommen war es kinderleicht. Guck mal, ich hab eine Kamera an meiner Armbanduhr!«

»So eine hatte ich damals im Gericht auch, damit ich die Angeklagten heimlich fotografieren konnte. Fotografen durften ja offiziell nicht in den Gerichtssaal. Die Fotoredaktion hat es dann spiegelverkehrt gedruckt und einen anderen Hintergrund erstellt. So wusste keiner, dass es eine verbotene Aufnahme aus dem Prozess war.«

»Clever! Heute hat selbst so mancher Kugelschreiber schon eine kleine Spionagekamera und ein Mikrofon eingebaut.«

Luzi zog ihr iPhone aus der Tasche und zeigte ihr die übermittelten Fotos der Klausur.

»Aber mach dir nicht zu viel Hoffnung, die zweite Nachholklausur soll bekanntlich anders sein! Aber ich habe ja hervorragende Beziehungen und werde sie einfach nochmal spielen lassen. Männer sind so simpel gestrickt. Für Sex tun sie einfach alles.«

»Wow! Erzähl doch mal von ihm. Wie sieht er aus? Ist er auch Biologe wie sein Bruder?«

Luzi zeigte ihr stolz ein Foto. Inga verzog das Gesicht. »Der hat ja gar keine Haare mehr auf dem Kopf! Ich dachte, er sei so jung.«

»Das ist doch gerade so sexy an ihm. Im Bett ist er eine Granate! Findest du ihn nicht attraktiv?«

»Ich weiß nicht, er sieht aus wie ein Treets mit Ohren.«

Luzis Gesichtsausdruck wirkte enttäuscht. Inga ruderte etwas zurück: »Na ja, er ist nicht so mein Typ. Was macht er denn beruflich?«

»Er ist Gas- Wasserinstallateur.«

»Oh, ein Rohrverleger, verstehe!«

»Er kann jedenfalls geschickt mit seinen Fingern umgehen.«

Inga lächelte gequält und wollte das Thema jetzt nicht weiter vertiefen. »Hauptsache er kann seinen Bruder dazu überreden, die Fragen für die nächste Klausur rauszugeben.«

»Darauf kannst du wetten! Ich habe bis jetzt immer alles bekommen, was ich wollte. Du weißt doch, dass die Männer mir zu Füßen liegen. Wenn sie nicht spuren, so brauch ich Gewalt.«

»Schönen Gruß vom Erlkönig, haha.«

Luzi setzte ihr Teufelsgrinsen auf. »Ich nehme dann meine Voodoo-Puppe und steche dahin, wo es am meisten weh tut.«

Inga schüttelte sich bei dem Gedanken und wechselte das Thema. »Wie geht es denn Amy eigentlich?«

»Jetzt gerade nicht so gut. Sie liegt zu Hause im Bett. Sie hatte heute Morgen eine Ausschabung. Aber es ist alles in Ordnung und gut verlaufen. Ihr Mann denkt, sie hätte sich eine Zyste entfernen lassen.«

»Die Arme! Und was sagt der Kindsvater, weiß es der Prof überhaupt?«

»Woher weißt du, dass er der Prof ist? Könnte ja auch der Zahnarzt der Vater sein!«

»Machst du Witze?«

Luzi lachte böse. »Kleiner Spaß! Nein, Amy hat ihm gar nichts davon gesagt. Sie weiß ja nicht mal, wieso sie überhaupt schwanger geworden ist. Sie hatten ein Kondom benutzt.«

»Meine Güte. Das passiert doch eigentlich nur Teenagern.«

Luzi nahm einen Schluck Tee und knabberte an einem Schokoladenkeks. »Wir sind doch auch wieder irgendwie Teenager.«

Dann ernst: »Es ist wirklich ganz schön schlimm, was alles in letzter Zeit so passiert ist! Vor allem der Mord an Pete. Wer kann das nur gewesen sein? Ob das die Männer waren, die dich überfallen haben? Gibt es da schon irgendetwas Neues?«

»Nein, leider nicht. Die Polizei tappt absolut im Dunkeln. Ich versteh das ehrlich gesagt auch alles nicht.«

Inga kamen wieder die Tränen.

»Ach, entschuldige Inga, das habe ich nicht gewollt! Tut mir leid! Eigentlich wollte ich dich aufheitern.«

»Ist schon gut! Ich muss ja darüber reden. Es ist nun mal passiert und es wird bestimmt nicht vorbei sein, solange die Täter nicht gefasst sind. Es ist auch für mich alles ein ganz großes Rätsel. Langsam wünschte ich, ich könnte die Zeit zurückdrehen und alles ungeschehen machen.«

»Ja, das kann ich verstehen. Könnte ich nochmal neu anfangen, würde ich gleich nach dem Abi Grundschulpädagogik studieren und niemals heiraten.«

»Dann hättest du aber nicht die tollen Kinder, die du jetzt hast.«

Sie sprachen noch eine Weile über die Uni und ihre Kinder, als Mark zur Tür reinkam. Er hatte Döner mitgebracht.

Inga war überrascht. »Du wolltest doch erst um 18 Uhr wiederkommen? Wo warst du denn?«

Mark stellte eine Tüte im Flur ab. »Ich war auf einer Fahrradmesse. Es war doch nicht so spannend, wie ich dachte. Ich habe ein paar Ersatzteile gekauft.«

Luzi schüttelte ungläubig den Kopf. »Und das war so dringend, eine Fahrradmesse?«

Mark wurde rot.

Vier Tage später hatte sich Inga soweit erholt, dass sie wieder normal aufstand und sich um Hund und Haushalt kümmerte. Sie wollte den versäumten Stoff für die Uni nachholen, konnte sich aber nicht konzentrieren. Die Flut an Zetteln und Lektüren raubte ihr den Mut, überhaupt wieder anzufangen. Und täglich brachte Luzi neue Hausaufgaben. Außerdem vermisste sie schrecklich ihre beiden Jungs. Sie durften noch länger bei der Oma bleiben und wurden von vorne bis hinten verwöhnt. Inga telefonierte viermal täglich mit ihnen. Finn hatte beim letzten Telefonat gesagt: »*Mama, mach dir keine Sorgen, uns geht es wirklich gut!*« Als dann auch Ben sagte: »*Wir vermissen die Schule nicht und bleiben gern noch bei Oma!*«, war sie total erleichtert. Wenigstens ging es ihnen gut. Das war die Hauptsache! Und sie brauchte unbedingt noch etwas Zeit für sich.

Inga kochte sich eine Tomatencremesuppe, als das Telefon klingelte. Schnell drehte sie den Herd etwas runter und eilte ins Wohnzimmer. Es war Henry Scholz. »Die Witwe Grüntal bat mich um einen Kontakt zu Ihnen. Darf ich ihr die Telefonnummer weitergeben?«

Inga war baff. »Nein, auf gar keinen Fall! Wieso denn, was will sie von mir?« Sie nahm das Telefon mit in die Küche, klemmte es sich zwischen Schulter und Ohr und kochte weiter.

»Das kann ich Ihnen leider nicht sagen. Vielleicht waren Sie ja die Letzte, die Pete lebend gesehen hat.«,

»So ein Quatsch, dann hätte ich ihn ja umgebracht! Wollen Sie es mir nicht sagen, dürfen Sie es mir nicht sagen oder wissen Sie es nicht?«

Ingas Nerven hingen am seidenen Faden. Sofort war sie wieder gereizt. Sie konnte die Sprüche des Kommissars nie richtig deuten und ging deshalb sofort auf Konfrontationskurs. Sie fingerte mit einer Hand die Pfeffermühle aus dem Gewürzschrank über ihr. Henry Scholz gab keine Antwort. Sie bohrte nochmal nach »Hey, sie muss doch irgendetwas zu Ihnen gesagt haben, warum sie beispielsweise meine

Nummer will! Oder spielen sie jetzt einfach so nebenbei auch noch Telefonauskunft?«

Henry Scholz lachte, gab aber immer noch keine Antwort. Ingas Nackenhaare sträubten sich. Sie wollte gerade weiterfragen, als ihr die Pfeffermühle aus der Hand rutschte und in die Tomatensuppe platschte. Bei dem Versuch, sie noch festzuhalten, entglitt ihr auch das Telefon und fiel auf den Küchenfußboden. Dabei brach das Batteriefach auf und die Akkus rollten quer durch die Küche. Der Kontakt war abgebrochen. Scheiße! Überall prangten rote Tomatenflecken. Auf dem Herd, an der Wand, auf dem Fußboden. Auch an Ingas Händen, Armen und sogar im Gesicht. Und sie wusste, wer Schuld hatte: Henry Scholz!

Nachdem sie die Sauerei in der Küche behoben und sich einigermaßen beruhigt hatte, rief sie den Kommissar zurück und fragte beharrlich weiter: »Gehört die Witwe eigentlich zu den Verdächtigen? Als gehörnte Ehefrau hat sie ein Motiv. Ich könnte sie mir sogar als Hauptverdächtige vorstellen. Darf ich denn einfach so mit einer Hauptverdächtigen plaudern?«

Der Kommissar ging nicht darauf ein. »Es scheint Ihnen wieder besser zu gehen. Also darf ich den Kontakt herstellen oder nicht?«

»Schön, wie Sie immer alles so genau beantworten. Nein, im Moment fühle ich mich nicht in der Lage, mit ihr zu sprechen. Vielleicht später. Gibt es etwas Neues?«

»Wir tun, was wir können.«

»Aha, klingt sehr erfolgreich.«

»Ihre Ironie können Sie sich sparen! Wenn Sie sofort kooperiert hätten, wären wir vermutlich weiter.«

»Bestimmt! Wahrscheinlich säße ich dann schon auf dem elektrischen Stuhl. Auf Wiederhören, ich habe Essen auf dem Herd.« Inga legte auf. So ein Idiot!

Ein falscher Satz

Die Jungs waren aus Bremen zurück und langsam rollte wieder der Alltag in die Familie. Mit der kleinen Einschränkung, dass Ben und Finn jeden Tag zur Schule gebracht und wieder abgeholt wurden. Dazu hatte Inga einen Fahrdienst organisiert. Ihre Eltern, ihre Schwester und auch andere Mütter von Klassenkameraden machten mit.

Mark hatte Inga ein neues Auto gekauft. Einen knallroten VW Eos Cabrio. Einen Viersitzer mit 115 PS.

Inga holte erst Amy und dann Luzi für eine Spritztour ab.

»Cooler Wagen. Riecht noch so neu. Darf ich hier drinnen rauchen?«

»Mensch Luzi, spinnst du, das ist doch ein Neuwagen!«

»Amy, du Spielverderberin, das war doch nur ein Spaß!«

Inga sah im Rückspiegel Luzi auf der Rückbank an. »Klar darfst du hier drin rauchen, ist doch ein Cabrio! Aber nur mit Aschenbecher!«

Luzi sah sich erfreut um. »Ich sehe hier keinen Aschenbecher. Wo ist er denn?«

»Siehst du, den gibt es nur hier vorn. Nicht hinten. Deshalb darfst du auch nicht rauchen!«, sagte Inga.

»Blöde Kuh!«

»Ach Teufelchen, pikst du mich jetzt heute Abend mit deinen Nadeln in einer Voodoo-Puppe?«

»Warte ab, das mache ich, wenn du nicht damit rechnest. Beim Sex mit Mark!«

Inga lachte. »Da kannst du lange warten! Weihnachten ist noch sehr lange hin.«

Sie fuhren die Stadtautobahn in Steglitz Richtung Anschlussstelle Sachsendamm hinauf und auf der anderen Seite vom Sachsendamm wieder zurück.

»Darf ich auch mal fahren?«

Inga fuhr am Hindenburgdamm rechts ran.

»Klar, Amy! Jetzt bist du an der Reihe. Aber es ist ein Automatikwagen. Kannst du das?«

Amy rollte die Augen und zeigte ihr den ausgestreckten Mittelfinger. »Bitch!«

»Na gut, aber sei bitte vorsichtig!«

Als Inga und Amy ausstiegen, um die Plätze zu wechseln, hechtete Luzi auf einmal wie von der Tarantel gestochen von der Rückbank nach vorn auf den Beifahrersitz. Dabei drückte sie ihre Stöckelschuhe in die neuen Ledersitze.

»Was ist denn jetzt los?«, fragte Amy erschrocken.

»Ich will eine rauchen! Das darf man nur vorne im Auto neben dem Aschenbecher.«

Amy protestierte. »Vergiss es! Ich habe Asthma.«

Luzi ruderte zurück. Doch man hörte ihr die Enttäuschung an. »War nur Spaß! Ich habe übrigens mehrere Voodoo-Püppchen, vergesst das nicht!«

Amy fuhr vorsichtig an. Dann gab es vor einer Ampel einen gewaltigen Ruck. »Mensch Amy, spinnst du?«

»Schuldige, ich dachte, es sei die Kupplung!«

»Es gibt keine Kupplung, das ist die Bremse! Es gibt nur Brems- und Gaspedal, mehr nicht!«

»Entspann dich, du Zicke! Fahr du doch, Luzi!«

Amy hielt an und ließ Luzi ans Steuer. Sie beschlossen, zum Franzosen zu fahren und einen Snack zu essen.

Diesmal setzten sie sich nicht auf ihren Stammplatz, sondern hinten in das Lokal. An den Tisch, wo Inga zuletzt mit Pete gesessen hatte. Sie durchforsteten die Karte nach deftigen Vorspeisen. Luzi blickte zur Bar. »Oh, hat Laurent einen neuen Kellner?« Luzi setzte sich gerade hin und streckte ihre Brust raus. »Schaut doch mal, sieht wirklich klasse aus, das junge Bürschchen!«

Amy blickte auf. »Luzi, der hat doch viel zu viele Haare auf dem Kopf. Du stehst doch auf Glatzen. Oh wie schade, nun ist er in der Küche verschwunden!«

Ohne den neuen Angestellten gesehen zu haben, sagte Inga: »Hört bloß auf mit irgendwelchen Kerlen, wir haben doch nun wirklich schon genug Ärger an der Backe!«

Sie blätterte in der Speisekarte. »Käseplatte oder doch wieder Salat?«

»Fragen wir doch mal den feschen Kerl aus der Küche, was der heute so empfiehlt!«

»Luzi, du männermordendes Monster, du kannst es einfach nicht lassen!«

Inga seufzte tief. Sie erinnerte sich daran, wie sie mit Pete hier das letzte Mal gesessen hatte. Dann, wie alles anfing. Sie bekam einen Kloß im Hals. Was ist nur so verdammt schiefgelaufen?

»Wisst ihr noch letztes Jahr?«, ihre Stimme versagte, sie wischte sich Tränen aus den Augen, »wir drei haben hier zusammengesessen und uns über unser langweiliges Hausfrauendasein beschwert. Da fing das Unheil an. Ich wünschte, ich könnte die Zeit genau dorthin zurückdrehen!«

Luzi und Amy waren sichtlich überrascht über den plötzlichen Stimmungswechsel ihrer Freundin. Sie blickten sich ratlos an. Amy brach das Schweigen. »Was mit dir und Pete passiert ist, ist wirklich sehr schlimm. Aber alles andere doch nicht. Wir hatten doch auch eine tolle Zeit. Die Uni, die neuen Mädels, die wir dort kennengelernt haben. Und vor allem wir drei. Das wollten wir doch, unabhängig werden, frei sein von den häuslichen Zwängen. Und die Uni schaffen wir dank der neuen Kontakte doch nun auch mit links.«

Inga liefen ungehemmt die Tränen über die Wangen. Sie konnte nicht fassen, was Amy da gerade von sich gegeben hatte. Inga sah sie an und sagte leise aber bestimmt: »Aber doch nicht um so einen Preis. Überlege doch mal, was alles passiert ist! Es gibt einen Toten, ich wäre fast umgebracht worden. Meine Kinder wurden verfolgt. Das kannst du doch nicht allen Ernstes als toll bezeichnen! Und die Abtreibung, die du hattest? Fandst du die etwa auch prima? Oder, dass wir alle unsere Männer betrügen, unsere Ehen kaputt gehen und wir uns benehmen wie die Teenager? Ist das dein Ernst?«

Rumms, das saß! Amy war gekränkt. Sie sprang ruckartig auf und lief in Richtung Toilette.

Luzi funkelte Inga böse an. »Wie kannst du nur so etwas sagen? Das war wirklich ziemlich gemein mit der Abtreibung!«

»Seid ihr beide eigentlich so naiv oder bin ich verrückt geworden? Ich kann nicht glauben, dass ihr beide so denkt.«

Luzi erhob sich und stakste auf ihren high Heels Amy hinterher in Richtung Toilette.

Inga stand auch auf und verließ das Restaurant. Ihre Freundinnen konnten das kleine Stück ruhig zu Fuß nach Hause laufen. Das machten sie ja sonst auch immer. Sie sah in den Rückspiegel. Die ganze Wimperntusche hatte ihr Gesicht verschmiert. Sie nahm ein Taschentuch aus ihrer Handtasche und wischte sich die schwarze Farbe aus dem Gesicht. Dann fuhr sie mit dem Cabrio nach Hause. Immer wieder rollten Tränen nach. Vor der Haustür standen Ben und Finn mit ihren Hockeytaschen bepackt. Sie wollten gerade in das Auto einer anderen Hockeymutter steigen, die sie zum Training mitnehmen wollte.

»Wartet mal ihr zwei! Ich möchte euch heute zum Hockey fahren!«

Ben strahlte übers ganze Gesicht. »Echt? Klasse, Mama!«

Inga bedankte sich per Handzeichen bei der Mutter, die dann ohne die beiden losfuhr.

»Ich hole nur schnell Flocke und die Wurfkelle aus dem Haus, steigt bitte schon mal ein, Jungs!«

»Darf ich vorne sitzen?«

»Nein, ich!«

»Ihr sitzt beide hinten, basta!«

»Darf ich hinter dir sitzen, Mama?«

»Nein, ich sitze hinter Mama!«

»Sagt mal, habt ihr einen Vogel? Ben sitzt auf der Hinfahrt hinter mir, Finn auf der Rückfahrt, und jetzt will ich nichts mehr hören!«

»Das ist unfair, immer bevorzugst du Ben!«

»Seid doch froh, dass ich euch überhaupt fahre, andere Kinder fahren mit dem Bus oder dem Fahrrad!«

»Das dürfen wir ja nicht, weil der Mörder uns noch holen könnte! Ich würde gern Fahrrad fahren.«

»Finn, reiß dich bitte zusammen!«

»Wieso? Es ist doch wahr!«

Inga bereute schon wieder ihre Entscheidung, ihre Jungs selbst zu fahren. Die Aussage ihres Sohnes jagte ihr auch etwas Angst ein. Waren ihre Kinder wirklich in Gefahr? Als sie mit Flocke zurück zum Auto kam, kloppten sich die beiden hinten.

»Hört sofort auf, beide! Ben, komm nach vorn. Und ich will keinen Ton mehr hören, von beiden nicht!«

»Unfair!«, schrie Finn dennoch.

Ben drehte sich um und streckte seinem Bruder die Zunge raus. Finn haute ihm daraufhin auf die Schulter. Inga sagte nichts. Dafür bekam sie mal wieder hektisch rote Flecken im Gesicht. Diese Eifersucht zwischen den beiden wird sich vermutlich nie ändern. Daran musste Inga sich wohl gewöhnen. Sie schaltete das Radio ein und fuhr zum Hockeyplatz. Einige Minuten sah sie beim Athletiktraining zu. Dann warf sie auf einem langgezogenen Grünstreifen parallel zum Hockeypatz Bällchen für Flocke. Der Hund raste im Schweinsgalopp dem Ball hinterher und legte ihn dann vor Ingas Füße.

»Diese Ausdauer und Schnelligkeit wünschte ich mir für meine Jungs auch!«

Der Hockeytrainer stand plötzlich neben Inga und deutete auf Flocke.

»Ach Hallo! Ich kann dir Flocke gern mal als Vorläuferin ausleihen!«

Sie redeten über das bevorstehende Spiele-Doppelwochenende. Das bedeutete, dass Ben und Finn sowohl am Sonnabend als auch am Sonntag Hockey hätten.

Der Trainer: »Es wäre wirklich gut, wenn die Jungs dabei wären. Sie haben lange gefehlt. Wenn sie weiterhin in der Meisterschaftsmannschaft mitspielen wollen, müssen sie aktiver am Stocktraining teilnehmen!«

War das etwa ein Vorwurf? Inga platzte der Kragen.

»Es tut mir wirklich leid, dass ich Opfer eines Raubüberfalls geworden bin! Hockey geht natürlich vor. Die Meisterschaft ist wichtiger als das Leben meiner Kinder. Ich bitte das vielmals zu entschuldigen!«

»So habe ich das nicht gemeint!«

Der Rückruderversuch des Trainers prallte an Inga ab.

»Ach, nein? Wie denn? Der Täter läuft noch frei herum. Ich denke, wenn Ben und Finn deshalb aus der Meisterschaftsmannschaft fliegen, weil wir sie geschützt haben, rollen noch andere Köpfe!«

Mit diesen Worten ließ sie den verdutzten Trainer stehen.
Auf der Clubterrasse vor der Eingangstür saß die korpulente Wirtin Roberta auf einer der vielen Biertischbänke und zog genüsslich an einer Zigarette der Marke Roth-Händle ohne Filter. Inga hasste diesen strengen Geruch. Ein Zeitungs-Kollege, den sie nicht ausstehen konnte, hatte diese Marke immer geraucht. Zufällig war er auch an der Berichterstattung über die Reemtsma-Entführung beteiligt. Dennoch marschierte sie schnurstracks auf die fette Rothaarige zu, um dem völlig übermotivierten Trainer zu entkommen. Das Holz der Bank, wo Roberta drauf saß, beulte sich bedrohlich in Richtung Boden. Als ob sie jeden Moment unter dem Schwergewicht zusammenbrach. Wegen ihrer opulenten Figur wurde sie »Dickie« genannt. Doch das störte Roberta wenig. Inga schätzte ihr Gewicht auf etwa 150 Kilo.

Flocke lief zu ihr und wedelte mit dem Schwanz.

»Na Flocke, bist du endlich auch mal wieder da? Komm mal her, ich hab hier etwas für dich!«

Sie zog Leckerlis aus der Tasche ihrer pinken Jogginghose und warf sie Flocke hin.

»Schön dich zu sehen, Inga! Ganz schön lange her, dass wir uns gesehen haben. Geht's dir besser? Ich hab ja Schlimmes gehört.«

Inga schluckte und versuchte zu lächeln. Doch Tränen schossen ihr stattdessen in die Augen. Der Koloss von Wirtin hievte sich hoch und nahm Inga in den Arm. Inga glaubte, sie würde erdrückt aber ließ sie gewähren. Der fiese Geruch von kaltem Rauch mit Schweiß vermischt, raubte ihr den Atem.

»Schon gut, Inga. Lass es raus! Das war ein Schock für dich. Es wird bestimmt noch eine Weile so gehen. Aber glaube mir, alles wird wieder gut! Zeit heilt alle Wunden!«

Inga war gerührt von der herzlichen Fürsorge. Ein schlechtes Gewissen kroch in ihr hoch. Weil sie sonst immer über die fettleibige Matrone gelästert hatte. Dabei hatte Roberta einen so guten Kern.

Sie leistete ihr etwas Gesellschaft. »Dickie« erzählte den neusten Klatsch und Tratsch aus dem Verein und spendierte sogar einen Latte Macchiato.

Nach dem Hockeytraining schlug Inga den Jungs vor, Essen zu gehen.

»In welches Restaurant wollt ihr?«

»Ins Block House!«

»Nein, lieber Pizzaessen zum Italiener!«

In dem Moment wurde Inga klar, dass sie wieder einen Fehler gemacht hatte. Sie hätte nicht fragen dürfen.

»Einigt euch, sonst entscheide ich!«

»Zum Sushi-Mann!«

»Dann komme ich nicht mit!«

Inga hatte eine Idee. »Was haltet ihr von McDonalds?«

»Dein Ernst, Mama?«

»Du sagst doch sonst immer, dass das, was bei McDonalds in den Menschen hineingelangt schlimmer ist, als das, was rauskommt.«

»Finn, das stammt doch nicht von Mama, sondern von Otto! Also Mama, was ist, McDreck?«

»Ja, machen wir!«

Beide riefen unisono: »Au ja!«

Sie saßen an einem Vierertisch in einer McDonalds-Filiale in Lichterfelde Ost. Es lag auf dem Nachhauseweg vom Hockeyplatz. Jeder durfte sich ausnahmsweise mal so viele Burger bestellen, wie er glaubte, zu vertragen. Inga hatte sich ein großes Menü bestellt mit Pommes und Cola. Sie wollte gerade in ihren fettigen Hamburger Royal TS beißen, als das Handy klingelte. Auf dem Display erkannte Inga die Nummer ihrer Mutter. Inga wischte sich die Mayonnaise verschmierten Finger an ihrer Jeans ab und stellte das Handy auf lautlos. Dann genoss sie mit ihren Söhnen seit langem mal wieder fiese, ölige Burger. Dazu schlürften sie Cola sowie Erdbeer- und Bananen-Milchshakes. Als Finn laut rülpste, sagte Inga nichts.

»Alles in Ordnung Mama?«

»Ja, warum?«

»Finn hat gerülpst!«

»Ja, das habe ich leider gehört!«

»Olle Petze!«

Jetzt rülpste auch Ben. Einmal, zweimal! Er blickte seine Mutter herausfordernd an und rülpste noch ein drittes Mal. Laut! Sehr laut! Inga guckte sich nervös um. Ein älteres Ehepaar am Tisch hinter ihnen tat so, als hätten sie nichts gehört. Inga musste plötzlich lachen und sagte leise:

»Gut gebrüllt, Löwen!«

In der verspiegelten Wand sah Inga, wie das Ehepaar empört den Kopf schüttelte und miteinander flüsterte.

Ben folgte ihrem Blick, drehte sich dann wieder zu seiner Mutter und sagte extra laut: »Immer diese scheiß antiautoritäre Erziehung, oder?«

Inga zischte: »Das reicht jetzt Jungs, ihr müsst den Bogen nicht immer überspannen. Wenn ihr fertig seid, können wir gehen!«

Sie standen auf und liefen Richtung Ausgang. Inga schob das volle Tablett mit dem Reste-Müll in einen der dafür vorgesehenen Rollwagen. Ein noch halbvoller Pappbecher mit Erdbeershake kippte dabei um und fiel mit einem lauten Platsch auf den Boden. Die rosafarbene Suppe verteilte sich triefend auf dem Fußboden. Mist! Inga spürte, wie ihr die Röte ins Gesicht schoss.

»Mama, du altes Ferkel!«, sagte Ben.

Sofort kam eine Mitarbeiterin mit einem Lappen zur Hilfe geeilt. »Lassen Sie mal, ich mach das schon!«

Inga entschuldigte sich und wollte gerade aus der Tür gehen, als Ben dem noch einen drauf setze.

»Tschüss, altes Ehepaar!«

Inga zog ihn unsanft am Jackenärmel nach draußen. Im Auto las sie ihnen die Leviten.

»Jungs, das ging jetzt eindeutig zu weit! Ihr müsst auch mal wissen, wann Schluss ist! Reißt euch gefälligst das nächste Mal zusammen!«

Finn salutierte mit der Hand an seiner Stirn und rief. »Jawoll, Frau General! Das heißt ja dann wohl auch, dass wir nochmal zusammen zu McDonalds gehen, prima!«

»In diesem Leben nicht mehr, Jungs!«

Inga schaltete zu Hause ihr Handy wieder auf laut. Sofort begann es wie verrückt zu piepen und zu vibrieren. Sie hatte zahlreiche neue WhatsApp, E-Mails und vier verpasste Anrufe. Inga beschloss, sich erst einmal einen Kaffee zu kochen. Dann setzte sie sich gemütlich mit einer Wolldecke und einer Packung Kekse aufs Sofa. Flocke sprang auf ihre Beine und drehte sich solange um ihre eigene Achse, bis sie eine gemütliche Stellung zum Schlafen gefunden hatte.

Inga überflog zuerst zahlreiche WhatsApp. Die meisten waren von ihrer NAWI Gruppe. Es ging um den Prozess gegen *Galileo Galilei*, den italienischen Astronom, Mathematiker und Physiker. Sie schaltete ihren Laptop ein, suchte sich eine leicht verständliche Zusammenfassung aus dem Netz und las ihn sich interessiert durch.

In Rom begann am 12. April 1633 das erste offizielle Verhör Galileis durch die katholische Kirche wegen seiner revolutionären Ausführungen zum kopernikanischen Weltbild. Die Kirche glaubte damals an das sogenannte geozentrische Weltbild, in dem die Erde als Zentrum des Universums galt. Mond, Sonne und Planeten würden sich demnach um die Erde drehen. Der Wissenschaftler Nicolaus Kopernikus aber war anderer Meinung und behauptete, dass die Sonne das Zentrum sei und die Planeten sich um die Sonne drehten (heliozentrisches Weltbild). Galileo hatte Kopernikus Ausführungen zugestimmt und geriet so ins Visier der katholischen Kirche, die keine anderen Meinungen zuließen. Solche, die anders dachten, wurden gefoltert oder ermordet. Galileo widerrief deshalb seine kirchenfeindliche Ansicht und entging so nur knapp dem Scheiterhaufen. Erst Jahrhunderte später setzte sich dann die kopernikanische Wende durch, so dass die gesamte Menschheit (auch die Kirche) das heliozentrische Weltbild von Kopernikus annahm, welches bis heute gilt.

Dörte fragte im Chat: »Und wieso blieb Kopernikus von der katholischen Kirche verschont?«
Dörte hatte die Lektüre nicht gelesen.
Claudine erklärte ihr deshalb, dass Kopernikus seine Theorien Stein für Stein vorsichtig stützend auf die Ergebnisse anderer Wissenschaftler aufgebaut hatte und diese mit offengelassenem Ergebnis an den höchsten Mann der Kirche, den Papst, geschickt hatte. In dem Brief schmeichelte Kopernikus dem Papst ziemlich gerissen. Der Papst sollte demnach entscheiden, wie es sich wirklich verhielt.

»Er hat das Ergebnis einfach offengelassen, was sehr clever war. Hätte die katholische Kirche damals nicht alle Andersdenkenden umgebracht, würden wir vielleicht heute schon in Raumschiffen durchs All fliegen«, so Claudine.

Inga scrollte den Chatverlauf weiter runter und überflog die anderen Bemerkungen. Nur den Schlusseintrag von Dörte las sie noch.

»*Scheiß Inquisition! Heute bestrafen die Katholiken zum Glück nur noch die Ehebrecher!*«

Inga hielt inne und las den Eintrag erneut. Bingo! Pete war Katholik und hatte Ehebruch begangen! Das könnte doch das Motiv sein. Inga dachte an den Kofferanhänger, der in Petes Leiche steckte. Die Zahl 6 musste doch irgendeine Bedeutung haben. Sie googelte im Internet und wurde fündig. Das 6. Gebot lautet: »*Du sollst nicht Ehe brechen!*«

Inga sprang so schnell auf, dass Flocke sich erschreckte und kurz aufjaulte.

»Tut mir leid, Flöckchen!« Inga lief zum Telefon.

Eine Stunde später saß sie Henry Scholz im Büro gegenüber. Er hörte ihren Ausführungen aufmerksam zu. Langsam lehnte er sich zurück und verschränkte die Arme hinter dem Kopf.

»Wollen Sie jetzt immer noch, dass die Witwe sich mit mir in Verbindung setzt? Das könnte gefährlich für mich werden!«

»Das ist ja eine sehr interessante Theorie, die Sie da haben, Frau Stiller! Wir leben aber nicht mehr im Mittelalter, wo einem die Fingernägel ausgezogen werden!«

Inga ärgerte sich, dass er sie anscheinend nicht ernst nahm.

»Ach, nein? Die katholische Kirche schon! Was glauben Sie denn, was heute noch so in katholischen Ehen passiert? Bei Scheidungen zum Beispiel. Oder wenn einer der Partner fremdgeht? Schon mal was vom erzbischöflichen Ordinariat gehört?«

Henry Scholz kratzte sich am Nacken. »Soweit ich weiß, war Pete Grüntal wirklich katholisch.«

»Sag ich doch!« Inga triumphierte. »Dann müssen Sie genau da jetzt ansetzen! Ich fresse einen Besen, wenn ich mich irre! Bestimmt steckt die Witwe oder ein anderes katholisches Familienmitglied dahinter!«

Henry Scholz schien immer noch nicht überzeugt zu sein.

»Ich glaube, Sie steigern sich da in etwas hinein.«

Inga unterbrach ihn unwirsch. »Sagen Sie mal, haben Sie Tomaten auf den Ohren? Was haben Sie denn bisher für ein Motiv? Welcher Spur gehen Sie überhaupt nach?«

Der Kommissar sah ihr linkisch in die Augen. »Da bin ich mir noch nicht so ganz sicher.«

»Sie glauben, ich spinne? Sie haben gar nichts, weil Sie keinem Hinweis nachgehen! Was glauben Sie denn, was die Zahl sechs auf dem Kofferanhänger sonst bedeutet?«

»Das kann viel bedeuten. Was sagt denn Ihr Anwalt zu Ihren Hirngespinsten? Hat er Ihnen geraten, mir das alles genauso zu erzählen?«

Inga war baff! Tatsächlich hatte sie in ihrem Eifer ganz vergessen, ihn zu informieren. Ein Fehler! Frustriert sah sie den Kommissar an.

»Ich wollte Ihnen nur helfen. Aber ich kann den Fall auch gern selbst lösen. Das wäre nicht das erste Mal, dass ich einen Mörder überführe und gegen die Missgunst der Polizei kämpfe.«

Enttäuscht stand sie auf und ging zum Ausgang. Dann drehte sie sich nochmal um.

»Ich wäre doch an einem Gespräch mit der Witwe interessiert. Könnten Sie mir bitte doch die Telefonnummer geben?«

Vor dem Polizeigebäude stellte Inga ihre abgehenden Handyanrufe auf anonym um und wählte die Nummer, die sie von Henry Scholz hatte. Besetzt! Inga war nervös. Was sollte sie der Witwe sagen? Wie sollte sie das Gespräch beginnen? Sie versuchte es erneut. Wieder besetzt! Ok, dann Plan B! Inga stellte ihr iPhone wieder so um, dass ihre Telefonnummer mitgeschickt wurde. Dann schrieb sie eine SMS an die Witwe: »*Sie wollten mich sprechen? Wenn Sie noch in Berlin sind, können wir uns gern irgendwo treffen. Wenn nicht, rufen Sie mich einfach an! Inga Stiller.*«

Gespannt steckte sie ihr Handy in die Tasche und schlenderte zum Auto. Beim Einsteigen klingelte es. Aber es war nur ihr Anwalt.

Die SMS kam während der Fahrt. Inga las sie an einer roten Ampel in der Steglitzer Schloßstraße. Ihr Herz klopfte. Die Witwe war noch in Berlin und hatte geantwortet. Oder sie war wieder in Berlin. Sie wollte sich jedenfalls mit Inga treffen. In 60 Minuten im Café Josef in den Potsdamer Platz Arkaden. Das lag an der Stadtteilgrenze zwischen Tiergarten und Mitte. Inga wendete.

Keine 15 Minuten später erreichte sie den Potsdamer Platz. Sie stellte ihr Auto in einer Tiefgarage eines großen Parkhauses ab und ging langsam über den Platz. Ihre Gedanken kreisten um Pete und die Witwe. Irgendwie war ihr mulmig zumute. Was, wenn die Witwe ihr etwas antun wollte? Aber würde sie dafür ein öffentliches Café auswählen? Sicher nicht! Sollte Inga noch jemanden anrufen oder zu ihrem Schutz mitnehmen? Plötzlich kam sie sich schäbig und schuldig vor. Schuldig, weil sie mit Pete ein Verhältnis hatte. Und weil er jetzt tot war. Inga setzte sich ihre dicke schwarze Sonnenbrille auf, in der Hoffnung, sich dahinter verstecken zu können. Zum Glück sah sie heute ziemlich bieder aus. Die braunblonden schulterlangen

Haare hatte sie zum Zopf zurückgebunden. Sie trug eine Jeans, eine dunkelblaue, kurzärmelige Bluse und ihre grüne Barbour-Jacke.

Sie war noch viel zu früh. Neugierig sah sie sich auf dem Platz um. Hier war sie schon seit Jahren nicht mehr gewesen. Eine Gruppe Schüler stand mit einem Lehrer vor einem Denkmal. Sie gesellte sich dazu. Die Figur stand Kopf. »*Giordano Bruno*« stand auf einem Schild. Ingas Herz begann zu pochen. Über diese Figur hatten sie in NAWI gesprochen. Im Zusammenhang mit dem »Neuen Weltbild« von Kopernikus. Giordano Bruno wurde damals von der katholischen Kirche gefoltert und ermordet, weil er Kopernikus Ansichten geteilt hatte. Ist das Zufall, dass sie jetzt ausgerechnet hier stand? Jetzt, wo sie sich genau hier mit der katholischen Witwe treffen wollte? Wurde sie extra hergelockt?

Ingas Handy vibrierte in der Handtasche. Schnell zog sie es heraus. Zu spät! Sie sah, dass sie bereits zehn Anrufe in Abwesenheit hatte. Mist! Sie hörte ihre Mailbox ab. Drei Nachrichten waren von Henry Scholz. Alle in den letzten 15 Minuten. Sie sollte sich sofort melden, es gäbe Neuigkeiten! Fünf Anrufe waren ohne Nachricht, zwei Anrufe waren von ihren Söhnen. Sie rief zuerst zu Hause an. Ben berichtete ihr, der Polizist hätte mehrmals angerufen und sie solle ihn dringend zurückrufen. Also rief sie Henry Scholz an.

»Endlich! Frau Stiller, wo sind Sie jetzt genau?«

»Am Potsdamer Platz, was ist denn los?«

»Bitte kommen Sie sofort aufs Revier zurück! Es gibt zwei weitere Tote!«

»Was, wer denn um Gottes willen?«

»Das wissen wir noch nicht und ich kann Ihnen am Telefon auch nicht viel sagen. Ich habe einen Streifenwagen zum Schutz zu Ihrem Haus geschickt. Ihr Mann ist auch schon informiert und fährt von der Arbeit gerade nach Hause.«

»Ok, ich bin in 15 Minuten da.«

Inga rief besorgt ihre Söhne an und bat sie, zu Hause zu bleiben. Zum Glück war Ingas Mutter bereits bei ihnen.

Dann rief sie erneut bei der Witwe an. Doch sie ging nicht ran. Inga überlegte, ob sie schnell zum Café laufen sollte, um das Treffen abzusagen. Es waren keine 200 Meter. Aber was, wenn sie noch nicht da war? Inga spürte, wie sich hektische rote Flecken in ihrem Gesicht breitmachten. Was tun? Sie war hin- und hergerissen. Sie entschied sich, aus Zeitgründen, der Witwe per SMS abzusagen. Danach eilte sie mit mulmigem Gefühl im Bauch in die Tiefgarage zu ihrem Auto. Inga parkte wenig später vor der Tür der Mordkommission und wartete im Auto auf ihren Anwalt. Sie wollten sich am Eingang des Gebäudes treffen. Da Henry Scholz sich bedeckt gehalten hatte und sie nicht wusste, was sie genau erwartete, rief sie noch schnell ihren Ex-Kollegen bei der Zeitung an. Stefan wusste nur von einem Toten, der von Pilzsammlern angeblich im Wald bei Potsdam gefunden wurde.

»Wir haben noch niemanden rausgeschickt, weil wir erst mal abwarten wollten. Meist handelt es sich ja um Selbstmörder. Aber zwei Tote? Und was hat das mit dir zu tun? Das wird immer mysteriöser! Ich schick sofort ein Team raus! Wir telefonieren dann später.«

»Warte, Stefan, ich muss dir noch etwas erzählen! Aber bitte veröffentliche das nicht! Ich hatte ein Verhältnis mit dem Mordopfer aus meinem Auto. Er war nicht mein alter Schulkamerad.«

»Das wusste ich schon Inga. Mach dir keine Sorgen!«

Inga war baff. »Woher weißt du das?«

»Inga, wir haben auch gute Kontakte zur Polizei, schon vergessen?«

»Ok. Aber wusstest du auch, dass er Katholik war?«

»Nein, bisher nicht. Ist das denn wichtig?«

Inga berichtete ihm von ihrer Mutmaßung, dass Pete vielleicht ermordet wurde, weil er als Katholik Ehebruch begangen hatte. »Auf dem Kofferanhänger stand die Zahl 6.«

Stefan wurde hellhörig. »Hammer, das wird ja immer verrückter! Das mit dem Kofferanhänger und der Zahl 6 hat die Polizei bisher nicht an die Presse rausgegeben.«

»Schön, dann hast du es jetzt exklusiv! Kannst du die Witwe mal für mich unter die Lupe nehmen?«

»Worauf du dich verlassen kannst!«

Inga gab ihm den Namen und die Handynummer der Witwe. Sie war beruhigter. Bei Stefan stieß sie nicht auf taube Ohren. Im Gegenteil! Er hatte lange genug mit ihr zusammengearbeitet, um zu wissen, dass sie keine Fantastereien erzählte und stets eine ausgezeichnete Reporterin war.

Und sie wusste, dass auch er exzellent recherchierte und jeden Stein dreimal umgrub. Sie erinnerte sich an einen Mordfall im Hinterhaus eines Mehrfamilienhauses in Rudow. Die letzte Geschichte, die sie mit Stefan zusammen gemacht hatte: Eine hübsche junge Frau aus dem Dachgeschoss galt als vermisst. Erst 15 Tage später wurde sie gefunden. Tot! Im selben Haus. Vergewaltigt und erdrosselt. Eingeschlossen im Außen-Klo des Erdgeschosses, das sich auf dem Flur befand, welches sich zwei Mietparteien teilten. Angeblich fiel den beiden Mietern nicht auf, dass die Klotür zugeschlossen war.

Stefan und Inga klapperten damals alle Mieter einzeln ab und gaben keine Ruhe, ehe sie mit allen gesprochen hatten.

Auch mit denen, die eigentlich die Toilette hätten benutzen müssen

»Wo sind Sie denn in der Zwischenzeit auf Toilette gegangen?«

Der Mieter behauptete, er hätte immer aus dem Fenster gepinkelt.

»Zwei Wochen lang? Und es wunderte Sie nicht, dass die Tür die ganze Zeit verschlossen war?«

Stefan und Inga hatten dem Mann kein Wort geglaubt, zumal man ja nicht nur Pipi musste…! Stefan telefonierte damals mehrmals mit der zuständigen Mordkommission. Doch die Polizei tat die Vermutung der Reporter als »Fantasterei« der Presse ab.

Tage später klickten dann doch die Handschellen bei dem Mann. Hasenhaare an der Leiche der Frau überführten ihn.

Es klopfte plötzlich laut an der Autoscheibe. Inga schreckte aus ihren Erinnerungen hoch. Es war ihr Anwalt.

Tote im Erdloch

Es gab zwei weitere Männerleichen! Entdeckt in einem präparierten Erdloch eines Waldstückes nahe Potsdam. Die Identitäten waren noch völlig unklar. Das Brisante: Die DNA der beiden Toten stammte mit gefundenen DNA-Spuren sowohl an Petes Leiche als auch mit denen in Ingas Wagen überein. Henry Scholz stellte eine Sonderkommission zusammen.

Inga sah sich die Fotos der Männer genau an, die Henry Scholz ihr vorlegte. Das eine Gesicht kam ihr irgendwie bekannt vor. Aber sie wusste nicht woher. Das andere Gesicht war ihr fremd.

»Erkennen Sie einen der Männer wieder?«

»Ich kann es nicht sagen.«

»Sehen Sie sich bitte die Fotos nochmal genau an!«

Inga zeigte auf den Jüngeren der beiden. »Der hier vielleicht. Er erinnert mich an jemanden. Aber ich kann leider nicht sagen, an wen.«

»Ist das einer der Männer, der Sie überfallen hat?«

Inga versuchte krampfhaft, sich zu erinnern, wer das war. Doch es fiel ihr einfach nicht ein. Sie war zu sehr angespannt. Jegliche Farbe wich aus ihrem Gesicht, als die Schrecken des Überfalls wieder ihre Gedanken füllten. Sie dachte an Pete. Tränen füllten ihre Augen. »Es tut mir leid, ich weiß es einfach nicht mehr.«, flüsterte sie.

Ihr Anwalt bat um eine kurze Unterbrechung. Während Inga draußen frische Luft schnappte, unterhielt er sich mit dem Kommissar unter vier Augen.

Henry Scholz berichtete ihm, dass ein Pilzsammler zufällig ein Plastikrohr aus dem Waldboden hatte ragen sehen. »Dabei zog und grub er immer tiefer und stieß auf eine Art

Käfigabdeckung über einem Hohlraum. Bedeckt mit Pappe, darauf lagen Schichten aus Sand und Gras.«

Inga kam wieder ins Vernehmungsbüro und setzte sich auf ihren Platz zurück. Ihr Gesicht war kreidebleich. Ihr Anwalt berichtete ihr kurz von dem, was Henry Scholz ihm eben erzählt hatte.

»Eine Art unterirdisches Gefängnis?«, fragte sie.

Henry Scholz fuhr fort: »Sozusagen. Aber mit einem konstruiertem Lüftungsrohr. Das lässt vermuten, dass die Opfer nicht sterben sollten. Jedenfalls nicht sofort. Sonst hätten sich die Täter wohl nicht diese ganze Mühe gemacht.«,

Inga war kotzübel. Sie zitterte am ganzen Körper. Sie sah sich im Raum um, ob es irgendein Gefäß gäbe, das sie benutzen könnte, wenn sie sich gleich übergeben müsste. Doch sie entdeckte keins. Sie lauschte den Ausführungen des Kommissars nur noch mit einem halben Ohr. Laut des vorläufigen Obduktionsberichtes waren die Männer anscheinend im Schlaf erstickt.

»Sie hatten Wasserflaschen, Isomatten, Schlafsäcke, Müsliriegel und eine Taschenlampe mit im Erdloch. Das Plastikrohr nach draußen sollte als Luftversorgung dienen. Das hat aber nicht geklappt. Giftige Gase hatten sich am Boden gesammelt, daran sind sie wohl erstickt.«

Inga sah Henry Scholz fragend an.

»Warum wurden sie denn überhaupt da eingesperrt?«

»Genau das möchte ich eigentlich von Ihnen wissen, Frau Stiller!«

Inga blickte geschockt ihren Anwalt an.

»Jetzt machen Sie aber mal einen Punkt, Herr Scholz! Sie haben meine Mandantin gehört. Sie kann sich nicht erinnern. Haben Sie noch weitere Fragen? Sonst ist das Gespräch jetzt und hier auf der Stelle beendet!«

Henry Scholz hatte noch eine: »Fragen Sie doch bitte mal Ihre Mandantin, warum ihre Familienschlafsäcke und Isomatten in dem Erdloch gefunden wurden!«

Ingas Hals schnürte sich zu, sie bekam kaum noch Luft. Sie flüsterte: »Woher soll ich das denn wissen? Die wurden doch beim Überfall aus unserem Keller gestohlen!«

»Ich bitte Sie, Herr Scholz, nun lassen Sie die Kirche aber mal im Dorf! Was werfen Sie meiner Mandantin hier eigentlich indirekt vor?«

»Ich werfe ihr gar nichts vor, ich befrage sie nur!«

Der Anwalt haute laut auf den Tisch »Gut, so kommen wir nicht weiter! Wenn Sie keine stichhaltigen Beweise haben, dann möchte meine Mandantin jetzt gehen. Sie sehen ja, wie sehr sie das alles mitnimmt!«

Der Anwalt stand auf, griff nach Ingas Arm und zog sie mit sich nach draußen.

»Es wäre gut, wenn wir Personenschutz für Sie und Ihre Familie beantragen würden. Langsam wird es mir zu gefährlich! Und dieser Herr Scholz scheint außerdem ein absoluter Dilettant zu sein. Ein Vollidiot!«

Die Nachrichten am nächsten Tag überschlugen sich. Die vorpreschende Berichterstattung einer Boulevard-Zeitung hatte Henry Scholz ziemlichen Ärger eingebracht. Der Innensenator sprach von internen Lücken.

Henry Scholz schrie in den Hörer, als er Inga an der Strippe hatte. »Wie konnten Sie diese brisanten Details an die Presse weitergeben?«

Inga staunte. Sie war weder Angestellte bei der Polizei, noch hatte sie eine Verschwiegenheitsklausel unterschrieben. »Was wollen Sie eigentlich von mir? Ist doch ein freies Land und hier gilt die Pressefreiheit. Ich wusste außerdem gar nicht, dass ich Täterwissen hatte! Weiß das der Innensenator?«

Damit hatte Inga ins Schwarze getroffen. Sie hatte nämlich Recht! Henry Scholz hatte Fehler gemacht, nicht sie. Wenn er ihr Täterwissen weiter gab, war das sein Problem, nicht ihres. Das Gespräch war beendet. Henry Scholz hatte wütend den Hörer aufgeknallt.

Die gesamte Presse Berlins schien sich vor Ingas Haustür zu versammeln. In weiser Voraussicht hatten sie Ben und Finn gestern schon zu Ingas Tante geschickt. Mark war schon sehr früh aus dem Haus gegangen, weil er zur Vernehmung aufs Polizeipräsidium sollte. Inga lugte seitlich des Rollos aus dem Badezimmerfenster und beobachtete die Szenerie vor ihrer Tür. Nachbarn blieben neugierig stehen und unterhielten sich mit den Reportern. Vorn an der Straße stand ein BMW. Darin saßen zwei Beamte in Zivil, die das Haus beobachteten. Sie wurden zu Ingas Schutz abgestellt. Wie unauffällig, dachte Inga ironisch. Wenigstens etwas, dass der blöde Kommissar noch hinbekam. Sie sollte zu Hause bleiben. Doch dazu hatte sie keine Lust. Sie beschloss, zur Uni zu gehen. Sie hatte schon genug verpasst und dort bessere Ablenkung. Sie zog sich an, packte ihre rote Umhängetasche und schlich sich aus der Terrassentür in den Garten. Als sie weit und breit keine Menschenseele sah, kletterte sie über den Zaun in Nachbars Garten und gelangte von dort ungesehen auf die Straße. So viel zur professionellen Überwachung der Polizei! Wollte sich jemand an Inga rächen oder ihrer Familie etwas antun, so müsste dieser nur durch die Hintertür kommen.

Auf einmal tat sich Inga nicht mehr leid. Sie hatte einen Kick, so als ob permanent Adrenalin durch ihre Adern floss. Sie war in ein gefährliches Katz-und-Maus-Spiel verwickelt und wollte es gewinnen. Mit der Presse im Rücken fühlte sie sich stark! Vor allem mit Stefans Hilfe.

Amy und Luzi waren über Ingas Erscheinen in der Uni mehr als überrascht.

»Hast du keine Angst?«

»Vor wem? Hier ist doch höchstens ein Phantom, das nachts durch die Flure spukt.«

In NAWI sprachen sie weiter über das »Neue Weltbild« von Nikolaus Kopernikus. Es ging um die Berechnungen der Tage und Jahreszeiten. Inga hörte genau zu und sog jede Information wie ein Schwamm auf. Sie meldete sich.

»Für mich gibt es da noch Ungereimtheiten. Wer sagt denn, dass dies alles so stimmt? Unser Kalender ist schließlich immer noch nicht ganz genau berechnet. Oder wie erklären Sie das Schaltjahr?«

»Interessant! Ich gebe die Frage an alle Studenten weiter.«

Zwei spannende Stunden der Theorie folgten. Der Professor schloss mal wieder ohne Fazit ab. Wahrscheinlich sollten wir in unserem Lerntagebuch, was wir nach jeder Stunde schreiben sollten, selber zu einem Ergebnis kommen: »Wer weiß schon, wer in naher Zukunft Kopernikus Weltanschauung ablöst. Das Leben ist und bleibt ein Rätsel.«

»Vielleicht gibt es ja irgendwann doch Zeitreisen. Zum Glück ist die katholische Kirche nicht mehr an der Macht. Wie schön für die Wissenschaft und damit für die Menschheit!«

»Dörte, wenn du dich da nicht mal täuschst. Ich denke schon, dass die katholische Kirche in einigen Gremien noch ganz schön viel Einfluss hat. Denk mal an die Politik!«, bemerkte Inga.

Nach der Uni fuhren die drei Freundinnen zu Amy, um zu Lernen. Statt Kaffee gab es Tee und Schoko-Kekse. Sie hatten sich wieder vertragen. Es war wohl für alle zu viel Aufregung in letzter Zeit. Inga setzte ihre Freundinnen über die polizeilichen Ermittlungen auf den neusten Stand.

»Bekommt ihr jetzt Polizeischutz?«

»Sozusagen. Da steht ein Wagen gespickt mit zwei Flachpfeifen vor unserm Haus. Sie haben aber nicht bemerkt, wie ich durchs Hintertürchen ausgebüxt bin. Und der Kommissar tut so, als seien wir die Verbrecher.«

»Klar, du schneidest dir auch selbst die Zunge ab und killst dann drei Männer!«

»Auf jeden Fall würde ich gerne wissen, wer mich verfolgt hat und warum diese Männer umgebracht wurden. Was hab ich damit zu tun? Bin ich vielleicht die Nächste?«

»Hör auf Inga, sag doch sowas nicht!«

»Wieso, stimmt doch! Wenn ich verfolgt und beobachtet werde, seid aber auch ihr in Gefahr!«

Amy sah besorgt Luzi an. »Daran habe ich auch schon gedacht. Wir fahren ab jetzt nur noch zusammen in die Uni. Ich gehe in der Dunkelheit sowieso nicht mehr allein raus.«

»Ich mache mir mehr Sorgen um die Kinder. Auf mich kann ich selbst aufpassen. Aber die Mäuse sind doch jedem Killer hilflos ausgeliefert.«

»Dass du nicht auf dich selbst aufpassen kannst, Inga, hat der Überfall gezeigt«, warf Luzi ein.

Inga ärgerte sich über den Spruch. Aber sie musste zugeben, dass Luzi Recht hatte. Sie beschloss insgeheim, sich einen Elektroschocker oder zumindest CS-Gas für die Handtasche zu besorgen. Sie wusste auch schon wo.

»So, jetzt lasst uns endlich lernen, sonst werden wir nie fertig!«

Sie packten ihre Unterlagen aus. Inga hatte Mühe, sich zu konzentrieren. Ihre Gedanken schweiften ständig ab. Aber sie konnte noch nie gut mit anderen zusammen lernen, brauchte immer ihre Ruhe. Amy und Luzi ging es genauso. Sie brachen nach kurzer Zeit ab und entschieden, dass jede für sich alleine zu Hause lernt.

Die drei beschlossen, sich an diesem Abend mit ihren Ehemännern beim Franzosen zu treffen und einen Plan zu schmieden, wie sie Inga und Mark am besten unterstützen konnten. Bei dem Presserummel konnten sie unmöglich zu Hause wohnen bleiben.

Amy hatte einen Vorschlag. »Ich fahre jetzt erst einmal zu euch nach Hause und packe Kleidung und Kosmetikartikel zusammen und du bleibst erst mal vorläufig bei uns!«

»Und Flocke?«

»Vielleicht kann sie ja solange zu deiner Schwester. Wir würden sie ja nehmen, aber mein Mann hat leider eine Hundeallergie.«

»Ach ja, das hatte ich vergessen. Und was machen wir mit Mark?«

»Pah! Der hat doch seine Sekretärin!«

»Nein, es ist Schluss. Sofort nachdem die Affäre bekannt wurde. Sie ist auch verheiratet und hat Kinder. Er hat niemanden sonst. Jedenfalls keinen, bei dem er vorübergehend einziehen könnte.«

»Ok, wir werden schon eine Lösung finden!«

Amy fuhr zu Ingas Reihenhaus. Zwei Fernsehreporter standen rauchend an den Mülltonnen und beobachteten Amy. Sie ging wortlos an ihnen vorbei. Als sie den Schlüssel ins Schloss steckte, näherten sich die Reporter sofort und ließen die Kamera laufen.

»Entschuldigen Sie bitte, ich bin vom RTV-Berlin. Sind Sie Frau Stiller, ich hätte da ein paar Fragen an Sie?«

»Nein, ich bin eine Prinzessin!«

Der Reporter sah irritiert seinen Kollegen an. Dieser senkte sofort die Kamera und schien genervt darüber, kein anständiges Statement bekommen zu haben.

Amy hatte Mitleid. »Es war ein Scherz! Aber ehrlich, Jungs, kein Kommentar! Ich möchte auch nicht, dass irgendwo ein Bild oder eine sonstige Aufnahme von mir erscheint. Und Familie Stiller auch nicht. Bitte respektieren Sie die Privatsphäre!«

Als Amy wenig später mit Koffern und Flocke aus dem Haus kam, näherte sich wieder einer der Reporter. Bevor er etwas fragen konnte, sagte Amy: »Geht einfach nach Hause! Es wird keine Interviews geben! Weder heute, noch morgen, habt bitte Verständnis! Die Familie ist verreist.«

Inga duschte in der Zwischenzeit ausgiebig bei Amy und besuchte anschließend ihre Söhne.

Henry Scholz rief auf ihrem Handy an und fragte, wo sie denn steckte.

»Natürlich im Haus. Genauer gesagt in der Badewanne. Sie haben mir ja gesagt, ich sollte zu Hause bleiben«, log Inga und schaltete frech das Handy aus. Ohne Tschüss zu sagen!

Ben und Finn schliefen im Gästezimmer bei Ingas Tante in Wilmersdorf. Von der Schule waren sie befreit. Wenn das so weiterginge, müssten sie das Jahr vermutlich wiederholen. Das war aber jetzt die beste Lösung zum Schutz der Jungs und Ingas geringste Sorge. Ben weinte, als Inga ins Zimmer kam.

»Mama, ich will nach Hause! Es ist einfach nur schrecklich hier!«

Inga nahm ihn in den Arm. »Es ist doch nur für kurze Zeit. Tante Liese freut sich so, dass sie zwei so tolle Racker hat, die ihr beim Einkaufen helfen. Sie hat mir verraten, dass ihr mit ihr abends sogar Fernsehen dürft. Heute gibt es dein Lieblingsfilm, E.T.«

»Ich will aber nicht hierbleiben. Außerdem ist E.T. was für Babys!«

»Dann guckt ihr eben Tatort!«

»Ich will aber nicht fernsehen, ich will nach Hause!«

Auch Finn machte ein unglückliches Gesicht. »Wie lange sollen wir denn hierbleiben? Es ist mega langweilig. Was soll ich hier denn den ganzen Tag machen? Es gibt nicht mal WLAN!«

»Kinder, ich kann es nicht ändern. Hier seid ihr wenigstens erstmal sicher. Es wird bald alles wieder gut.«

Inga sprach noch eine Weile mit ihrer Tante unter vier Augen in der Küche. Dann sagte sie Ben und Finn gute Nacht und versprach ihnen, morgen wiederzukommen. Als sie wegfuhr, sah sie sich mehrmals im Rückspiegel um. Wurde sie verfolgt? Die Erkenntnis traf sie wie ein Schlag. Wenn ja, wussten die Verfolger auch, wo sie Ben und Finn finden konnten. Es war falsch, nochmal hierher gefahren zu sein. Sie fuhr rechts ran. Dann zog sie ihr Handy aus der Tasche und rief Henry Scholz an.

»Es tut mir leid Frau Stiller, Sie hätten nicht einfach das Gespräch beenden sollen. Machen Sie sich aber im Moment keine Sorgen, das sind Kollegen von mir. Deshalb hatte ich Sie auch angerufen. Das mit der Badewanne war unangemessen.«

Inga war baff. »Sie lassen mich also beschatten?«

»Das wissen Sie doch. Sie haben doch selbst Personenschutz beantragt. Nennen wir es nicht beschatten, sondern beschützen!«

Inga merkte, dass sie einen Fehler gemacht hatte. In solch einem Fall musste sie mit der Polizei zusammen arbeiten, sonst könnte ihr auch kein Schutz gewährt werden. Sie presste die Lippen zusammen, entschuldigte sich kleinlaut und versprach, in Verbindung zu bleiben.

Inga parkte beim Franzosen direkt vor der Tür. Alle bis auf Mark waren schon da. Sie saßen am Stammtisch und hatten bereits Getränke und Essen bestellt.

Amy stand auf, als sie Inga sah: »Na da bist du ja endlich! Wir warten schon so lange. Wo ist denn Mark?«

Inga war 55 Minuten zu spät. Sie begrüßte alle mit einem Küsschen und entschuldigte sich. »Ich war noch bei den Jungs. Sie sind furchtbar traurig und wollen nicht bei meiner Tante bleiben. Ich werde eine andere Lösung finden müssen.«

»Und dein Mann?«

»Keine Ahnung, ich dachte, er sei schon längst hier.«

Inga sah auf ihr Handy. Sie hatte aber weder eine Nachricht noch einen Anruf von ihm. Sie schickte ihm eine SMS, wo er denn bliebe. Er schrieb prompt zurück, dass er auf dem Weg sei und gerade vom Schwimmbadparkplatz losfuhr.

Als der Kellner kam, bestellte sie sich eine große Cola. Plötzlich wurde Inga stutzig. »Wer ist das?«

»Das ist doch der neue Mitarbeiter von Laurent. Inga, bist du dement? Er war beim letzten Mal doch auch schon da. Wir haben sogar über ihn gesprochen«, sagte Luzi und kniepte Inga verschwörerisch ein Auge zu.

Die Erinnerung traf Inga wie ein Blitz. »Oh Gott, nein!«

»Was ist los Inga, du siehst aus, als ob du einen Geist gesehen hättest?«

»Das habe ich auch!«

Inga starrte mit offenem Mund dem Kellner hinterher. Amy zupfte Inga am Hemdsärmel. »Inga, nun sag doch schon endlich, was los ist!«

»D… d..der Kellner…!« Ingas Stimme versagte.

»Was ist mit dem Kellner?«

Es kam eine Weile keine Antwort.

»Er ist tot!«

Die Worte waren klar und deutlich und schlugen ein wie eine Bombe. Alle am Tisch verstummten prompt.

Luzi guckte verwirrt. »Inga, wer ist tot?«

Auch der Kellner, der inzwischen Ingas Cola gebracht hatte, schien verunsichert und blickte fragend am Tisch von einem Gast zum anderen.

Inga sprang auf und lief nach draußen. Dort stand plötzlich Laurent wie eine Wand aus dem Nichts vor ihr und rauchte eine Zigarette. Fast wäre sie gegen ihn gelaufen. Sie hatte den Eindruck, er versperrte ihr absichtlich den Weg.

»Na schöne Frau, wohin so schnell?«

Inga war überrascht und erschrocken zugleich. Sonst sprach Laurent nur Französisch oder sehr gebrochenes Deutsch. Dass er plötzlich so akzentfrei redete, irritierte sie. Bildete sie sich das nur ein oder wollte er sie daran hindern, weiterzugehen? Er schmiss seine Kippe auf den Boden und trat sie mit seinem Schuh aus. Dabei fixierte er sie. Sie fühlte sich in der Falle und sah sich um. Weit und breit war keine Menschenseele. Rechts und links gab es keinen Fluchtweg. Vor ihr stand Laurent wie ein Fels in der Brandung. An ihm würde sie nicht vorbei kommen. Blieb nur eine Chance: Sie könnte jetzt schnell zurück ins Restaurant gehen. Oder würde er sie packen bevor sie die Türklinke runterdrücken konnte? Wo blieb nur Mark? Er wollte doch längst hier sein. Immer, wenn man ihn brauchte, war er nicht da. Sie musste jetzt einen kühlen Kopf bewahren. Da sah sie Marks Auto vorbeifahren, er wunk ihr zu und suchte wohl noch einen Parkplatz. Sie fühlte sich erleichtert, sicherer. Jetzt würde er ihr wohl nichts mehr tun.

»Oh! Hallo Laurent! Gut, dass du da bist. Wo ist eigentlich Frederique, ich habe ihn schon so lange nicht mehr gesehen?«, wagte sie zu fragen.

»Warum willst du das wissen?«

Ingas Befürchtungen verdichteten sich. »Sag mir bitte sofort, wo Frederique ist! Was hast du mit ihm gemacht?«

»Na na, mon chérie! Was soll ich denn mit ihm gemacht haben? Er arbeitet nicht mehr für mich, das ist alles. Er hat vor einiger Zeit gekündigt! Was ist denn nur los mit dir, so kenne ich dich ja gar nicht.«

In dem Moment kam Amy aus dem Restaurant nach draußen. »Hey Inga, da bist du ja! Was war denn nur los? Wer ist tot?«

Inga war froh, ihre Freundin zu sehen und mit Laurent nicht mehr allein zu sein. Jetzt war auch Mark endlich da. Sie sah von Laurent zu Amy und sagte: »Frederique ist tot!«

Frederique war einer der beiden Toten aus dem Erdloch! Inga hatte ihn auf dem Foto der Polizei nicht sofort erkannt. Aber jetzt erinnerte sie sich ganz genau. Frederique hatte beim Franzosen jahrelang als Koch gearbeitet und gekellnert. Ein smarter junger Mann mit strahlend blauen Augen, der jeder Frau gern Komplimente machte. Auf dem Polizeifoto waren seine Augen jedoch geschlossen gewesen, deshalb hatte sie ihn auch nicht erkannt. Jetzt saß Inga im Präsidium wieder Henry Scholz gegenüber. Ihr Anwalt saß neben ihr.

»Frederique war an dem Tag im Restaurant, als ich mit Pete dort zu Mittag gegessen habe. Das war das letzte Mal, dass ich Frederique gesehen habe. Und auch Pete.«

Henry Scholz machte sich Notizen. »War der Restaurant-Chef an dem Tag auch da?«

»Ja, ich erinnere mich, dass Laurent auch da war. Er hatte uns die Kerze angezündet und die Speisekarten gebracht.«

»Was haben Sie nach dem Essen gemacht?«

»Wir sind zusammen mit Petes Auto weggefahren.«

»Wohin?«

»In den Grunewald.«

»Zufällig dorthin, wo später Ihr Auto aufgefunden wurde?«

Inga wurde übel bei dem Gedanken. »Nein, wir parkten auf der anderen Seite, am Jagdschloss Grunewald. Da fährt man vom Hüttenweg aus ran. Zum Chalet Suisse kommt man von der Clayallee aus.«

»Ist Ihnen jemand gefolgt?«

»Das weiß ich nicht. Aber vermutlich wurden wir verfolgt.«

»Wie kommen Sie darauf?«

Inga sah ihn verwundert an. »Das habe ich Ihnen doch bereits erzählt!«

»Nein, das haben Sie nicht!«

Inga wurde wütend. »Ich habe Ihnen doch erzählt, dass mein Ex-Kollege Wolfgang Eiche bei mir war. Der, der für tot gehalten wurde. Erinnern Sie sich? Sie haben sogar ein Tonband mitlaufen lassen!«

»Ja, daran erinnere ich mich! Und?«

»Ich habe Ihnen auch erzählt, dass er mich gewarnt hat. Vor Männern, die mich angeblich schon länger verfolgten und beobachteten.«

Henry Scholz blickte sie missbilligend an. »Sie haben mir sehr viel berichtet. Auch, dass Ihr Ex-Kollege Wolfgang Eiche Sie verfolgt und beobachtet hatte. Welche Geschichte soll ich denn nun glauben?«

»Beides stimmt! Wolfgang Eiche hat mich in der Uni damals durch Zufall gesehen und wiedererkannt. Er wollte nur wissen, was ich so mache und wie es mir geht. Aus reiner Neugierde! Wir waren mal Kollegen und sowas wie Freunde. Als er mir heimlich folgte, hat er wohl gesehen, dass zwei zwielichtige Gestalten mich beschatteten. Er ist nur deshalb zu mir gekommen, um mich zu warnen. Vor diesen Männern!«

»Und darum verkleidete er sich als Penner? Damit Sie ihn nicht erkennen und Sie Angst vor ihm haben?«

»Jetzt reicht es mir aber. Ich glaube, Sie wollen es einfach nur nicht begreifen!«

»Was soll ich daran begreifen, Frau Stiller? Das sind doch alles Märchen. Ich kaufe Ihnen auch diese Geschichte mit ihrem Ex-Kollegen nicht ab!«

»Das ist aber die Wahrheit! Übrigens seien Sie vorsichtig mit dem Wort Märchen. Jedes Mal, wenn mir das nachgesagt wurde, hatte ich am Ende doch Recht.«

Henry Scholz machte einen dümmlichen Gesichtsausdruck. »Ihre Worte in Gottes Gehör! Leider kann man Wolfgang Eiche dazu nicht befragen, da er anscheinend mal wieder untergetaucht ist.«

»Es heißt in Gottes Ohr, nicht Gehör!« Inga ließ es sich nicht nehmen, diesen engstirnigen Sesselpupser zu verbessern.

»Wie bitte?«

»Ach, nichts!«

Inga kochte innerlich vor Wut. »Arschloch!«, entglitt es ihr unüberhörbar.

Ihr Anwalt hustete verlegen. Henry Scholz lief rot an. Der Kommissar war sprachlos. Inga konnte sich ein triumphierendes Grinsen nicht verkneifen.

Wer sind die Entführer?

Einen Tag später wurde auch der zweite Tote aus dem Erdloch identifiziert. Es handelte sich um Frederiques Mitbewohner, einen Italiener mit dem Namen Alessandro de Stefano. Beide teilten sich eine kleine Drei Zimmer-Wohnung in Lichterfelde-Ost. Die Polizei hatte die Tür aufgebrochen, da niemand aufmachte und drinnen Geräusche zu hören waren. In der Wohnung brannte Licht, auf dem Küchentisch standen dutzende benutzter Gläser, Tassen und Teller sowie eine fast leere Flasche Wodka. Daneben lag eine aktuelle Tageszeitung und ein überquellender Aschenbecher, aus dem es noch qualmte. So, als hätte gerade jemand eine Zigarette nicht richtig ausgedrückt. Sowohl der Fernseher als auch die Kaffeemaschine waren an. Doch die Wohnung war leer. Und Frederique und sein Mitbewohner waren zu dieser Zeit bereits schon lange tot.

Bei der Durchsuchung der Wohnung fanden die Ermittler der Spurensicherung gefälschte Ausweise dreier Männer und 12.000 Euro Bargeld. Sie waren unter einer Salamipackung in einer Tupperdose im Kühlschrank versteckt. Die Ausweisfotos zeigten vermutlich die Gesichter von den Männern, die sich zuletzt in der Wohnung aufgehalten hatten. Die Kripo ging davon aus, dass es sich um die mutmaßlichen Entführer der Erdloch-Opfer handelte. Es wurden etliche Fingerabdrücke und andere DNA an Gläsern und Zigarettenstummeln sichergestellt.

Frederique stammte aus Aix-en-Provence in Frankreich, eine kleine Universitätsstadt an der Cote D'Azur. Er war mit Laurents Familie entfernt verwandt. Warum die beiden Männer solange niemand vermisste, war noch völlig unklar. Auch nicht, wer sich zuletzt, in deren Wohnung aufgehalten hatte. Ingas detektivischer Spürsinn lief auf Hochtouren. Sie grübelte und grübelte, konnte sich jedoch keinen Zusammenhang erklären. Sie kannte weder den Mitbewohner von Frederique, noch hatte sie je mit Frederique über Privates gesprochen. Laurent wurde vorgeladen und musste sogar eine Speichelprobe abgeben.

Auf die Frage, warum Frederique denn gekündigt habe, gab Laurent private Gründe an. Doch es war nun kein Geheimnis mehr, dass Laurent homosexuell war. Und wie jetzt herauskam, war es Frederique ebenfalls gewesen. Sie hatten ein Verhältnis und sich gestritten. Frederique hatte sich neu verliebt, in Alessandro. Damit hatte Laurent ein Motiv. Nämlich Eifersucht. Doch er hatte für die Tatzeit ein Alibi.

Die Polizei hatte einige Tage später einen Teilerfolg. Beim Abgleich der in der Wohnung gesicherten Fingerabdrücke spuckte der Polizeicomputer zwei Namen vorbestrafter Gewaltverbrecher aus. Sie stimmten mit den Fotos auf den gefälschten Ausweisen im Kühlschrank überein. Sie leiteten sofort eine Fahndung ein.

Inga hatte schlecht geschlafen. Das Sofa von Amy war nicht gerade das, was man als bequem bezeichnete. Und etwas zu kurz war es auch. Sie musste in der Embryonalstellung schlafen. Alle Glieder schmerzten. Inga fühlte sich, als wäre sie vom Auto überfahren worden. Aber sie war froh, dass sie hier übernachten durfte. Auf den Presserummel vor ihrer Tür hatte sie keine Lust. Die schweren Vorhänge waren noch zugezogen. Durch einen schmalen Spalt fielen Sonnenstrahlen ins Zimmer. Diese hatten Inga auch geweckt. Sie beobachtete, wie zigtausende feine Staubkörner in der Luft des Lichtes herumwirbelten. Wie spät es wohl sein mag? Inga sah sich im Wohnzimmer um, entdeckte aber keine Uhr. Sie dachte daran, Amy zum Geburtstag eine Kaminuhr zu schenken. Dafür hatte man doch einen Kamin, oder nicht? Sie stand auf, streckte sich und sah, dass ein Zettel auf dem Boden lag. Inga hob ihn auf. Darauf stand: »*Guten Morgen! Kaffee ist in der Kanne in der Küche, frische Brötchen sind auf dem Tisch. Ruh dich aus, ich fahre in die Uni und bring dir alle Unterlagen mit! Ich trag dich als anwesend ein. Entspanne! Alle sind schon außer Haus. Der Erste kommt erst gegen 14.45 Uhr nach Hause. Knutscher, Amy.*«

Inga ging in die Küche und goss sich eine Tasse Kaffee aus der Thermoskanne ein. Er war noch richtig heiß und dampfte. Sie nahm einen großen Schluck und überflog dabei die Meldungen der Tageszeitung »Berlinspiegel«, die auf dem Tisch lag. Auf der Titelseite prangten die Fahndungsfotos der Polizei. Darüber stand in fetter Schrift: »*Wer kennt diese Männer oder hat sie gesehen?*«

Beim Betrachten der Gesichter bekam Inga eine Gänsehaut. Es waren die Männer, die sie überfallen hatten. Inga hatte sie schon auf dem Präsidium in der Kartei identifiziert. Sie hatte nie zuvor von ihnen gehört und konnte sich keinen Reim darauf machen, wieso sie Inga als Opfer ausgewählt hatten. Nur eines war klar: Sie liefen noch frei herum und stellten für Inga und ihre Familie eine große Gefahr dar.

Inga lief zurück ins Wohnzimmer und schob die schweren Vorhänge zur Seite. Sofort füllte sich der Raum in grelles Licht. Staub wirbelte durch die Luft. Inga hielt sich schützend eine Hand vor Nase und Augen. Als sie sich ans

Licht gewöhnt hatte, sah sie raus. Draußen stand ein dunkler Passat. Zwei Männer mit Sonnenbrillen saßen drin. Einer blickte direkt zu ihr und winkte. Ein Glück, dachte sie, wenigstens hab ich Polizeischutz. Henry Scholz hatte auch veranlasst, dass Beamte vor der Tür ihrer Tante standen, wo sich Ben und Finn aufhielten. Solange die Täter nicht gefasst waren, sollten sie die Wohnung nicht verlassen. Mark übernachtete bei seinem Personal-Trainer. Er hatte Personenschutz abgelehnt und meinte großspurig, er könne sich selbst verteidigen. Schließlich hätte er einen blauen Gürtel im Taekwondo.

Inga holte ihr Handy aus der Jackentasche an der Garderobe und schaltete es ein. Es war schon elf Uhr. Sie nahm eine Dusche und aß zwei Brötchen mit Marmelade. Dann wählte sie die Nummer von Petes Witwe, doch sie war nicht zu erreichen. Das Handy war vermutlich ausgeschaltet. Sie schickte ihr eine Nachricht mit der Bitte um Rückruf.

Inga fuhr trotz der aktuellen Ereignisse in die Uni. Dicht gefolgt von einem dunklen VW-Passat. Bei dem Gedanken, dass ihr die Beamten auch in die Vorlesung folgen mussten, feixte sich Inga eins. So ein bisschen Bildung nebenbei kann niemanden schaden.

Der Hörsaal war leer. Irritiert schickte sie Amy eine WhatsApp und erfuhr dann, dass heute ein geschichtswissenschaftlicher Spaziergang durchs Dahlemer Univiertel auf dem Programm stand. Inga ließ sich von Amy den Standort schicken und eilte dorthin. Mist, auf Spaziergang war sie nicht eingestellt. Es war trotz Sonnenschein ziemlich kalt.

»Was machst du denn hier? Du solltest dich doch schonen!«

»Ach was, alles gut! Ich brauche Ablenkung. Außerdem sieh mal hinter mich! Die zwei Männer mit den Sonnenbrillen sind zu meinem Schutz da. Sie verfolgen mich auf Schritt und Tritt.«

Amy deutete auf einen jungen Mann, der sich als ihr »Campus-Guide« vorgestellt hatte. »Der führt uns jetzt rum. Ich habe dich schon in die Liste eingetragen. Er kennt uns sowieso alle nicht.«

»Und wo ist Luzi?«

»Als sie gehört hat, dass wir einen Spaziergang machen, hat sie sich gleich aus dem Staub gemacht. Sie hatte hochhackige Schuhe und einen Rock an. Selber schuld! Wahrscheinlich recherchiert sie gerade die Fragen unserer nächsten Klausur.«

»Was, ich denke, die Affäre ist beendet?«

»Du kennst doch Luzi. Die macht doch ständig Schluss und dann doch wieder nicht.«

Sie betraten ein Gebäude und versammelten sich um den Guide in einem Halbkreis, um seinen Ausführungen zu lauschen.

»Liebe Studenten und Studentinnen, sie sollen heute ein paar interessante Einblicke über ihre berühmten Vordenker erhalten, die in diesen Gebäuden damals gewirkt haben.«

Sie befanden sich im Harnack Haus. So erfuhren sie, dass unter anderem auch Albert Einstein 1929 hier im berühmten Goethe Saal mal einen Vortrag gehalten hatte. Inga sah sich um. Postkarten von lauter Berühmtheiten verzierten eine Wand. Der Guide, der Ingas Blick anscheinend gefolgt war, sagte: »Es sind exakt 156. Einige von ihnen haben schier Unglaubliches entdeckt und hervorgebracht. Davon werden Sie gleich einen Auszug bekommen.«

Dörte flüsterte Inga ins Ohr: »Man ist das langweilig, lass uns abhauen und einen Kaffee trinken gehen, das merkt doch eh keiner!«

Doch Inga wollte bleiben. Sie interessierte das, was alles so nahe ihrer Geburtsstätte passiert war. So hörte Inga zum ersten Mal vom sogenannten Lord von Dahlem namens Otto Warburg. Ein jüdischer Wissenschaftler der Biochemie. Toleriert in der NS-Zeit, weil Hitler solche Krebsangst hatte und Warburg mit seiner Atmungstheorie Tumore erforschte. Er bekam sogar den Nobelpreis und starb erst 1970.

Claudine gesellte sich zu ihnen. »Habt ihr das gewusst? Wer hätte gedacht, dass Hitler einen Juden wissentlich forschen ließ?«

Nach weiteren 15 Minuten verließen die das Gebäude, überquerten die Straße und bogen zweimal ab. In einem Hof vor einem maroden, alten Backsteingebäude mit Kessel, blieben sie stehen. Sie erfuhren, dass es hier 1938 die erste Uranspaltung gab. Dies geschah aber wohl nur durch einen Zufall, behauptete der historische Uniführer.

»Da fragt man sich, wie die Welt wohl heute aussähe, wäre das nie gelungen?«, sinnierte Dörte.

»Dann hätte es die Abwürfe auf Hiroshima und Nagasaki nie gegeben!«, kommentierte Inga.

Sie liefen zum nächsten Gebäude. »Angeblich will die Wissenschaft die Welt verbessern. Die Wissenschaft hat aber die Atombombe hervorgebracht. Ist das wirklich eine Verbesserung?«

Dörte und Amy verdrehten genervt die Augen über Claudines Äußerungen.

»Wissen ist Macht, nichts Wissen macht Nichts! Und manche Dinge möchte ich vielleicht gar nicht wissen, weil sie mir schaden könnten. So wie die Kernspaltung.«

Inga unterbrach sie. »Mensch Claudine, du alte Weltverbesserin, warum studierst du dann, wenn du es nicht wissen willst?«

Sie blieben an einem Gedenkstein von Clara Immerwahr stehen. Erste Doktorin der Chemie, verheiratet mit Fritz Haber (auch Chemiker, bekannt durch die Synthese von Ammoniak).

Sie erfuhren, dass Clara Immerwahr eine Frau war, die sich gegen die Männerdomäne der Wissenschaft behauptete, diese dann sogar verteufelte. Und vor allem ihren Mann Fritz Haber, der Giftgas herstellte, welches er dem Militär bereitstellte. Eingesetzt im Krieg 1915 bei Ypern.

»Und jetzt von Assad in Syrien eingesetzt wurde, und zwar gegen das eigene Volk«, sagte Claudine abschätzend.

»Interessant! Ich wusste doch schon immer, dass Frauen den Männern überlegen sind. Männer sind doch nur Marionetten, die nicht wissen, was sie tun!«

»Das sagt genau die Richtige. Amy, du machst doch alles, was dein Mann sagt. Fragt sich, wer bei euch zu Hause die Marionette ist!«

Amy zog sofort eine Schnute und giftete zurück: »Ach, danke Dörte! Du bist doch das männermordende Monstrum. Warum gibst du dich dann so viel mit ihnen ab?«

»Weil sie mir aufs Wort gehorchen. Einer macht sogar Sitz und gibt Pfötchen!«

»Hilfe, eine Domina! Hör lieber auf Dörte, ich will gar nicht wissen, um wen es sich handelt.«

»Du kennst ihn sogar sehr gut.«

»Erzähl es nicht! Die Würde des Menschen ist unantastbar. Artikel 1 des Grundgesetzes. Lass sie ihm!«

Dörtes Augen funkelten gefährlich, die roten Lockenhaare schimmerten im winterlichen Sonnenstrahl in den schillerndsten rötlichen Farben. Wie ein Flammenmeer.

»Dörte, du machst mir Angst. Du bist genauso böse wie Luzi. Irgendwie könntest du ein Klon von ihr sein. Lass diesen teuflischen Gesichtsausdruck, bitte!«

»Keine Angst, meinen Freundinnen tue ich nichts. Es sei denn, sie ärgern mich.«

Amy zog Dörte an den Haaren. »Etwa so?«

»Aua, das tat weh!«

Der Guide stoppte seinen Vortrag: »Wenn ich auch bitte von den älteren Ladys da hinten die Aufmerksamkeit haben dürfte.«

»Meint der uns? Hat der uns gerade ältere Ladys genannt?«

»Ich bin aber sechs Jahre jünger als die drei hier«, widersprach Dörte.

Dörte mochte es nicht, wenn ihr Alter angesprochen wurde. »Ich hab noch ein Gesicht auf einer meiner Voodoo-Puppen frei. Na warte, Bürschchen, heute Abend wirst du schmoren!«, zischte sie beleidigt und zog ihr iPhone aus der Tasche, um den Guide zu fotografieren.

»Was haben Sie gesagt? Haben Sie eine Frage, meine Dame?« Freundlich sah der Guide zu Dörte in die letzte Reihe.

»Ich sagte, es ist ein wirklich spannender Spaziergang. Ich freue mich schon heute Abend auf meinen warmen Kamin.«

Ingas Handy klingelte. Es war die Witwe. Inga hatte die Handynummer unter dem Namen »Inquisition« gespeichert, ging aber nicht ran. Sie konnte doch jetzt nicht hier vor allen mit ihr telefonieren. Sie schaltete deshalb auf lautlos. Eine Minute später vibrierte das Handy. Die Witwe hatte eine Nachricht hinterlassen.

»Der Fisch hat angebissen!«

»Was meinst du damit, Inga?«

»Erzähl ich dir später!«

Neugierig las Inga die Nachricht: »Selber Ort wie neulich, 16 Uhr!«

Mist, das passte Inga gar nicht. Sie schrieb zurück, dass sie das nicht schaffen würde, und schlug im Gegenzug vor, sich in Dahlem nahe der Uni zu treffen. Amy blickte ihr neugierig über die Schulter. »Mit wem schreibst du dir da?«

Inga erzählte es ihr. »Da gehst du aber nicht alleine hin, das ist viel zu gefährlich! Nachher zieht die noch ein Messer und sticht auf dich ein. Luzi und ich kommen auf jeden Fall mit, basta! Ich rufe sie gleich an!«

Inga amüsierte sich über die mutige Schützenhilfe ihrer Freundin. »Ich bin ja nicht alleine. Wie du weißt, werde ich vom »Secret Service« beschützt. Sie deutete auf die beiden Männer mit Sonnenbrille hinter sich. »Die beiden haben bestimmt sogar eine Nahkampfausbildung!«

»Du musst dich nicht über mich lustig machen!«

»Amy, das war ein Spaß!«

Die Freundinnen schmiedeten einen Plan.

Die Witwe hatte zugestimmt. Bis zum Treffen hatten sie noch ein paar Stunden Vorbereitungszeit. Auf dem Nachhauseweg vom Uni-Spaziergang rief Inga noch schnell den Chefredakteur der Boulevardzeitung an.

»Clever gemacht, Inga! Ich schicke dir auf jeden Fall ein Team. Wir brauchen unbedingt die Witwe im Interview, haben sie seit Tagen nicht erreicht.«

»Das wird schon klappen, Stefan! Zur Not schreib ich dir das Interview. Erst einmal bin ich gespannt, was sie überhaupt von mir will.«

Inga wagte sich wieder in ihr eigenes Zuhause und sprang sofort unter die Dusche. Vor dem Haus hatten zum Glück keine Reporter mehr gewartet. Irgendwie war es ein komisches Gefühl, allein zu sein. Ohne Hund, Kinder und Mann. Vielleicht sollte sie Mark anrufen und ihm sagen, dass er wieder nach Hause kommen soll.

Während ihr das heiße Wasser über den Nacken lief, überlegte Inga, was und vor allem wie sie mit Petes Witwe reden sollte. Sie war unsicher und aufgeregt. Sie hatte immerhin ein Verhältnis mit ihrem Mann gehabt.

Inga rubbelte sich die Haare mit einem Handtuch trocken. Dann stand sie ratlos vor ihrem Kleiderschrank. Sie beschloss, sich so bieder wie möglich anzuziehen: Blue Jeans, schwarzer Rollkragenpulli, strenger Zopf, Barbour-Jacke. Nur etwas Wimperntusche, Perlenohrringe. Dann machte sie sich einen starken Kaffee. Auf ihrem Handy waren in der Zwischenzeit wieder zahlreiche Nachrichten eingegangen. Auch eine E-Mail von ihrem Physik-Fachbereichsleiter. Mit Datei-Anhang. Ein Foto vom Phantom aus der Uni! Ein Student hatte ihn mal fotografiert und nun der Uni das Foto zur Verfügung gestellt. Inga nahm einen kräftigen Schluck Kaffee und öffnete die Fotodatei. Oh Gott! Vor Schreck verschluckte sie sich. Es zeigte Wolfgang Eiche. Endlich ein Beweis dafür, dass ihr alter Kollege noch lebte. Sie triumphierte leise. Jetzt müsste Henry Scholz ihr glauben. Wolfgang Eiche, das Phantom aus der Uni! Und jetzt hatte sie ein Foto. Ihr Puls raste. Was sollte sie zuerst tun? Das Foto haben alle Studenten des Fachbereichs erhalten, also Hunderte. Nur wusste zum Glück bisher niemand, wen das Foto in Wirklichkeit zeigte. Inga sah auf die Uhr. In 15 Minuten wollten sie sich im Café treffen. Sie überlegte, ob sie Henry Scholz noch vorher anrufen sollte. Oder den Chefredakteur? Sie entschied sich, zuerst ins

Café zu fahren. Ihr Hirn arbeitete auf Hochtouren. Bleib ruhig, Inga! Sie goss sich schnell ein Glas Cognac ein und trank es in einem Zug aus. Schon besser! Sie trank noch einen. Dann nahm sie ihre Jacke vom Haken und fuhr ins Café Einstein nahe der Freien Universität.

Amy und Luzi saßen wie vereinbart an einem der hinteren Tische am Fenster und tranken Latte Macchiato. Luzi hatte dazu eine dicke Schokosahnetorte vor sich. Inga staunte, denn eigentlich wollte Luzi keinen Zucker mehr essen. Ihr Gackern war eben bis auf die Straße zu hören gewesen. Sie zwinkerte ihnen zu und tat so, als kannte sie sie nicht. Das gehörte zum Plan. Inga schlenderte zum Tresen, um sich eine Zeitung zu holen. Dabei sah sie sich im Lokal genau um und hielt Ausschau nach einer alleinstehenden Frau. Sie sah nur Pärchen, deshalb setzte sie sich an einen freien Tisch neben Amy und Luzi mit Blick zur Eingangstür. Einer von Ingas Bodyguards betrat das Café und setzte sich auf einen freien Hocker am Tresen. Er schob seine Sonnenbrille hoch und nahm sich ebenfalls eine Zeitung. Das Gesicht Inga zugewandt. Die Kellnerin reichte Inga eine Getränkekarte. Doch Inga lehnte dankend ab, weil sie schon wusste, was sie bestellen würde: Whiskey Cola mit extra viel Schuss.

»Spinnt die, um diese Uhrzeit?«, hörte sie Amy zischen.

Inga wollte gerade einen Spruch zurück machen, da klingelte ihr Handy. Es war Stefan.

»Inga, es ist etwas Schlimmes passiert. Am Ku'damm ist eine Handgranate in einem Antiquitätengeschäft explodiert. Es gibt Tote und Verletzte. Ich kann dir kein Team schicken. Hier ist die Hölle los. Ich melde mich später!«

»Kein Problem, trotzdem danke!« Sie drückte enttäuscht die Austaste. Aber ein Anschlag am Ku'damm ist zweifelsfrei eine Schlagzeile. Und auch noch mit einer Handgranate. Das war schon sehr ungewöhnlich. Inga wurde flau im Magen. Ihr fiel ein, dass sie heute noch nichts Richtiges gegessen hatte und der Alkohol auf nüchternen Magen wohl doch keine so gute Idee war.

Die Tür ging auf. Eine hochgewachsene, schlanke Frau trat ein. Sie war komplett in Schwarz gehüllt: Mantel, Kleid, tiefsitzender Hut mit Trauerschleier, Handschuhe, Handtasche, Stiefel. Unverkennbar als trauernde Witwe unterwegs. Die hat eine Vollklatsche, dachte sich Inga sofort. Trauer hin oder her. Sie sah aus wie eine Vogelscheuche. Langsam kam sie auf Inga zu gestakst. Es war nicht zu überhören, wie Luzi und Amy flüsterten: »Oh Gott, die zieht bestimmt gleich eine Knarre!«

Ingas Bodyguard legte die Zeitung weg, stand auf und machte sich zum Eingreifen bereit. Ein Gast am unmittelbaren Nachbartisch unterbrach sein Gespräch und bedeutete seiner Begleiterin, sich doch mal umzudrehen. »Guck mal, das ist bühnenreif.«

»Die will bestimmt auf ein Kostümfest.«, sagte die Begleiterin.

Alle Gespräche im Café schienen langsam zu verstummen. Sämtliche Blicke richteten sich in diesem Moment auf die seltsame Schleiergestalt. Inga schluckte schwer. Wie im Horrorfilm! Gleich passierte etwas, da war Inga sich sicher. Die Spannung war kaum auszuhalten. Die Schwarze Witwe genoss sichtlich ihre Wirkung, trat näher und setzte sich ungefragt an Ingas Tisch. Inga war sprachlos. Woher sie wohl wusste, wie Inga aussah? Die Augen waren unter dem Schleier nicht zu erkennen.

»Ich bin Inga….«

Bevor Inga ausreden konnte, wurde sie unterbrochen.

»Ich weiß genau, wer Sie sind!«, zischte sie.

Die Stimme der Witwe klang hart und böse: »Bevor Sie Höflichkeitsfloskeln austauschen möchten, mache ich Sie darauf aufmerksam, dass ich daran nicht interessiert bin.«

Inga bekam eine Gänsehaut. »Ok, was dann?«

»Sie haben mein Leben zerstört und Sie haben meinen Kindern ihren Vater genommen!«

Wollte sie jetzt wirklich Rache? Inga sah auf die große schwarze Handtasche der Witwe. Ob sie gleich ein Messer zog und zustach? Oder eine Pistole? Ingas Nackenhaare stellten sich auf, sie blickte hilfesuchend ihre Freundinnen an. Amy schien die Furcht in Ingas Augen zu bemerken. Sie stand auf und ging unauffällig mit ihrem Handy nach draußen. Ingas Bodyguard, der sich inzwischen dicht hinter der Witwe befand, setzte sich derweil zu Luzi an den Tisch. Somit war er nur einen halben Meter vom Geschehen entfernt und könnte sofort eingreifen. Die Witwe schien das nicht zu bemerken. Inga sah sie an und versuchte, sich zu konzentrieren.

»Frau Grüntal, es tut mir schrecklich leid, was mit Pete passiert ist, aber dafür kann ich nichts!«

Die Witwe neigte ihren Kopf. Inga konnte ihr Gesicht nicht erkennen. Der Schleier schien undurchdringlich. »Ach, Sie nannten Peter also Pete? Benutzten Sie auch schon seine Kreditkarte?«

Inga wusste nicht, was sie antworten sollte. In dem Moment kam die Kellnerin und stellte die Jim Beam Cola vor Inga ab. »Möchten Sie etwas bestellen?« Die Kellnerin blickte die Witwe fragend an. Diese lüftete plötzlich den Schleier. »Ich hätte gern ein Glas Wasser, Liebes!« Die Tonlage, mit der die Witwe diesen Satz sprach, verblüffte Inga. Sie war viel höher und klang plötzlich so sanft. Sie konnte also ihre Stimme auf Knopfdruck verstellen. Inga sah nun ihr Gesicht. Faltenfrei, die Nase spitz wie bei einer

Maus. Oder eher wie bei einer Ratte? Ihre Augen waren groß, braun und stachen etwas glubschig hervor. Sie war übertrieben stark geschminkt. Die knallroten Lippen sahen für Inga aus, als wären sie mit Botox aufgespritzt. Sehr unnatürlich. Sie passten auch irgendwie nicht zum Rest des Gesichtes. In ihren Augen lag etwas, das Inga nicht richtig deuten konnte. Der pure Wahnsinn oder paranoide Schizophrenie? Inga hatte genug von der Show. Sie fixierte die Witwe und ging zum Angriff über. »Ok, jetzt sage ich Ihnen mal was. Ich setze mich nicht mit Ihnen hier ins Café und lass mich beschuldigen, Ihren Mann auf dem Gewissen zu haben. Ich habe eine kurze Affäre mit ihm gehabt. Peng, mehr nicht! Mit seinem Tod habe ich nichts zu tun!«

»Ich will, dass Sie bezahlen!«

»Für was?«

»Dafür, dass ich meinen Mund halte.«

»Wovon reden Sie? Soll das hier etwa eine Erpressung werden?«

Inga sagte die Worte extra laut. Luzi starrte fassungslos die Witwe an. Wieder hatte sie zu dieser tiefen, bösen Stimmlage gewechselt. »Sie wissen genau, wovon ich rede! Ich will eine Million Euro in bar! Und zwar heute noch!«

Inga japste nach Luft. »Sonst? Wollen Sie mich etwa umbringen? Ich glaube, Sie sitzen im falschen Film! Bei mir gibt es nichts zu erpressen!«

»Da wär ich mir nicht so sicher. Oder wissen dein Mann Mark, Ben und Finn über deine geheimen Machenschaften Bescheid?«

»Ach, sind wir jetzt schon beim Du? Woher kennen Sie eigentlich die Namen meiner Familie? Und was meinen Sie mit geheimen Machenschaften?«

»Das weißt du ganz genau. Sie haben meinem Mann das Leben gekostet und werden auch deins kosten!«

Der Bodyguard steckte seine Hand unter das Jackett. Vermutlich hatte er die Finger schon am Abzug.

Inga reichte es. »Pass mal auf, du schwarze Fledermaus! Ich weiß nicht, welcher Teufel dich geritten hat, aber bei mir bist du absolut an der falschen Adresse! Für paranoide Schizophrenie ist ein Psychiater zuständig. Verschwinde!«

Weil die Witwe keine Anstalten machte, zu gehen, drehte sich Inga zu Luzi und dem Bodyguard. »Ihr habt ja alles mitbekommen. Luzi, lief das Tonband mit?«

»Aber Hallo, na klar. Ich hab alles drauf.«

Damit hatte die Witwe wohl nicht gerechnet. Wie gelähmt saß sie da und starrte zu Luzi. Da sah Inga den Fotografen am Tresen. Der Chefredakteur hatte ihr doch noch jemanden geschickt. Er begann auf ihr Handzeichen hin Fotos zu machen. Der Bodyguard, der ein Polizist in Zivil war, stand auf und las der Witwe ihre Rechte vor. Sie schrie vor Wut und versuchte aufzuspringen: »Das wirst du bereuen, verdammtes Miststück!« Doch die Häme prallte an Inga ab. Der Polizist hielt sie fest, bog ihr die Hände auf den Rücken und legte ihr Handschellen an. In dem Moment ging die Tür auf, Henry Scholz und Amy kamen ins Café.

»Hoppla, Frau Grüntal! Alles in Ordnung?«

Sie antwortete nur einen Satz: »Ach, halten Sie doch den Mund, Sie Idiot!«

Henry Scholz wurde krebsrot.

»Festnehmen!«, befahl er dem Polizisten.

»Längst geschehen, Chef!«

Inga sah, wie sich in Henry Scholz Gesicht hektische Flecken ausbreiteten und freute sich.

Das Geständnis

Die Witwe erzählte eine abenteuerliche Geschichte und verstrickte sich dabei immer wieder in Widersprüche. Noch in der Nacht brach ihr Lügengerüst wie ein Kartenhaus zusammen. Ihr Pflichtverteidiger konnte sie schließlich dazu überreden, ein umfassendes Geständnis abzulegen.

Demnach hatte sie den Mord an Pete selbst in Auftrag gegeben. Motiv: Habgier! Sie wollte die Lebensversicherung ihres Mannes kassieren. Noch in der Nacht erließ der diensthabende Untersuchungsrichter einen Haftbefehl wegen Anstiftung zum Mord, zur gefährlichen Körperverletzung und versuchter räuberischer Erpressung. Weil sie sich mildernde Umstände erhoffte, kooperierte sie mit der Polizei und verriet die Identität des Auftragskillers. Es war einer der Männer, nach denen die Polizei bereits öffentlich fahndete. Dessen gefälschter Ausweis in Frederiques Wohnung gefunden wurde. Die Witwe behauptete jedoch steif und fest, dass sie mit der Entführung und dem Tod von Frederique und Alessandro nichts zu tun hatte. Sie wusste angeblich auch nicht, dass der Killer mit zwei Kompagnons agierte. Bezahlt und gesprochen habe sie immer nur mit dem Einen. Jedoch gab sie zu, ihm auch den Auftrag erteilt zu haben, Inga gewaltige Angst einzuflößen. Sie wollte, dass Inga dafür körperlich büßte, eine sexuelle Affäre mit ihrem Mann gehabt zu haben. Er sollte sie zum Schweigen bringen und ihr die Zunge abschneiden, jedoch nicht töten. Das Paket war ihre eigene Idee. Das hatte sie selbst gepackt und an Inga verschickt. Mafioso Methoden! Sie hatte so etwas mal in einem Krimi gesehen und fand das sehr originell. Es sollte Inga Angst einjagen.

Der nächste Tag

Der Bericht stand im Berlinteil der Boulevardzeitung auf Seite 12. Ganz versteckt, rechts unten, unscheinbar. Knappe 25 Zeilen lang, ohne Fotos. Die kleine Überschrift lautete: »*Gehörnte Ehefrau gab Auftragsmord*!« Ingas Name war in dem Bericht mit Lena V.* angegeben. Das Sternchen bedeutete in diesem Fall: Name von der Redaktion geändert.

Nicht sehr originell, dachte Inga. Aber vielleicht ist das auch gut so. Sie wollte nicht im Rampenlicht stehen. Sie blätterte zurück zur Schlagzeile, auf Seite 1. Sie lautete: »*Handgranatenanschlag am Ku'damm: Drei Tote, zehn Verletzte! War es die Russenmafia?*«

Dazu gab es zahlreiche Fotos von abgedeckten Leichen, blutverschmierten Verletzen und Polizei- und Feuerwehrkräften im Einsatz. Berichte auf den Sonderseiten 2, 3, 4 und 5. Dutzende Reporter und ebenso viele Fotografen standen in dem Namenszeilenkasten über der Berichterstattung.

Inga blätterte auf die Seite 2. »*Ein Streit unter rivalisierenden Ikonenhändlern?*«, lautete hier die Überschrift. Inga hatte jetzt nicht die Muße alles zu lesen, denn Amy und Luzi waren zum Kaffee bei ihr. Sie legte die Zeitung beiseite.

»Lena klingt doch gut. Ich finde, das wird jetzt dein neuer Spitzname. Bei Lena V. fällt mir nur Lena Valaitis ein mit ihrem Lied Theo, wir fahr'n nach Lodz!«

»Ach Amy, du Dumpfbacke, das war Vicky Leandros! Lena Valaitis hat doch Johnny Blue gesungen.«

»Wie auch immer, ich fand früher mal beide Lieder gut. Ich bin jedenfalls heilfroh, dass es jetzt endlich vorbei ist und wir uns wieder auf das normale Leben und die Uni konzentrieren können.«

»Na ja, noch nicht ganz. Der Killer läuft ja immer noch frei herum«, bemerkte Inga.

Das Telefon klingelte. Henry Scholz war dran. Inga ging in die Küche, um in Ruhe telefonieren zu können. Nach einigen Minuten kam sie freudig ins Wohnzimmer zurück.

»Sie haben sie!«

»Wen?«

»Die Männer, die mich überfallen haben. Den Killer! Die Polizei hat sie an der Grenze zu Polen in Frankfurt/Oder festgenommen, alle drei. Henry Scholz hat es mir gerade berichtet. Jetzt soll ich zur Gegenüberstellung aufs Revier.«

Inga lief ein Schauer über den Rücken, als sie die Männer hinter der verspiegelten Scheibe beobachtete. Sie konnte zumindest einen von ihnen eindeutig identifizieren. Es war der Mann, der ihr so heftig an den Haaren gezogen hatte. Der, der ihr vermutlich auch das Stück Zunge abgetrennt und der Pete ermordet hatte.

Henry Scholz bat sie hinterher noch einmal kurz in sein Büro, wo sie ihre Aussage unterschreiben sollte. Ingas Anwalt studierte derweil die Vernehmungsakten. Luzi und Amy warteten auf einer harten Holzbank auf dem ungemütlichen Flur. Daneben stand zum Glück ein Kaffeeautomat. Sie hatten ihre Freundin selbstverständlich begleitet.

»Hast du einen Euro, Luzi?«

»Nein, kein Kleingeld, nur Scheine.«

»Ok, dann sehe ich mal, ob ich hier irgendwo ein paar Münzen auftreiben kann.«

Ungeniert klopfte Luzi an eine der geschlossenen Bürotüren.

»Luzi, das kannst du doch nicht machen!«

»Und wie ich das kann!«

Luzi verschwand in dem Büro und kam wenig später mit zwei schmucken Männern wieder raus.

»Sie mal Amy, wen ich hier zufällig getroffen habe.«

Die beiden Beamten waren Ingas Personenschützer.

»Sie geben uns einen Kaffee aus, haben sie gesagt. Stimmt's, meine Herren?«

Luzi kniepte ihrer Freundin ein Auge zu.

Die Tür sprang auf und Inga kam aus dem Büro von Henry Scholz. Sie traute ihren Augen nicht, als sie ihre Freundinnen da so flirtend auf der Bank sitzen sah.

»Schon fertig?«, fragte Luzi enttäuscht.

»Noch nicht ganz, einen Moment bitte noch!«, antwortete Ingas Anwalt und zog sie ein paar Schritte mit sich weg den Flur entlang.

Inga sprach noch eine ganze Weile mit ihrem Anwalt und erfuhr grausige Einzelheiten, bevor sie mit ihren Freundinnen wieder im Auto nach Hause saß.

»Ist es jetzt endlich vorbei?«

»Nein Amy, leider nicht. Es wird eine Gerichtsverhandlung geben. Da wird noch so einiges auf den Tisch kommen und eventuell durch die Presse gehen. Ich könnte mir vorstellen, dass auch ihr eine Aussage machen müsst.«

»Was, wieso wir?«, wollte Luzi wissen.

»Weil ihr wichtige Zeuginnen seid. Zum Beispiel habt ihr mit im Café Einstein gesessen und zugehört, wie mich die Witwe erpressen wollte.«

Amy verzog das Gesicht. »Heißt das, unsere Affären werden öffentlich?«

»Vielleicht nicht, wenn du es nicht preisgibst. Aber die Gefahr besteht natürlich immer, wenn so ein Fall in die Öffentlichkeit gelangt.«

»Warum haben dich die Männer eigentlich so brutal überfallen? Und warum mussten Frederique und sein Freund Alessandro sterben?«

»Gute Frage, Amy! Das werden wir wohl erst genauer im Prozess erfahren. Ich weiß nur so viel, dass die Witwe ihren Mann sehr lange über einen Detektiv beschatten ließ. Sie erfuhr so natürlich auch von seiner Affäre mit mir.«

Inga erzählte, was ihr der Anwalt aus dem Vernehmungsprotokoll berichtet hatte. »Die Witwe ließ mich absichtlich foltern. Als Strafe für den Ehebruch. Sie wollte, dass ich ein Leben lang gebrandmarkt bin.«

Amy schüttelte angewidert den Kopf. »Die ist ja total krank! Da kannst du froh sein, dass du noch lebst!«

»Stimmt! Der Verrückten ist alles zuzutrauen.«

»Sag mal Inga, mich beschleicht da gerade so ein ungutes Gefühl. Wenn die Witwe Pete per Detektiv beschatten ließ, könnte der mich und Luzi ja auch ausspioniert haben.«

»Das können wir nicht ausschließen. Aber nun wartet erst mal ab. Der Prozess beginnt vermutlich erst in einem halben Jahr. Wer weiß, was bis dahin noch alles passiert!«

»Haben die denn den Detektiv schon vernommen?«, wollte Luzi wissen.

»Das weiß ich nicht. Aber er ist einer der wichtigsten Zeugen. Ich halte euch auf dem Laufenden. Aber wenn ihr keine bösen Überraschungen wollt, beichtet ihr lieber vorher.«

»Mit Sicherheit nicht! Ich bin doch nicht bekloppt und riskiere damit meinen Rauswurf. Sollen die das beweisen!«

»Wie kommt man denn an einen Auftragskiller? Die stehen ja nun nicht im Telefonbuch oder an jeder Ecke!«, fragte Amy.

»Ach, da gibt es so einige Möglichkeiten. Petes Witwe hörte sich am Stutti in den Kneipen um.«

»Was ist denn Stutti?«

»Na, der Stuttgarter Platz. Mädels, ihr seid Berlinerinnen, das müsstet ihr doch wissen! Lest ihr keine Zeitungen?«

»Nun gib doch nicht so an, Inga! Für uns ist es nicht normal, sich in solchen Szenen zu bewegen.«

»Da habt ihr natürlich Recht, tut mir leid! Das gehörte einmal zu meinem Job.«

Inga berichtete, dass Katja Grüntal für 12.000 Euro am Stuttgarter Platz einen Auftragsmörder fand. Ihr Fehler dann: Sie verabredete sich mit dem Killer in dem französischen Restaurant »Poulets Congress.« Das Lieblingsrestaurant der drei Freundinnen. Sie wählte den Ort, weil ihr der Detektiv von dem Candle Light Dinner von Pete und Inga berichtet hatte. Sie wollte genau an diesem Ort Petes Schicksal besiegeln.

»Wie pervers!«, sagte Amy.

Inga erzähle weiter. »Katja Grüntal und der Killer wurden von Frederique bedient. Und wie die Zufälle nun mal sind, erkannte Frederique in dem vermeintlichen Auftragskiller den Vater seines alten Schulfreundes aus Frankreich wieder. So nahm das Schicksal dann seinen Lauf. Frederique wusste nicht, dass der einstige Bauer zur Fremdenlegion gegangen war und sich irgendwann zu einem brutalen Mörder gewandelt hatte.«

»Ja, aber deshalb musste er ihn doch nicht gleich umbringen!«, bemerkte Amy.

»Er hat ihn auch nicht direkt getötet. Frederique ist im Erdloch erstickt. Genau wie sein Freund auch.«

Für Amy war es aber das Gleiche. Inga seufzte. Sie erreichten ihre Straße. Sie wollte jetzt noch schnell ihre Söhne abholen und ließ ihre zwei Freundinnen deshalb aussteigen. Sie hatten ihre Autos hier vorher geparkt. Sie beschlossen am nächsten Tag zu telefonieren.

In den nächsten Tagen kamen weitere Einzelheiten der Tatumstände ans Licht. Das Puzzle setzte sich langsam Stück für Stück zusammen.

Demnach lud Frederique den Killer zu sich nach Hause ein, stellte ihn seinem Mitbewohner vor. Sie zechten eine ganze Nacht lang und sprachen über alte Zeiten in Frankreich. Frederique vertraute ihm und outete sich als schwul. Der Killer durfte sogar ein paar Tage bei ihnen übernachten. Doch es wurde irgendwann zu eng zu dritt in der kleinen Bude. Frederique bat ihn deshalb, sich eine andere Bleibe zu suchen. Der Killer fühlte sich gekränkt. Das war Frederiques Todesurteil. Der Söldner fasste einen teuflischen Plan. Mit K.O. Tropfen im Drink betäubte er die beiden jungen Männer und holte sich seine zwei russischen Freunde, die er aus Knastzeiten kannte, zu Hilfe. Sie hatten auch schon bei dem Mord an Pete und bei dem Überfall auf Inga geholfen. Gemeinsam bugsierten sie die Bewusstlosen in Ingas Auto, das er die ganze Zeit lang unbehelligt durch Berlin gefahren hatte. Sie setzten sie auf die Sitze und schnallten sie an. Als ob sie schliefen. Dann brachten sie ihre Opfer in ein verlassenes Waldstück nahe Potsdam in Brandenburg. Dort befand sich das ursprüngliche Quartier des Killers, eine schäbige Abbruchhütte. Daneben standen zwei Zelte. Die aus Ingas Keller. In einem lag die geschundene Leiche von Pete. Sie fesselten Alessandro und

Frederique, klebten ihnen Tape über den Mund und gruben in einiger Entfernung ein vorbereitetes Erdloch weiter aus, welches sie eigentlich als Grab für Pete vorgesehen hatten. Sie berieten sich und kamen zu dem Entschluss, die Männer nicht zu töten; sondern Geld mit ihnen zu verdienen. Lösegeld. Petes Leiche steckten sie entgegen den Plänen wieder in den Kofferraum von Ingas Wagen.

Sie präparierten das Erdloch und statteten es mit einem provisorischen Luftschlauch aus, der bis zum Erdboden ragte. Zwischendurch flößten sie den Opfern immer wieder K.O.-Tropfen ein, damit sie ja nicht das Bewusstsein wiedererlangten. Das Loch war fast drei Meter tief. Sie hievten Frederique und Alessandro in das Innere, legten zwei Wasserflaschen, diverse Müsliriegel und zwei Schlafsäcke mit hinein. Schließlich sollten sie am Leben bleiben, falls Verwandte vor der Lösegeldzahlung ein Lebenszeichen verlangten.

Doch der Plan ging schief. Bereits zwei Tage später waren sie erstickt an Toxinen. Genauer gesagt an Stickstoff, der schwerer als Luft war und sich am Erdboden abgesetzt hatte.

Das Mördertrio hielt sich danach wochenlang in Frederiques Wohnung auf. Bis die Polizei kam. Sie hatten die Blaulichter auf der Straße gesehen und waren instinktiv sofort aus dem Fenster geklettert. Über die Feuerleiter sind sie dann aufs Dach, von wo aus sie unbemerkt entkommen konnten. Sekunden später traten die Polizeibeamten die Tür ein.

Geheuchelte Entschuldigung

Inga musste nochmal aufs Polizeirevier.

»Frau Stiller, ich muss mich in aller Form bei Ihnen entschuldigen!«

Inga war baff über die andere, weiche Seite von Henry Scholz. »Sie hatten Recht, die Witwe steckte dahinter!«

Inga wusste nicht genau, was sie sagen sollte. Sie wollte Henry Scholz aber auch nicht die Absolution erteilen, dafür hatte er sie einfach zu schlecht behandelt.

»Das ist immer so bei meinen Hirngespinsten. Haben Sie eigentlich herausfinden können, wer mir das Paket geschickt hat?«

»Die Witwe persönlich. Es sollte Sie in den Wahnsinn treiben.«

Inga schüttelte vor Grauen den Kopf. »Ich wusste gleich, dass sie eine gestörte Persönlichkeit hat. Die ist ja völlig irre!«

»Aber dadurch kamen wir ihr ein bisschen auf die Spur. Sie als vermeintliche Geliebte anzugreifen, war ein grober Fehler. Sie hatte dadurch ein Motiv. Ehebruch wird ja meistens vom Partner oder der Partnerin geahndet.«

Inga musste hüsteln. »Ach, was Sie nicht sagen. Sie kamen ihr also auf die Spur? Ist ja interessant. Mir war so, als ob ich Sie darauf hingewiesen hätte. Und das nicht nur einmal. Die Zahl 6 auf dem Kofferanhänger, der Ehebruch…!«

Henry Scholz wurde rot. »Ähm, ja. Tut mir leid! Wir mussten erst mal jeder Spur nachgehen.«

Blöde Ausrede! Inga triumphierte innerlich, weil sie sich überlegen fühlte. Aber das hielt nur kurz an. Der Kommissar druckste rum, schien noch etwas zu wollen. Bloß was?

»Was mir aber immer noch nicht so ganz klar ist, Frau Stiller, ist die genaue Rolle von Wolfgang Eiche in ihrem Fall.«

»Mein Fall? Ich verstehe nicht genau, was Sie meinen, Herr Scholz!«

»Naja, es gibt keinerlei Beweise dafür, dass Ihr ehemaliger Kollege wirklich noch lebt. Und wenn ich ehrlich bin, kaufe ich Ihnen die Geschichte immer noch nicht ganz ab!«

Bei Inga stellten sich alle Nackenhaare auf. »Wie bitte?«

Mit einem arroganten Gesichtsausdruck blickte er sie kampfesbereit an. Wieder drückte er einen Kugelschreiber auf dem Schreibtisch auf und ab. Das tat er mit Absicht. Er wusste, dass es Inga störte.

»Frau Stiller, erklären Sie mir doch bitte mal, wie Herr Eiche Sie von der Uni bis nach Hause verfolgt haben soll. So ohne Auto.«

»Ich habe nie gesagt, dass er kein Auto besaß.«

»OK, anders. Wo ist denn Ihr alter Kollege jetzt?«

»Weiß ich nicht! Vermutlich wieder untergetaucht. Was soll das jetzt, Herr Scholz?«

»Es gibt eben noch einige Ungereimtheiten in diesem Fall, die ich gern geklärt hätte.«

»Und welche? Was sagt denn eigentlich der Oberstaatsanwalt zum Thema Wolfgang Eiche?«

Henry Scholz schluckte. Hatte er sich zu weit aus dem Fenster gelehnt? Inga bemerkte seine Verunsicherung.

»Ich sage Ihnen mal etwas im Vertrauen, Herr Scholz! Weder Staatsanwaltschaft noch Innensenat sind daran interessiert, Wolfgang Eiche wieder lebendig zu machen. Und dass Sie nicht eingeweiht sind, zeigt mir, welch kleines Licht Sie sind! Sie tun mir einfach nur leid!«

Inga stand auf und verließ den Raum.

Der neue Teilhaber

Inga bestellte sich einen Merlot, Luzi einen Aperol Spritz und Amy einen Milchkaffee.

»Das geht aufs Haus!« Laurent brachte den drei Freundinnen auch noch eine große Käseplatte, eine Schale Oliven und vier Schnäpse. Dann setzte er sich zu ihnen an den Tisch.

»Was für eine fiese Geschichte! Nicht auszudenken, was noch so alles hätte passieren können.«

»Ja, Amy! Das kannst du noch zehn Mal sagen. Aber es ist vorbei. Gott sei Dank!«

Laurent hob einen Schnaps hoch und prostete ihnen zu. Amy beschwerte sich sofort: »Ich möchte keinen Alkohol! Das hab ich nicht bestellt!«

Inga hob den Zeigefinger und befahl: »Trink!«

»Auf Frederique und Pete!«, sagte Laurent.

»Du hast Alessandro vergessen! Er kann ja nun am allerwenigsten dafür!«, verbesserte ihn Amy.

»Hast Recht! Auch auf Alessandro und auf uns!«

»Eins verstehe ich noch nicht an der ganzen Geschichte. Welche Rolle hat denn nun dieser Eiche gespielt?«

»Du meinst das Phantom der Uni? Der war nur durch Zufall am falschen Ort. Er hatte mich vor den Männern gewarnt.«

»Warum ist er jetzt wieder untergetaucht?«

»Ich habe euch doch im Krankenhaus von dem Verlagsgeheimnis erzählt.«

»Du meinst den BND-Spion, der ins Visier der Russenmafia geraten war?«, unterbrach Luzi sie und deutete mit ihren Augen zu Laurent, weil er alles mithören konnte. Inga schien das keineswegs zu beunruhigen.

»Genau! Lass es mich einfacher erklären! Er hat sich damals mit den falschen Leuten eingelassen und musste untertauchen.«

»Und warum erzählst du das jetzt so vor Laurent, wo es doch angeblich so geheim war?«

»Er weiß so viel, wie ihr auch. Aber keine Einzelheiten.« Laurent nickte zustimmend.

»Wolfgang musste untertauchen, sonst hätten sie ihn umgebracht. Und das würden sie auch heute noch tun.«

»Wer, der BND oder die Mafia?«

Inga dachte nach. »Gute Frage. Ich weiß auch nicht, wer bei der Geschichte damals die Guten oder die Bösen waren. Henry Scholz glaubt jedenfalls immer noch, ich hätte mir die Existenz von Wolfgang Eiche nur ausgedacht.«

»Aber es gibt doch jetzt das Beweisfoto aus der Uni.«

»Das weiß die Polizei aber nicht. Ich werde es ihnen auch garantiert nicht sagen. Und die Studenten interessiert es nicht, oder hast du von irgendjemandem eine Reaktion zu der E-Mail des Professors gehört oder gelesen?«

»Nein, nur die von dir.«

»Also lassen wir doch Wolfgang Eiche weiterhin tot sein, wenn wir damit sein Leben schützen.«

Luzi bohrte weiter. »Warum hat er dich denn beobachtet? Wie kam er auf dich?«

»Er lebte seit Jahrzehnten als Obdachloser. In die Uni schlich er nachts manchmal zum Schlafen. Dann hat er mich irgendwann zufällig morgens auf dem Campus gesehen und wiedererkannt. Er wollte wissen, was aus mir geworden ist. Dabei hat er bemerkt, dass ich verfolgt und beobachtet wurde. Er wollte mich nur beschützen und hat auf mich und meine Söhne aufgepasst. Deshalb hat er sie von der Schule verfolgt.«

»Das ist ja verrückt! Und wo ist er jetzt?«

Inga kniepte Laurent ein Auge zu. »Da ich der Polizei von ihm erzählt habe und die wahrscheinlich inoffiziell weiter nach ihm suchen, wird er wieder untergetaucht sein. Die Leute, die damals hinter ihm her waren, gibt es ja heute immer noch. Ich bin froh, dass die Polizei damit nicht an die Presse gegangen ist. Ich werde jetzt meinen Mund halten und hoffe, ihr tut es auch!«

»Keine Sorge, großes Indianerehrenwort!«

Laurent sagte: »Ich halte sowieso dicht!«

»Wieso sprichst du eigentlich auf einmal akzentfrei Deutsch? Du hast mir neulich richtig Angst eingejagt. Ich habe schon gedacht, du steckst hinter allem!«

»Meine Mutter war Deutsche. Ich bin zweisprachig aufgewachsen. Ich finde mich aber als echten Franzosen interessanter.«

Luzi legte ein Arm um den Restaurant-Chef. »Ach Laurent. Du bist schwul und kannst deutsch. Das schockiert mich. Aber weißt du was? Wir lieben dich trotzdem!« Sie gab ihm einen Kuss auf die Wange.

Laurent war gerührt. »Ich möchte euch jemanden vorstellen. Ich habe einen neuen Partner. Aber nicht so, wie ihr denkt. Sondern einen Teilhaber fürs Restaurant.«

»Wer ist es?«

»Er heißt Mitja. Wartet, ich hole ihn!«

Laurent ging in die Küche und kam mit einem schwarzhaarigen Mann zurück. Er hatte sehr kurze Haare, war ziemlich groß und etwa zwischen 50 und 55 Jahre alt. Er trug eine Jeans, ein weißes Hemd und dazu einen schwarzen Blazer.

Inga strahlte über das ganze Gesicht. Mit den kurz geschorenen, gefärbten Haaren und den sauberen Klamotten sah er gar nicht mehr so aus wie ein Penner. Und schon gar nicht wie auf dem Foto des Physik-Fachbereichsleiters.

Niemand würde zwischen ihm und Wolfgang Eiche eine Verbindung herstellen. Das Phantom der Uni könnte eins bleiben!

Luzi sah Inga an und sagte: »Der neue Teilhaber sieht richtig klasse aus! Er gefällt mir, ist er etwa auch schwul?«

Inga lachte, weil Mitja alias Wolfgang Eiche alles mitgehört hatte und verwundert die Augenbrauen hochzog. Ausgerechnet er sollte schwul sein? Er, der früher eine Affäre nach der anderen hatte?

Inga kniepte Mitja ein Auge zu. Ihre Freundinnen hatten es nicht bemerkt. Luzi streckte frech ihre Brust raus und fing bereits kräftig an zu flirten. »Ich bin die Luzi. Setz dich doch mal hin. Laurents Freunde sind auch unsere Freunde!«

Mitja setzte sich und erzählte eine abenteuerliche Geschichte: »Ich bin Kriegsflüchtling und mit meiner Familie aus Syrien vor Assads Schergen geflohen.«

Er bot eine perfekte Inszenierung. Tränen schossen ihm plötzlich in die Augen. »Leider haben es meine Frau und mein kleiner Sohn nicht geschafft. Sie sind bei der Überfahrt in einem Gummiboot ums Leben gekommen. Ertrunken. Ich habe es selbst fast nicht geschafft.«

Mitja machte ein sehr trauriges Gesicht. Inga staunte über das Schauspieltalent ihres alten Kollegen. Vor allem fand sie es ziemlich clever, sich ausgerechnet diese Geschichte ausgedacht zu haben. Seine Identität konnte in Deutschland sowieso keiner nachweisen. Bei den ganzen Flüchtlingen. Niemand hatte mehr einen Überblick. Keine Grenzen, keine Kontrollen. Wolfgang Eiche hatte eine neue Identität. Spione wissen sich zu helfen!

Luzi war sichtlich ergriffen von seiner Geschichte. Sie legte ihre Hand auf seinen Arm: »Das ist ja furchtbar und tut mir sehr leid! Wie hieß denn dein Sohn?«

»Nidal. Er war mein kleiner Engel. Ein richtiger Sonnenschein!« Mitja senkte traurig den Blick. Amy sah ihn mitleidig an. Schnell wechselte sie das Thema, bevor noch Tränen flossen.

»Und woher kannst du so gut deutsch? Hast du das nur innerhalb eines Jahres gelernt?«

»Meine Ur-Oma war Deutsche. Sie ist damals ausgewandert. Ich habe in Syrien Deutsch studiert und auch unterrichtet.«

Inga konnte es nicht glauben, wie gut er Lügen konnte. Aber sie fand ihre Freundinnen auch ganz schön naiv. So akzentfrei sprach bestimmt kein Syrer. Egal, ob seine Ur-Oma Deutsche war oder nicht.

Luzi löcherte ihn weiter: »Und wie konntest du dich hier ins Restaurant einkaufen? Ich meine, woher hast du denn so viel Geld? Als Flüchtling hat man doch kein Geld!«

Jetzt war Inga auf die Antwort gespannt.

»Weißt du, Kriegsflüchtling zu sein, heißt nicht, arm zu sein. Wir waren reich, haben alles in Syrien verkauft und das Geld habe ich im Rucksack mitgebracht.«

»Wie viel Geld kann man denn so im Rucksack mitbringen?«

»Eine ganze Menge. Aber darüber möchte ich nicht sprechen.«

»Hast du denn gleich Asyl und eine Arbeitserlaubnis bekommen? Wo wohnst du denn?«

Jetzt mischte sich Laurent ein. »Also Mädels, nichts für ungut, aber das ist wohl ein bisschen zu viel Neugierde fürs Erste. Ihr fragt ihm ja Löcher in den Bauch. Spart euch das für eure nächsten Besuche. Mitja muss nämlich jetzt kochen. Gleich kommen Gäste und die haben Hunger.«

Mitja verstand, lächelte und verabschiedete sich in die Küche. »War mir ein Vergnügen, Ladys!«

Inga stieß Laurent unter dem Tisch mit dem Fuß an. Lautlos formte sie mit dem Mund das Wort Danke.

Amy fragte plötzlich: »Wieso muss Mitja eigentlich kochen, ich dachte er ist Teilhaber? Du hast doch neulich erst einen neuen Koch eingestellt, wo ist der denn?«

»Neugierig diese Weiber! Aber gut, weil ihr es seid. Ich verrate euch jetzt ein Geheimnis. Der Koch hat heute frei. Und da Mitja auch sehr gut kochen kann, springt er heute für ihn ein. Reicht dir das als Antwort?«, Laurent klang sichtlich amüsiert über sich selbst.

Amy fühlte sich auf den Arm genommen und zog beleidigt eine Flappe. Luzi übernahm jetzt das Ruder.

»Mich würde noch interessieren, wo und wann du Mitja kennengelernt hast?«

Laurent sah kurz Inga an. Dann antwortete er: »Eine sehr gute Freundin hat ihn mir neulich vorgestellt. Mehr müsst ihr aber nun wirklich nicht wissen!«

Tränen rannen über Ingas Wangen, die Amy sofort bemerkte und kommentierte.

»Heulst du etwa schon wieder?«

»Ja, aber nur vor Freude!«

Uni-Mission Impossible!

Inga informierte erst Amy, dann Luzi. Die Reaktionen waren unterschiedlich. Aber letztendlich haben es beide verstanden. Inga hatte sich entschieden, die Uni abzubrechen. Heutzutage zu studieren war eben ganz anderes als früher. Vor allem, wenn man die 45 Jahre überschritten hatte. Inga sehnte sich nach ihrem Alltagsleben zurück, nach Normalität. Nach ihren Jungs, nach dem Kutschieren der Jungs zum Hockey und nach den langen schönen Hundespaziergängen mit Flocke. Nach Tatortsendungen am Sonntagabend, nach Afterworkpartys am Donnerstag. Es war ein Jahr der Veränderung, der Verzweiflung. Der Griff nach dem Strohhalm einer frustrierten Hausfrau. Es war so viel passiert. Sie hatte sich verändert, oder besser gesagt ihre »Denke«. Sie hatte etwas Neues gewollt und hätte fast alles verloren. Und warum? War es das Alter, die Midlife-Crisis? Oder war es einfach nur der Lauf der Dinge?

Abends öffnete sie eine Flasche Chardonnay und setzte sich vor den Fernseher. Mark und die Jungs gesellten sich zu ihr. Es lief der Film »Wie am ersten Tag«. Mit Meryl Streep und Tommy Lee Jones in den Hauptrollen. Das alte Ehepaar in dem Film schlief in getrennten Schlafzimmern. Ein monotones Eheleben bestimmte den Alltag. Sex gab es seit Jahren keinen mehr. Die Kinder waren längst ausgezogen. Die Frau wollte so nicht mehr leben und die Ehe retten. Sie organisierte gegen den Willen ihres sturen, egoistischen Mannes den Besuch bei einem Paartherapeuten....

Inga rollten Tränen über die Wangen. So wie diese frustrierte Frau hatte sie sich auch eine Zeitlang gefühlt. In der Werbepause las sie schnell ein paar Nachrichten ihrer alten NAWI-Gruppe. Sie war noch im Chat geblieben.

»*Was ist der Unterschied zwischen einem Naturwissenschaftler und einer Kräuterhexe?*«

Die Seminarteilnehmer hatten verschiedene Theorien und Antworten. So schrieb Dörte, dass eine Kräuterhexe ein sogenanntes »Hebammenwissen« hätte, welches aber nicht »abstrahiert« würde.

Inga verstand kein Wort und fragte sich, was ein Hebammenwissen sei. Sie wurde weder bei Wikipedia noch im Duden fündig. Finn fragte: »Was machst du Mama?«

»Ich guck nur schnell was nach!«

Das Wort »*Hebamme*« stand bei beiden drin. »*Abstrahieren*« auch. Es hieß Verallgemeinern. Was eine Hebamme war, wusste Inga auch so: Sie berät und hilft dabei, Babys auf die Welt zu bringen. Aber »Hebammenwissen«? Klar, konnte sie sich vorstellen, dass es sich um das Wissen einer Hebamme handelt, die alle Informationen über die Geburt, die Schwangerschaft und die Nachbetreuung von Kind und Mutter bezieht. Aber: Was hat eine Kräuterhexe mit einer Hebamme bzw. mit ihrem Wissen zu tun?

Inga grübelte. Eine Kräuterhexe war für Inga eigentlich so eine Art Heilpraktikerin - jedenfalls hatte sie diese für sich immer so bezeichnet. Ingas Schwiegermutter war beispielsweise eine.

Inga las weitere WhatsApp ihrer Ex-Kommilitoninnen. »Ein Naturwissenschaftler notiert bzw. dokumentiert alles ganz genau. Kräuterhexen jedoch abstrahieren nicht, also Verallgemeinern ihr Wissen nicht. Aber Hebammen tun das.«

Ingas verstand kein Wort. Dann dachte sie sich: Das muss ich auch nicht mehr verstehen!

Entspannt tippte sie eine WhatsApp: »Mädels, haut rein! Ich wünsch euch viel Erfolg! Ich bin raus!«

Dann löschte sie sich aus dem Chat.

Inga beschloss, eine Paartherapie zu machen. Mark war überraschenderweise einverstanden. Der Streit fand vor der ersten Sitzung direkt im Wartezimmer statt. Er war laut und heftig. Mark hatte den Flyer gelesen und wollte von Inga wissen, warum der Therapeut für eine Einzelstunde im Vergleich zur Doppelstunde so viel Geld nahm. Inga titulierte ihn sofort als arrogantes Arschloch. Norman, so hieß der Therapeut, machte seine Tür auf und holte beide sofort in sein Sprechzimmer.

Später schmiss auch Amy ihr Studium. Sie begann Bilder zu malen und verliebte sich in einen Autohändler, bei dem sie als Empfangsdame am Tresen anfing. Ihr Mann wusste von der Affäre und tolerierte sie. Sie fuhren sogar alle zusammen in den Urlaub.

Luzi schaffte das Studium bis zum 4. Semester. Dann reichte ihr Mann die Scheidung ein, weil eins ihrer Verhältnisse raus kam. Sie musste voll arbeiten gehen, um sich und die Kinder zu finanzieren. Das ließ sich mit dem Studium nicht vereinbaren. Sie fing bei Laurent als Kellnerin an und verliebte sich in Mitja!

Dörte wiederholte erst ein Semester, bevor sie das Studium ebenfalls schmiss. Sie wurde Autorin und schrieb diverse Liebesromane. Was aus Claudine geworden ist, weiß keiner. Der Kontakt war abgebrochen. Vermutlich studierte sie noch, so eifrig, wie sie war.

Fazit für die drei Freundinnen: Mit über 45 und Kindern zu Hause: Uni-Mission impossible!

Das Angebot

Inga saß am Frühstückstisch und las ihre E-Mails. Die Kinder waren schon in der Schule. Heute würde es in der 3. Stunde Zeugnisse geben. Die E-Mail von der Direktorin der alten Grundschule ihrer Söhne war traurig. Sie verabschiedete sich darin von allen Eltern und gab an, dass sie den Berliner Schuldienst für immer verlassen werde. Grund: »*Ich fühle mich den heutigen Anforderungen als Direktorin nicht mehr gewachsen.*«

Burn out, dachte sich Inga sofort und erinnerte sich an die Uni-Vorlesung von Dr. Taube: »Berlins Krankenhäuser sind voller Lehrer, weil es so viele psychosomatische Stationen gibt!«

Sie nahm einen Schluck Kaffee und war froh über ihre Entscheidung, nicht mehr zu studieren. Sie freute sich auf fünf Wochen Ostsee-Urlaub. Mit ihren Kindern, ihrem Mann, mit Flocke und Schnüffel. Schnüffel war ihr neuer Hund, den sie vor ein paar Tagen aus dem Tierschutz geholt hatten. Ein hellbrauner Terrier-Mix. Der Rüde passte hervorragend zu Flöckchen.

Sonne, Meer und Faulenzen. In welchem Beruf kann man das schon fünf Wochen lang? Wahrscheinlich doch nur in dem einer Mutter!

Das Telefon klingelte. Stefan war dran. Er bot Inga einen Job an. Eine Redakteursstelle im Gericht. Ingas Herz hüpfte höher. Sie war baff und überlegte tatsächlich ein paar Sekunden lang, anzunehmen. Dann lehnte sie entschlossen ab: »Danke, aber ich bin jetzt wieder Vollzeitmutter! Und das ist auch gut so!«

Beginn der Mordstouren

Inga hatte sich um 20 Uhr mit Luzi und Amy beim Franzosen verabredet. Es war Donnerstag. Luzi war schon da. Sie zündete gerade eine Kerze auf ihrem Stammtisch an, als ihre Freundinnen rein kamen. Luzi strahlte übers ganze Gesicht, zog die Tischdecke glatt und wischte ein paar Krümel weg. »Na Mädels, was geht ab heute?«
»Hi Luzi, hast du etwa noch keinen Feierabend?«
»Doch, schon seit einer Stunde. Es hat sich aber nicht gelohnt, vorher nochmal nach Hause zu fahren. Die Kinder sind diese Woche sowieso bei meinem Ex.«
»Hast du schon gekündigt?«
»Nein, nicht direkt. Aber Laurent und Mitja wissen Bescheid. Sie hoffen insgeheim, dass wir sie doch noch mit ins Boot nehmen.«
»Und für sie dann der große Reibach dabei rausspringt? Auf keinen Fall!«
Inga war bester Laune. »Kommt nicht in Frage! Männer sind bei unserem Vorhaben tabu. Mädels, heute geht's auf jeden Fall noch in die Trompete.«
Sie bestellten sich drei Aperol Spritz.
Den ersten Toast machte Inga: »Auf unser neues Experiment!«
»Wieso Experiment? Du meinst wohl auf unsere neue Geschäftsidee!«, korrigierte Luzi.
Sie stießen auf ihre Zukunft an, als Inga nochmal in die Vergangenheit abtauchte: »Mädels, wisst ihr noch, als wir hier jämmerlich zusammen saßen und uns über unser tristes Hausfrauendasein beschwerten?«
Amy und Luzi nickten. »Ja klar. Wie naiv und unbeholfen wir doch waren. Aber das war damals!«

Mitja kam aus der Küche und flüsterte Luzi etwas ins Ohr, was aber dennoch alle mitbekamen, da es nicht sehr leise war: »Komm nicht so spät, Schatz! Du hast morgen die Frühschicht. Außerdem warte ich nachher auf dich!«
»Aber nicht mehr lange! Bald bin ich mein eigener Chef und stehe auf, wann ich es will!«
Sie gab Mitja einen leidenschaftlichen Kuss. Beide schienen wirklich schwer verliebt zu sein. Und glücklich!
Die drei Freundinnen hatten ein Gewerbe angemeldet und sich zu dritt mit einer Firma selbstständig gemacht. Das Unternehmen hieß »**Mordstouren**.«
Die Idee: Kleine Reisegruppen durch Berlin und Brandenburg zu kutschieren. An die Orte, an denen üble Verbrechen geschehen waren. An echte Tatorte. In einem Bus mit acht Sitzen, den sie eigens dafür gekauft und mit Kreuzen und Gräbern schaurig lackieren lassen hatten. Die Bank fand ihre Idee und den dazugehörenden Businessplan gut und hatte ihnen den erwünschten Kredit für den Mercedes-Sprinter auch sofort gewährt.
Ingas Aufgabe war es, den Kunden an den sorgfältig ausgewählten Berliner Tatorten von den grausigen Verbrechen zu berichten. Natürlich suchte sie sich die aus, die am Schlimmsten waren und über die sie selbst damals berichtet hatte. Ihre ganzen Aufzeichnungen hatte sie noch und dank ihres guten Kontaktes zur Presse, auch eine Möglichkeit, kostenfrei ins Archiv zu steigen.
Amys Aufgabe war es, den Bus zu fahren und neue, aktuelle Mordfälle aus den Zeitungen auszuschneiden und zu archivieren. Ihr Fahrstil würde die Kunden bestimmt auf der Fahrt schon in Angst und Schrecken versetzen. Die 15 Tatorte, die Inga für die Verbrechen rausgesucht hatte, probte sie aber schon mal anzufahren. Sie hatte zur Not ein gut funktionierendes Tomtom.

Luzi war zuständig für die Website, die Werbung im Internet und die Gestaltung der Flyer.

Laurent und Mitja waren von der Geschäftsidee begeistert. Sie hatten die Tour mit einem abschließenden Leichenschmaus in ihrem Restaurant erweitern wollen. Das war zwar eine super Idee, doch die drei Freundinnen wollten sich das Ruder nicht aus der Hand nehmen lassen. Schon gar nicht von Männern!

An diesem Abend fuhren sie mal wieder mit einem Taxi in die Stadt. Als sie auf der Autobahn durch einen Tunnel fuhren, der unter einem Hochhaus durchführte, erzählte Inga wieder von der Frau, die sich mit der umgebauten Salutkanone durch die Terrassentür geschossen hatte.

Inga übte so schon mal die Präsentation ihrer Horrorgeschichten. Und sie wurde von Mal zu Mal besser! Doch über Selbstmorde würde sie auf ihren »Mordstouren« nicht berichten. Nur große, spektakuläre Fälle sollten es sein. Ein Stück Berliner Kriminalgeschichte aus den letzten 20 Jahren.

Sie tanzten fast den ganzen Abend. Auf dem Rückweg nahmen sie wieder ein Taxi. Inga bat den Fahrer, einen kleinen Umweg zu fahren. Sie hatte beim Tanzen eine Idee, mit welchem Fall sie die Jungfernfahrt der »Mordstouren« beginnen wollte. Ein Fall, der noch nie in der Presse gestanden hatte. Weil er vertuscht wurde. Von den Behörden, von Politikern und vom Verlag.

Als Inga nachts ins Haus schlich, begrüßten Flocke und Schnüffel sie stürmisch. Sie streichelte beide Hunde und ging in die Kinderzimmer. Sie küsste jedem ihrer Söhne auf die Stirn und deckte sie zu.

Am nächsten Morgen klingelte der Wecker um sieben Uhr. Inga hatte nur drei Stunden geschlafen. Sie sprang voller Enthusiasmus aus dem Ehebett. Ihr Taxiumweg gestern Abend war ein voller Erfolg. Ein Verbrechen, das vermutlich endlich aufgeklärt würde, wenn Inga es Touristen erzählte. Damit würde sie die Jungfernfahrt der »Mordstouren« nächste Woche beginnen. Oder abschließen? Mal sehen, aber sie hatte ja noch etwas Zeit, sich eine kluge Reihenfolge zu überlegen.

Sie machte das Frühstück und weckte die Jungs im ersten Stock. Sie wartete, bis Mark aus der Dusche kam, und sprang selbst drunter. Dann hörte sie lautes Geschrei. Ben und Finn stritten sich. Sie hatte noch Schaum in den Haaren und stellte die Dusche ab. Einer der Jungs heulte laut. Triefend nass lief sie zur Treppe. »Was ist denn nun schon wieder los?«

»Ben hat mir schon wieder Seife auf die Zahnbürste geschmiert!«

»Finn lügt«, schrie Ben und weinte. »Er hat mir gegen das Schienbein getreten! Und jetzt zeigt er mir den Effenberger!«

»Stimmt nicht, du Spacko!«

Inga rief: »Mensch Jungs, hört endlich auf! Wo ist denn eigentlich Papa?«

Die Flüsterstimme kam aus ihrem Rücken: »Hinter dir!«

Mark war splitternackt. Er zog sie zurück ins Bad und schloss die Tür ab.

»Mark, die Kinder!«

»Sie werden es überleben«!

Sie ergriff seinen Arm und zog ihn unter die Dusche.

»Sie vielleicht, du aber nicht!«

ENDE

Danksagung:

Ihr habt das Manuskript gelesen und mich darin bestärkt, es zu Ende zu bringen.

Timm, Martin, Anette, Kristina, Ingrid, Margarete, Vroni, Hammer, Leif, Kathrin und Antje.